狂歌絵師

北斎とよむ
古事記・方葉集

岡林みどり

Okabayashi Midori

北斎はどのようにして
百人一首を27枚に要約したのか

批評社

絵図；百人一首姥がゑとき27枚

01 天智天皇

02 持統天皇

絵図；百人一首姥がゑとき27枚

03 柿本人麻呂

04 山辺赤人

絵図；百人一首姥がゑとき27枚

05 猿丸大夫

06 中納言家持

絵図；百人一首姥がゑとき27枚

07 安倍仲麿

08 小野小町

v

絵図；百人一首姥がゑとき27枚

09 参議篁

10 僧正遍昭

絵図；百人一首姥がゑとき27枚

11 在原業平朝臣

12 藤原敏行朝臣

絵図；百人一首姥がゑとき 27 枚

13 伊勢

14 元良親王

絵図；百人一首姥がゑとき27枚

15 管家

16 貞信公

ix

絵図；百人一首姥がゑとき27枚

17 源宗于朝臣

18 春道列樹

絵図：百人一首姥がゑとき 27 枚

19 清原深養父

20 文屋朝康

絵図；百人一首姥がゑとき27枚

21 参議等

22 大中臣能宣

絵図；百人一首姥がゑとき27枚

23　藤原義孝

24　藤原道信朝臣

xiii

絵図；百人一首姥がゑとき27枚

25 三条院

26 大納言経信

絵図；百人一首姥がゑとき27枚

27 権中納言定家

葛飾北斎の肉筆画『西瓜図』

xv

生垣の藤波；2017年5月 神奈川県藤沢市で筆者撮影

【古今135】 わがやどの　いけの藤波　さきにけり　山郭公　いつか来なかむ

神奈川県逗子市からみた 江の島と天の高角山（富士の高嶺）；2013年2月 筆者撮影

8-2；石見における柿本朝臣人麿歌10首（その2）参照

プロローグ
─── 2011年3月から万葉集83番の「奥つ白波立田山」との出会いまで

　本書は、百人一首という現行学習教材から、そのもととなった勅撰古今和
歌集、さらにそのもとになった万葉集という1000年以上にわたる和歌集に
流れる一貫性を追求します。そのために本書は、謎解きの形式をとっていま
すが、大きくは北斎の「百人一首姥がゑとき」と「万葉集巻一・全84首と関
連する歌」を相互に参照するので、万葉集は万葉集、百人一首は百人一首、
というそれぞれの中での謎解きではありません。むしろ現在流行の「深読み」
と考えてください。でも深読みといっても浅読みを否定するものではありま
せん。たとえば顕微鏡では、焦点深度を変えると様々な図像が得られますが、
どれか一つだけが正しいというのではなく、多くの画像から立体像を復元し
ていこうとする方法です。

　これは70年を生きてきた姥の物語、見方・考え方です。ここで取り上げ
た多面的な考察は、若い方には納得できない点も多々あると思います。でも、
一つくらいは「そーいう意味だったのか！」と膝を打ちたくなる箇所がある
はずです。そこから他の和歌にもなじんでいってもらえれば嬉しいです。

　このような壮大な展開の必要を感じたのは、2011年の東日本大震災とそ
れに引き続く大津波によるショックによっています。当座は分からなかった
のですが、しばらくして学校で習った百人一首の「末の松山」というのは大
津波の記憶を下敷きにして歌い継がれてきたのではないかと気がつきまし
た。それまで、和歌のことはほとんど興味がなかったのですけど、百人一首
抄42の歌だから、多くの人が知っているわけで、そうであれば百人一首は
抒情歌集だけではなく歴史書でもあったことになります。

【抄42】契りきな　かたみに袖を　しぼりつつ　末の松山　浪越さじとは

清原元輔

そうこうするうちに百人一首の抄10の「これやこの」という奇妙な歌語が万葉集35の阿閇皇女（あべひめみこ）の歌からとられていることに気がつきました。

【百人一首抄10】これやこの　行くも帰るも　わかれては
　　　　　　　　しるもしらぬも　逢坂の関　　　　　　　　　　蟬丸

【万葉集35】これやこの　大和にしては　我が恋ふる
　　　　　　紀路にありという　名に負う背の山　　　　　　阿閇皇女（あべ）

　「これ」というのは、分析哲学の創始者であり、後に平和活動家として知られることになるバートランド・ラッセル卿の中心テーゼ「コレの不在はみとめない」にかかわる重要な一語なので、これが万葉集から百人一首まで引き継がれているのであるならば、万葉集は<u>分析哲学あるいは言語学の教科書</u>として読むべきなのではないかと考えるようになりました。
　そしてある時、『葛飾北斎・百人一首姥がゑとき』を見ていたら、「100首」といっていながら27枚しかないのです。葛飾北斎は、おびただしい数の作品を残したことで知られているのに、なぜ27枚なのか？
　なぜ100枚ではなかったのか？
　途中で挫折したとの考えも浮かぶが、一枚目から順番に上梓されたわけでもない。
　どうしてなのだろうか、と疑問がつぎつぎとわきあがってきました。
　それでまず、万葉集の27番を見ましたら天武天皇御製歌なのですが、類書の評判はすこぶる悪く、ようするにダジャレ歌だという。それが天皇御製ということは、やっぱり万葉集は語用論の教科書、それも雅文ではなく<u>俗語の教科書</u>ということになります。万35の「これやこの」も俗語の要（かなめ）です（俗語というのはソシュール言語学でいう共時態、あるいはもう少し専門的にいうと規範言語であるラングに対峙するパロールということになります）。それで北斎さんの27枚を万葉集と関連づけながら徹底的に読み込むという方針が決まりました。

2

最後にたどり着いたのが万83で、これは「末の松山」よりももっとすごい大津波の歌です。いったん海が引いて海の底が見えてから大きな白波が立って、猛然と襲いかかってくるといっている。もちろん私自身がテレビで東日本大震災の時の大津波の濁流を見ていなければ理解はできなかったのですが、今ならば、すべての日本人が万83から大津波の教訓を引き出すはずです。

【万83】海の底　奥つ白波　立田山
　　いつか越えなむ　妹があたり見む　　　　　　　　　　　　　長田王

　それで万葉集巻一を全部で84首にまとめあげた万葉集の編纂意図についても多くの人に理解してもらいたいと考えて本書を上梓することにしました。

　それにしても、万葉集を読んでいくと当時の知識人の国際的な視野の広さと人間理解の普遍性に感動することがしばしばあります。百人一首にしてもソシュールの言語理論を先取りしている部分があり、万葉集の棹尾歌は当時、最先端だった元嘉暦をもとにしています。それで和歌の前提にある科学技術についても四章に「江戸時代の先端科学」としてまとめました。

　なお、葛飾北斎の「姥がゑとき百人一首」27枚は町田市立国際版画美術館所蔵の絵を、北斎の「西瓜図」は宮内庁三の丸美術館所蔵の絵を拝借しました。ここに記してお礼を申し上げます。

狂歌絵師北斎とよむ古事記・万葉集
――北斎はどのようにして百人一首を 27 枚に要約したのか――

目次

プロローグ
── 2011年3月から万葉集83番の「奥つ白波立田山」との出会いまで‥‥‥‥1

第一部
葛飾北斎の「百人一首姥がゑとき」をよむ

第一部の概要
狂歌絵師・葛飾北斎の生きた江戸後期‥‥‥‥10

一章
百人一首・古今和歌集・万葉集 ‥‥‥‥‥‥‥‥‥‥‥‥‥‥‥‥‥‥‥11
　1-1 ● 小倉百人一首と百人一首抄‥‥‥‥11
　1-2 ● 平安時代末における万葉集の再評価と江戸時代の混乱‥‥‥‥12
　1-3 ● 北斎が生きた時代‥‥‥‥14
　1-4 ● 天智天皇と天武天皇──日本史は名前の言い替えの歴史‥‥‥‥15
　1-5 ● みんな大好きな数字の語呂合わせ・端折り語・略字‥‥‥‥16
　1-6 ●「六歌仙」は歌の迷人たち‥‥‥‥18

二章
北斎の「百人一首姥がゑとき」は 27枚しかない ‥‥‥‥‥‥‥‥‥‥34
　2-1 ● 北斎の27枚はダジャレや掛け語が満載‥‥‥‥34
　2-2 ● 藤原定家の歌の抄97（二七枚目）は大伴家持へのオマージュ‥‥‥‥35
　2-3 ● 百人一首抄27は紫式部の曽祖父の歌‥‥‥‥36
　2-4 ● 万葉集27番は天武天皇の苦渋にみちた勝利宣言‥‥‥‥39

三章
北斎の27枚を合わせてみる ‥‥‥‥‥‥‥‥‥‥‥‥‥‥‥‥‥‥‥46
　3-1 ●「絵合わせ」という方法‥‥‥‥46
　3-2 ● 百人一首は末尾の「つつ」4首でつながっている‥‥‥‥49
　3-3 ● 合わせ絵㋑；一枚目と二十七枚目（天智天皇と藤原定家）‥‥‥‥54
　3-4 ● 合わせ絵㋺；絵柄の浪の量感で結ばれた四枚目（山部赤人）と九枚目（参議篁）‥‥‥‥55
　3-5 ● 合わせ絵㋩；北斎の二枚目と十二枚目は帆と裳の形象をかけている‥‥‥‥57
　3-6 ● 残りの連番合わせ絵（㋥〜㋙）‥‥‥‥58

- 3-7 ● 連番絵ではない残りの組み合わせ（ㄇ～ㄌ）……74
- 3-8 ● 二六枚目（大納言経信）をじっくり見る……82
- 3-9 ● 27枚は「西海・山島・東夷」の全体を寿ぐ絵合わせ……83
- 3-10 ●「小倉山・奥山」の合わせ絵に込められた真意……85

（コラム1）誦文「大為尓」と「イロハ」…………88
- コラム1-1 ●「大為尓」46文字の誦文文字を読む……88
- コラム1-2 ● イロハ47文字の誦文文字を読む……90

四章
江戸時代の知識人が知っていた先端科学……………………94
- 4-1 ● 古今伝授の完成……94
- 4-2 ● 説文解字；六書……101
- 4-3 ● 関孝和と和算……114
- 4-4 ● 暦についての国学者渋川春海の業績……118
- 4-5 ● 七曜・六曜・五行暦……124
- 4-6 ● 地動説の受容と北斎の肉筆画「西瓜」……128

第一部まとめ
北斎27枚は、阿閇皇女への奉賛狂歌絵シリーズ…………131

第二部
原字でよむ万葉集

第二部の狙い
万葉集編纂の目的を理解するために…………134

五章
万葉集を「語法書」としてよむ ……………………………… 135
- 5-1 ● 阿閇皇女作歌35（=5・7）番をよむ～聴覚実在と触覚実在と視覚実在……135
- 5-2 ● 元正天皇御製歌万4293は万35への奉和御製歌……139
- 5-3 ● 7を鉤語にしてその倍数連の12首を総攬する……143
- 5-4 ● 万葉集巻一のハイライトは83番の「沖つ白波 立田山」……153

六章
万葉集を「道義論」としてよむ ……………………………………………… 157
── 漢字の形義をよくみる
6-1 ● 万1をよむ；語る吾と義をになう我……158
6-2 ● 天武天皇御製歌27をよむ；良と好との弁別……167
6-3 ● 勝鹿の真間娘子と葦屋の菟名負處女から伊勢物語24段へ……169
6-4 ● 日並皇子尊と「虚見津」……178
6-5 ● 木花之佐久夜毘賣と石長比賣……181
6-6 ● 古今和歌集343番から探る和歌集の一貫性……183

七章
万葉集を「物語論」としてよむ ……………………………………………… 189
7-1 ● 内大臣藤原卿（鎌足）の万95の重要性；八隅と安見……190
7-2 ● 元明天皇御製歌万76（=19・4）……192
7-3 ● 但馬皇女作歌3首；万114～116……193
7-4 ● 石見における柿本朝臣人麿歌10首（その1）……195
7-5 ● いくつもの「ももしき」……204
7-6 ● 遊士は勇士；遊士・風流士とは何か……206

(コラム2) 和歌伝承における言語論的転回について…………213

八章
万葉集を「正統論」としてよむ ……………………………………………… 223
8-1 ● 元明天皇御製歌・万78（13・6）と13の倍数連……224
8-2 ● 石見における柿本朝臣人麿歌10首（その2）……227
8-3 ● 百人一首における「けふ・けさ」の両対歌と太陽数364……237
8-4 ● 南天の月・北天の槻……243
8-5 ● 古墳から五重塔を経て遠の朝庭へ……249

エピローグ
── 万葉集は王権の土台である国語、国土、国史に関する歌物語…………257

● 索引…260
● 参考文献…262
● 付表；古典典籍…263

あとがき…………268

第一部

葛飾北斎の「百人一首姥がゑとき」をよむ

第一部の概要
狂歌絵師・葛飾北斎の生きた江戸後期

　葛飾北斎は1760年（宝暦10年）に生まれていて、その2年後には久々に女性天皇の後桜町天皇が即位しています。でもその頃は1707年の宝永地震（南海トラフ巨大地震）以来静まっていた日本列島は活動期にはいり、1763年の八戸沖（三陸沖）地震を皮切りに、寛政地震、天保地震が起こり、何回も大津波におそわれています。江戸市中の大火だけでなく内裏炎上もみられ、世情は不安に満ちていきます。政治的にも幕末の動乱はすでに始まっており、大塩平八郎の乱は1837年で、渡辺崋山の切腹は1841年の事です。

　これから解き明かす北斎の「百人一首姥がゑとき」が刊行されたといわれている1835、36年ころは天保の改革も始まっており、歌舞伎や人情本への粛清が行われ、江戸庶民の間では学問一筋だった国学の大成者である本居宣長よりも、師の祖述を借りて、過激な国粋主義をふりまく平田篤胤の方が有名になる始末でした。

　しかし江戸時代全体を見るならば南蛮文化の到来とともに本格化した乱世を終わらせた徳川幕府は王権の哲学にもとづいて世界標準の文治を固めるための文化政策に力をいれ、その成果も着実に積みあがっていった時代でした。

一章
百人一首・古今和歌集・万葉集

1-1 ● 小倉百人一首と百人一首抄

　平安時代からこの方、和歌の撰集は古今和歌集が初発であると信じられてきた。それも、歌の前後におかれた、仮名序はおろか真名序も万葉集もほとんどの人たちは存在すら知らず、江戸庶民が習うのは「百人一首抄」というもので、万葉集の天智天皇から新古今和歌集までの中で、優れた歌人100人を古い順に集めた抄録という意味で「抄」がつけられていた。

　だが、万葉集巻一には中大兄皇子の歌はあっても天智天皇となってからの歌はなく、天武天皇の歌は3首の連番歌があるのに、「百人一首抄」には1首もとられていない。それでは厳密な歴史を反映していないという意味をふまえて、現在は「小倉百人一首」と表記される。

　21世紀の我々はその理由について、儒教における長子相続の絶対化をみることができる。当然、徳川王権にとって長男である天智天皇は長子相続の先例として大切だった。また、白村江で敗れた天智天皇の皇子を壬申の乱で追放して、即位した次男の天武天皇の事例も、朝鮮征伐に失敗した織豊王権にとって代わった徳川王権にとっては大事な先例だった。ただし、これを公然化すると諸大名の離反を肯定するので、庶民レベルでの議論は封じられていた。

　そして実は明治維新によって天武天皇の事績についてはむしろ封印の度が強まっていった。それが原因なのか結果なのかはわからないが、明治維新後の早い時期に、水戸光圀が編纂を始めた「大日本史」の主張をもとに天智天皇の長子である大友皇子がじつは即位していたとして、弘文天皇が系図に挿入された。それに整合するように天智天皇（当時は、中大兄皇子）と藤原鎌足

の事績は「大化の改新」とされ、天武天皇の事績は「壬申の乱」とされたまま、逆臣のイメージが付与されていく。

さらに昭和に入ってからは、日本が国際的に孤立する中、「皇国史観」が鳴り物入りで大手を振っていき、軟弱な源氏物語は無論の事、江戸っ子の大好きだったダジャレやオチョクリなども、表の出版文化からは検閲によって消えていった。そして斉藤茂吉は昭和13年上梓の『万葉秀歌』から天武天皇一家の事績を肯定的に評価することになる、万25〜27と万35とをばっさりと排除している。

【万27】淑き人の　よしとよく見て　よしと言ひし
　　　　吉野よく見よ　良き人よく見つ　　　　　　　　天武天皇御製

1-2 ● 平安時代末における万葉集の再評価と江戸時代の混乱

このような天智・天武の両天皇の評価にかんする齟齬はじつは平安時代末期にも浮上していた。藤原権門家からその権威を簒奪して代わりに浮上した平家に始まる武家政権にとっては、藤原鎌足よりも、天武天皇の権力奪取を助けた妻である持統天皇の実家の蘇我王権に連なることを強調したかった。これにより、藤原権門家からの権力奪取の正統性を担保できると考えたからである。そのことにいち早く気がついた一人が藤原俊成で、平清盛よりも4歳年長の俊成は平家が滅亡しても藤原権門家の復権はあり得ないとふんでいたと考えることができる。もちろん彼に慧眼があったとしての考え方ではあるが、実際に息子の定家が宮廷よりも鎌倉幕府をとったことがはっきりしたのは承久の乱（1221年）以降のことといわれているが、定家とその息子の為家の鎌倉幕府御家人との親密な関係を考えるとき、俊成の時流を見る目の確かさを担保していると考えることができる。

王権の交代が現実化した以上、藤原鎌足尊崇の気風を脱しておくことが、将来的に武家政権の正統性を確立するうえで必須であることは、歴史を学んだものならばわかったはず。

俊成自身にとっては、それまで地下人と呼ばれ、貴族たちから見下されていた新興勢力の、さらに地方出身の有力者に和歌のファンになってもらう必

要は、財政的にも切実になっていたはずである。

　そのためには一番目に藤原王権全盛期よりも以前から存在していた万葉集を継承しているという挿頭（かざし）がもとめられた。二番目には平安京の都口とは異なる口調もとりこむ柔軟性が必要であった。その時にも万葉集に入っている東（あずま）歌によって関東武者の地口に親近感をしめすことができた。もちろん、それまでの宮廷人としての人間関係も損なうわけにはいかなかったから、それほど大胆な考えを文書の字面には残せない。事実、類書には俊成の歌論書『古来風躰抄』について、夷言葉（えびす）を使う新興勢力への配慮、つまりおもねりという分析はみかけない。

　しかし江戸時代になってさかんになった「百人一首抄」との関連で見るならば、万葉集については万葉仮名と仮名表記を並列提示した200弱を、その後の千載和歌集までから400弱を選んでほぼ時代順にならべたというのは、間違いなく万葉集からの勅撰和歌集までの「抄録」の作成であり、百人一首抄の祖型といえる。当時はこの形式で「新風」であることは伝わったはずで、実際には個人指導の場面で、かなり大胆なことを相手次第で説けば良かった。

　当然、それまでの宮廷人からも一目おかれなければ、新興勢力とて俊成を信頼はしてくれないから、藤原権門家への目配り気配りも最初の頃は欠かせなかったが、とにかく新風であることだけは伝えなければならない。そのための有効な訴求点は古今集の真名序に入っている「興入幽玄」と、人間関係を切り結ぶための「誹諧歌」で、それを合わせた挿頭（かざし）が「浮言綺語の戯れには似たれども、ことの深き旨も顕れ」である。これにより古今和歌集が万葉集、さらにさかのぼって中国の古典の六義・六書の流れにあることを明らかにして、漢文大事の風にも対抗できる理論武装を行った。

　結果として、俊成の『古来風体抄』によって、和歌の研究が中国古典の研究と並んで武士階級のたしなみとなっていく道がひらかれ、仙覚などの学僧による万葉集研究が本格化する。これが江戸時代になって柳沢吉保の帰依した僧・浄厳の悉曇字（しったん）による仮字（かりじ）研究へとつながっていく。それを受けて万葉集研究の第一人者である契沖は平仮名を五十音図で表記し、それまで「イロハ47文字」しか知らなかった多くの人に衝撃を与えることとなる。

　なぜならば漢字から作られた片仮名はともかく、平安貴族が創出したと信

一章 ●百人一首・古今和歌集・万葉集　13

じられていた国産の平仮名も理論はインド由来の文字だとされたので、神代からの神国だったと思い込んでいた人々にとっては驚天動地の事態だった。その反発はすさまじいものであったが、一方で日本の古代を知らなければ、ともなり、「古事記」への関心も高まっていく。

1-3 ● 北斎が生きた時代

　このような流れを受けて万葉集・古事記の訓詁と仮名文字の体系的理解を統合したのが本居宣長で、「古事記伝」の完成した1822年は北斎62歳のことだった。宣長は「古事記伝・巻一」を「古記典等総論」にあて、文献学への基本的姿勢を明らかにし、特に仮字（カタカナ）や、訓法についても詳細に記述し、その中で契沖以来論争の続いてきた「あ行のオ・わ行のヲ」について彼の結論を明示している。この「古事記伝」の版元である名古屋の永楽屋東四郎（永楽堂）は、1814年（文化11年）に「北斎漫画」を発行している。

　また、古代への関心が高まる中、寺子屋で習う「イロハ47文字」以外にも平安時代に作られた「あめつち48文字」とか「大為尓46文字」とかの「重複しないですべての仮名を使う誦文」も知られるようになり、自分でそういう歌をつくって披露しあうことも多かった。『学校では教えてくれないゆかいな日本語；今野信二』によれば本居宣長も一つ残している。

・あめふれは　ゐせきをこゆる　みつわけて　やすくもろひと
　おりたち　うゑしむらなへ　そのいねよ　まほにさかえぬ　　　　本居宣長

　他には俳句に対抗する川柳はもちろんのこと、児童のしりとり遊びや大人の回文づくりなど言葉遊びの繚乱期でもあった。だが、それは上面の事で宣長と同時代の伊能忠敬は1800年から蝦夷地を測量している。つまり、天下国家にとっては西欧列強の圧倒的軍事力に対抗する国防問題が待ったなしになっていた。

　一方で、飢饉も起き、二宮尊徳の荒村復興も同時期の事で、朝廷と幕府との関係も緊張したものになっていた。

1-4 ● 天智天皇と天武天皇──日本史は名前の言い替えの歴史

　この本では天智天皇と天武天皇の評価を取り上げていくのだが、このこと
は文学だけでなく歴史のほうでも大きな問題で、いろいろに名前を言い替え
てきている。30年ほど前の学校では中大兄皇子（後の天智天皇）と中臣鎌足
が蘇我蝦夷・入鹿を討伐して天皇親政の中央集権国家を作ろうとした事件の
ことを「大化の改新」と習ったけど、現在の教科書ではそんな事実はなかっ
たといって蘇我本家討伐事件だけを「乙巳の変」と教えることになっている。

　だが、事実は一つでも、物事はいくつもの事実のまとまったものなのだか
ら少なくともいい面と悪い面から見た二つの名前で表現していくというの
も知恵だし、首謀者とか主役とかに天皇の名前を使うことはほとんどないの
も日本の伝統。ましてやどちらかだけに天皇の名前を冠するのは望ましくな
いので元号だけを用いてきた。それで、ここでは天智天皇の改革と天武天皇
の改革を天皇親政による中央政権作りと呼んで目指したものは同じと考え
ていく。

　このように整理すると、学校では習わなかった「蘇我倉山田石川麻呂」と
いう名前が浮かんでくる。この人は大化の改新後の政府で当初から右大臣を
務めていたが、謀反の疑いで家を囲まれ息子とともに自死している。

　この人の娘の遠智娘は持統天皇の母親だったが、そのまま病になり日常
生活ができなくなった。もう一人の娘が元明天皇の母親で、それで持統天皇
はこの人の下で元明天皇と姉妹のように育てられた。

　そうなると壬申の乱の性格には、祖父を殺されて、母親とも生き別れにな
った持統天皇が抱く天智天皇の近江宮廷への嫌悪感というものも見ておく
必要があることになる。

　藤原不比等は文武天皇のころからの大臣で、天武天皇の片腕は高市皇子で、
この人の子供が長屋王であるが、元正天皇の退位後5年、天平元年に謀反の
廉で長屋王自身も家族も屋敷もろとも焼死している。この時期はめまぐるし
く親兄弟間での血で血を争う事件が起きているが、それでも奈良京を完成さ
せ、中国に倣った律令を整備し、古事記・風土記と日本書紀を残して文治の
国への礎をかためた大変な時代だった。

　典型的な名前のいい替えは昔の学校で習った世界で一番高い山のエベレス

一章 ● 百人一首・古今和歌集・万葉集 | 15

トは英国人の名前だからといって廃されて、現在はチベット語からチョモランマと名指しすることになっている。でもインドではインド人の言葉で命名されているはずだからこれで終わりとはならない。

　日本では元明天皇が風土記の撰録にあたっては「好き二文字」をもちいること、として以来、公式の書類にもこういう気配りがなされてきているから、名前と対象の異同には神経を使わざるをえないが、字書や辞書をうのみにすればいいというものではない。

　さらにいうと、古事記では、推古天皇の外祖父の「蘇我稲目」について「宗賀稲目」と用字している。そして古事記では姓の「蘇我」は出てくるが個人名となると「建内宿禰之子」として「蘇賀石河宿禰」が登場するのみなので、崇峻天皇（欽明天皇の第12皇子）殺害にかかわったといわれる逆臣蘇我馬子はもちろんの事、中大兄皇子の右腕であった馬子の孫にあたる蘇我倉山田石川麻呂（持統天皇と元明天皇の外祖父）も個人の名称はでてこない。つまり蘇我馬子の父親が蘇我稲目であることも字面からは分からないようにしてある。

　大日本帝国末期の検閲でさかんになった「伏字」のルーツはここまでさかのぼれるわけである。もっとも単なる「伏字」ではなく別の「名前を張り付け」て、焚書文字があったことが簡単にはわからないようにしてあるから、そういう高度な技法は「名張り」として、本書では弁別する。

1-5 ● みんな大好きな数字の語呂合わせ・端折り語・略字

　万葉集には数字を使った遊戯訓読歌がある。有名な山部宿祢赤人作の万926で「十六 → 獣」とかけてある。

【万926】安見しし　わが大王は　み吉野の　秋津の小野の　野の上には
　　　　　跡見据ゑ置きて　み山には　射目立て渡し　朝猟に
　　　　　十六履み起こし　夕狩に　鳥踏み立て　馬並めて
　　　　　み猟りぞ立たす　春の茂野に

　また大伴家持の歌には「くく；八十一」の数喩がある。

【万789】情八十一 念おゆるかも 春霞 たなびく時に 事の通えば

　こういうダジャレは、近年になってやっと、大学研究者の間でも取り上げられるようになってきたわけだが、正岡子規は、「滑稽」は万葉集以来の大切な和文の伝統であると強調している。

　　「――滑稽は文學的趣味の一なり。然るに我邦の人、歌よみたると繪師たると漢詩家たるとに論なく一般に滑稽を排斥し、萬葉の滑稽も俳句の滑稽も狂歌狂句の滑稽も苟も滑稽とだにいへば一網に打盡して美術文學の範圍外に投げ出さんとする、是れ滑稽的美の趣味を解せざるの致す所なり。狂歌狂句の滑稽も文學的なる者なきに非ず、然れども狂句は理窟（謎）に傾き狂歌は佗洒落に走る。（古今集の誹諧歌も佗洒落なり）これを以て萬葉及び俳句の如く趣味を備へたる滑稽に比するは味噌と糞を混同する者なり。鯛の味を知つて味噌の味を知らざる者は共に食味を語るに足らず。眞面目の趣を解して滑稽の趣を解せざる者は共に文學を語るに足らず。否。味噌の味を知らざれば鯛の味を知る能はず、滑稽の趣を解せざれば眞面目の趣を解する能はず。實にや彼歌人は趣味ある滑稽を斥けて却て下等なる佗洒落的滑稽を取る事其例少からず。こは味噌と糞とを混同するにあらず味噌の代りに糞を喰ふ者なり。――」（万葉集第十六巻；青空文庫より）

　あるいは、現在でも特に仲間内では熟語を全部言わないで、一部分だけ使って特に仲間内ではそれで済ましてしまうことも多い。それを傍の人が聞いても意味が通らないが、かえって聞き返すような人を野暮といって仲間内で盛り上がることも多い。だが、新聞などでもそういう端折り語が盛んになると円滑なコミュニケーションには問題がおきる。例えば、有名なことわざの「情けは人の為ならず」も年配の人たちは「だから普段から人に親切にしていると自分が困ったときにたすけてもらえる」と考える人が多かったが、現在の若い人は「情けをかけると相手がつけ上がってますます悪くなるので親切にしない方がいい」と考える人が増えているという。これなども「人の為にするのではない・人の為にはならない」ときちんとした言い方が流通していれ

一章●百人一首・古今和歌集・万葉集　17

ば誤解がおきることはないのだから、端折り語の危険性を認識しておきたい。

1-6 ●「六歌仙」は歌の迷人たち

　六歌仙というのは古今和歌集の仮名序にでてくる歌の名人のことで、真名序はむろんのこと仮名序さえも読んだことはなくても、皆が知っている有名人だ。ただ、仮名序・真名序をきちんと読むと、ほめているというよりは貶している感じがする文言が多い。ここでは和歌の技法の代表者という側面から取り上げていく。技法というと上達する方法と短絡する人も多いが、自分が先生になったら弟子を指導するときには典型的な失敗例をもとに学習させることができれば、本人の自尊心を傷つけずに済むのだから重宝な事例にもなる。

1●僧正遍昭　恐れおおくも空海様の御名の一つである「遍照金剛」からの用字字名をいただくこの人物について、真名序では「華山僧正」とあって、肩書と字名をいれかえて出てくるのは語序への注意喚起と見ることができる。その上で「かさん・はなやま」の両読みも可能だから、漢字文の読み方の基本を教えている。仮名序の補注には3首が代表歌として挙げられているが、ここでは古今226を取り上げる。

【古今226】名にめでて　折れるばかりぞ　女郎花
　　　　　　我おちにきと　人にかたるな　　　　　　　　　　僧正遍照

　歌意は美しい女郎花に目がくらんだのだけど、生臭坊主といわれたくないから人には黙っていてほしい、ということだが、では本当のところはどうなのか？　となると結論はややこしくなる。この歌の面白さは「かたる」を漢字表記すると「語る・騙る」がでてきて「遍・騙」と部品を共有していることにある。だから、これで仮名序本文の人物評「誠すくなし」が腑に落ちていく。あるいは「絵にかける女を見ていたづらに心を動かすがごとし」は本人が美形の女に騙されやすかったことをいっていることになる。

2・在原業平 この人は一番の有名人で、伊勢物語の主人公にも擬せられている。というのも彼は親王の流れにありながら卑賤の義をにない、伊勢物語では東下りをして苦心しながらようやく中将にまで上り詰めた男なので、真名序では「在原中将」となっている。伊勢物語というと美男の放蕩三昧という印象を持たれているが、旅の物語というのは平安時代以前には「苦労の連続」が第一にくるもので、万葉集でも東国から兵士として駆り立てられた人々の苦痛を歌ったものは多いし、古今和歌集では第九巻を「羇旅歌」の部として建てている。そして羇旅では、とくに公の旅ならば何日で目的地について戻ってくるのかと、もし戦闘になったら勝ち目のある戦にはどのくらいの兵站が必要かなど、事細かな計算能力がなければならなかった。だから古来より算術というものは武術と文術のほかに官吏のたしなみとされてきた。この表章を担ってきたのが在原業平で、江戸時代の絵姿では靫に入った矢を背負っている。

これは真名序にある六義「風・賦・比・興・雅・頌」の「賦」から「賦数数量」と延伸した熟語に充当したものである。一方、江戸時代になって有名になる業平菱は正三角形を組み合わせた菱形がベースとなっていて、弓矢を

業平中将絵姿	業平菱
靫と弓矢	◆
賦数数量	賦数数比

数えるだけでなく作図の問題にもかけてある。こちらは「比」を延伸した「賦数数比」にあたる。このように一字の漢字「賦」から四字熟語対「賦数数量・賦数数比」まで延伸して語義をとっていくのは漢文の特徴で「対句」をきちんと二つ並べないで片方だけを文章にしても、読むときには頭の中で対句として理解していくことで全体のイメージがつかめるようになる。たとえばサイコロで上の面が1ならば下の面には6がくることは言わなくても分かりきっていることと同じことである。また仏教用語でいえば「色即是空」も、原文では「色即是空・空即是色」と逆語序対で登場するのは、論理学でいう対偶を問題にしているからで、「部分は全体・全体は部分」の両逆語文によって「犬は動物」のような包含命題でないことを宣言している。「一切即全・全即一切」「不易流行・流行不易」なども同様に考えていく。

つぎに、計算の問題で大切なのは、まず対象を数えやすいようにくくり分

一章●百人一首・古今和歌集・万葉集 19

けて、それからその分けた個数を数えていくことだ。そうでないと大数を正確に扱うことはできない。だから業平の代表歌の古今294（抄17）には「くくる」が入っている。

【抄17】ちはやぶる　神代も聞かず　竜田川
　　　　からくれなゐに　水くくるとは　　　　　　　　　　　在原業平朝臣

　これは「くくりわけ」という動詞をしらないと面白くもなんともないが、では「くくる・わける」は別々の動作なのかと考え出すと、じつは動作は一つだけど、動作の結果を別の一語でいっているに過ぎない。こういう「同義なのだけど違う形の熟語」の事を「転注関係語」という。
　それに対して幼児がおはじきの玉を「かぞえる」というのは単純に数を大きくしていくだけで、年齢とか「もういくつ寝るとお正月」のように見えないものを数えるときは「指折り数える」という。幼児では小さい数を数えてはそれを繰り返していくから全体の数は大人が別に回数を求めておいて合計を計算していく。ここから業平の折句として知られる歌が第九巻・羈旅の部にある。

【古今410】唐衣　きつつなれにし　つましあれば
　　　　　　はるばるきぬる　旅をしぞ思ふ　　　　　　　　　在原業平

　各句の語頭の1字をよむと「かきつばた」という歌語が出てくるので「折句」といわれているが、実は字余りが2ケ所も出てくる下手歌の見本となっている。こういう折句を作るためには碁盤目に仮名文字の札を並べて、確認して

折句；右へいったら左へ返す					
か	ら	ご	ろ	も	
き	つ	つ	な	れ	にし
つ	ま	し	あ	れ	ば
は	る	ば	る	き	ぬる
た	び	を	し	ぞ	おもふ

いくことになるので折句と名付けられたのであろうが、要するに子供の「指折り数え」にかけつつ、初心者の歌作の方便も提示している。先生ならば簡単に添削して弟子に見得をきるのにふさわしい歌といえる。

そしてこのように碁盤目に文字
を入れて文章をよむということは
意識しないだけで本を読むときに
一番下にきて文字がなくなれば、
自動的に次の行の一番上の文字に

在原業平の代表歌	
抄17	古今410
くくる・わける	折句
転注；義は似ている	令デ返す；返令

目をやるわけだから、「目を返す」ことになる。このことを、六書では「最大
を長に、ゼロを令」にあてていたので「字がなくなった下端を令で返す」と
おいて「返令」といい、辞書では「仮令；たとえ」と用字するようになったら
しい。

　だが、「折句」のように句頭だけを取り出して声に出して読むと、言葉足ら
ずの感じがしてしまう。逆に言えば文章全体をだらだら読んでいくと冗長と
いう感じがしてしまう。たぶん業平という人は理系人間で頭がよくて、要点
だけを短く話せる人だったのであろうが、和歌の先生から見ると言葉足らず
と感じられるはず。「牛のよだれ」のような文章も困るが、短すぎても味気な
い。これを「残り香」に準えたのが「しぼめる花の色なくて匂い残れるがご
とし」で、具体的な色や形は分からなくても、何かが存在したこと、その人
が残した香りだけは理解できるといっている。当時は貴族でもめったに入浴
しなかったから、強い体臭を香で焚きしめた衣装で取り繕っていた風景から
考えると歌語の意味がわかってくる。

　さて、計算のことを算術というが、武術にとっては兵站や軍路の造営のこ
とであり、細かい数字の照合は使用人に任せたとしても、最終的に間違いが
ないか不正がないかについて責任をとらなければならなかった。平安時代の
長者の代表として知られている藤原道長も土木建築については相当詳しく、
宇治平等院の造作にあたっては大工たちに具体的に指示をだし、やりあって
いたことが知られている。万葉集も古今和歌集も、このような技量能力を
弁えていた、あるいは弁えていなければ馬鹿にされてしまう知的緊張に生
きる人々の世界であることを、その訓詁に当たってはよくよく認識したい。

　現在、古今和歌集も万葉集も抒情歌集としてしか受容されていないが、大
伴家持も武人の系譜にあり、彼はこのことについて数首を万葉集に残してい
る。ここではその一つをあげておく。

一章●百人一首・古今和歌集・万葉集　21

【万480】大伴の　名負う靫おびて　万代に
　　　頼みし心　いづくか寄せむ
　　　　　　　　　　　　　　　　　　　　　　　　大伴家持

　なお、本書では大伴家持を万葉集編纂の第一人者と考えているが、編纂者
については橘諸兄（葛城王）とか聖武天皇とかの名前も挙がっていて学説は
一定していない。だが万葉集に473首が納められ、父親の大伴旅人は、遣唐
使でもあった山上憶良の親しい友人であるので、より古い歌の収集には大伴
父子の交遊関係が重要であったと考えることができる。

3・文屋康秀　真名序では「文琳」となっているが、仮名序をみると「商人の
よき衣（表裏がある）きたらんがごとし」とあるから、裏表に注意しなければ
ならないとなり、転注語のように違う熟語でも同義と考える場合などが相当
する。だが、転注語と違うのは、慣用句に寄りかかるのではなく「ある特徴
を共有する語」を結び付けなければならないことで、代表歌は古今8だ。歌
の意は頭の白髪を雪に見たてている。だが字面には「白」は見えないから、
人生経験がないと理解するのは難しい。あるいは古今集のお勉強をきちんと
して、先生から「白」という説明を教わっていなければ理解できない。これ
が「見立て」ということになる。

【古今8】春の日の　光にあたる　我なれど
　　　　かしらの雪と　なるぞわびしき
　　　　　　　　　　　　　　　　　　　　　　　　文屋康秀

　だが、上の歌の「かしらの雪」は「白髪」だけを指事するとは限らないのは、
雪面であれば輝くから「禿げ頭」にもかけられる。そこに「見立て」の面白さ
と難しさがある。
　「文屋」の代表歌は抄22にも採用された古今249で、漢字の「嵐」を解字し
て「山＋風」として「山からの下降風」だから「おろし」なのだけど「あらし」
と読む約束にしようといっている。漢字を解字したり、それを再び会わせた
りする「解会字法」をつかった「字謎かけ」だけど、この文屋という姓は天武

天皇の皇子の長皇子（ながのみこ）の末流とされていたから、漢文に対抗する倭文に関する権威を身にまとっていて無視できにくい。

【古今249】吹くからに　秋の草木の　しをるれば

　　　　　　むべ山風を　あらしと言ふらむ　　　　　　　　　文屋康秀

この歌の面白さは、「解会字法」と「母音交替法」を合わせたところにある。まず一字の「嵐」を二字「山風」と考えて「おろし」と訓読みする一方で、一字に訓「嵐あらし」を与える。つまり「ラン嵐」に「ア」をくわえてできた「アラシ」は、山からの風「おろし」と対を

転注；一字「嵐」に二訓を与える			
荒らす風	あらし	嵐（ラン）	おろし	山からの風
「あら・おろ」は母音交替形			

つくるので、漢字一字に対して複数義を公認することになる。しかも「あら・おろ」の対になっていて「母音交替法」を用いている。これは業平の「くくり・わけ」の転注語と似たような語を人為的に作ってそれを公認するということになる。ただし漢字表記は同じ「嵐」なのだから、これは「漢字の音読み訓読みの使い分け」と呼ばれる。逆に漢字は一字でも「上・神・紙・髪」のように全く語義の違う「音」が多数あり日本語を複雑にしている。

結局、これは業平のところで出てきた「転注語；語形は違うが語義は似ている」の「くくる・わける」との関係を瞬間的に理解するのが難しいので、民間では用字「葦」の二つの訓読み「よし・あし」によって理解することを促している。つまり耳からの「よし・あし」は語義の逆転する転注語の極端な例であるが植物の名前「葦」は「よし・あし」という真逆の語義をもつ転注語ということになる。

表1；漢字の訓よみによる転注				
悪し	あし	葦	よし	善し

それと、「おろし・嵐・あらし」を人為的に生み出したという認識は、長皇子の子孫という挿頭（かざし）とともに天武天皇一家のかかわった古事記・風土記には「解会字法」あるいは「母音交替法」の意図的導入があったことを示唆するもので、今後慎重に検討されるべきと考える。というのは、一字「嵐」を二字

一章●百人一首・古今和歌集・万葉集　23

熟語「山風」へと転注するということは仮名文字での「物名」技法に相当する
わけで、このことは日本語の修辞法を考えるときに大変重要な技法の発明で
ある。「物名」は「息継ぎ点」を挿入して語義を転換する方法で、古今422、
423を代表とする和歌技法で、両歌を対比すると息継ぎ場所を変えることで、
鳥の名前の「うぐひす」から「憂く漬ず」とか「頃、時過ぎ」のような別の語
義をひきだす技法であることがわかる。

【古今422】心から　花のしづくに　そほちつつ
　　　　　うぐひすとのみ　鳥の鳴くらむ　　　　　　　　　藤原敏行

【古今423】くべきほど　時すぎぬれや　待ちわびて
　　　　　鳴くなる声の　人をとよむる　　　　　　　　　　藤原敏行

　さらにいうと、2-2節で詳述するが、万4175、4176の2首にある大伴家持
の「欠け語法」は、「助詞」を挿入して文意を確実に理解する語法の事なので、
こういう「欠け語」を補足して語義だけでなく、文意を明確にする方法は万
葉集以来の和歌技法であることも認識したい。この技法については「コラム
1-1・「大為尓」46文字の誦文文字を読む」、「4-2・説文解字；六書」でも取
り上げる。

　なお、『万葉集と日本人；小川靖彦；2014』によれば定家の息子藤原為家と
同年代の天台僧・仙覚は悉曇学の音義説や母音交替説によって万葉集の訓詁
を試みているが、これらの考え方は20世紀の日本の万葉学会には引き継が
れていないとのこと。本書では「よくよく」とか「よれよれ・よろよろ」「や
れやれ・よろよろ」「とろとろ・どろどろ」「たらたら・だらだら」「あらあ
ら・あれあれ」「おらおら・おれおれ」など漢字の四字熟語になぞらえた「四
拍熟語」と「母音交替の組み合わせの連」の組み合わせ、つまり連関から音
義を仮構できると考えているが、論証は不十分で発表できる段階にない。

4•宇治山の僧喜撰　仮名序と真名序で同じ字名をもち、歌は1首しか載っ

ていない。だが、その歌の名のりは「きせん法師」だからやはり字名は2つあることになる。

【古今983】わが庵は　都のたつみ　しかぞすむ
　　　　　　世をうぢ山と　人はいふなり　　　　　　　　　　きせん法師

　これは当時の人々が知っていた方向感覚が分からないと面白くないが、平安京の東南（巽）の方向に宇治山があって、それは平城京の北北東（丑）にあたる、といっているだけのこと。ただし平安時代以降にうるさく言われるようになった「ぢ・じ」の書き分け規範に忠実な人には許せない見本歌だから身分も遍昭僧正様とは真反対の「法師」となっている。これは当時の社会階層概念からいって最下層の寺の僧兵のような存在だから平気でまちがってしまった、と説明できる。
　しかし古今集の19巻をみると、前々の歌に「伏見；宇治の近く」、前の歌に「三輪の山」が歌い込まれているから連番歌とみると、間に「平城京」が浮かぶようになっている凝った配置にも見える。

【古今981】いざここに　我が世はへなむ　菅原や
　　　　　　伏見の里の　荒れまくも惜し　　　　　　　　　　よみ人知らず

【古今982】我が庵は　三輪の山もと　恋しくは
　　　　　　とぶらひきませ　杉たてる門　　　　　　　　　　よみ人知らず

　だから本文に「華麗な言葉はかすかにして初め終わりたしかならず」があって「年の瀬・年の初め」といっても、「除夜の鐘の初めと終わり」の間くらいのことで、ほとんど差がないことをいっている。こちらは語形が違っても意味は同じということだから転注語のこと。ただし華山僧正のような社会的身分の高い人の発声は、開始とか終了とかの義が融通無碍ではこまるので、あくまで卑賤の民草の聞こえないほどのかすかな声での合図の場合だけの事。
　また、仮名序にある評「秋の月をみるに、暁の雲にあへるがごとし」は「秋

一章●百人一首・古今和歌集・万葉集　25

の月」を「明けの月」に変えて、「それが雲によって見えなくなっている」と理解するように指示している。つまり「い・え」の母音交替形を認知しようといっている。もちろん卑賤の人々の俗語体に限っての事象ではあるが、という留保がついていることを仮名序全体から読み取らなければならない。

5・小野小町　真名序には「病婦が厚化粧している様」とあり、見かけと本質との落差を指事している。社会階層としてこういう落差を背負う代表は、外交官で、彼らの作成する外交文書は、英文の内容と国内向けに反発を買わないように翻訳した日本語とでは意味内容にかなりの開きがある。外交の中心には儀礼があって、テーブルの下でどのような蹴りあいが行われても上半身は平然として、国益を追求していく職業のこと。だが、民草の世界でも商売となれば誰でもお追従笑いをして、客が帰ったらベロをだして憂さを晴らしたり、塩をまいて邪気を追い出したりするもの。言語学的には前半分では本当のことは言わずに、そして後ろ半分で実は本音を心の中で唱える。そして次回に会ったときにこちらの本音をまったく理解できていない相手には平然と拒絶の意思を伝えていく。これが「ほのめかし語法」で、まあ、弱者の戦略といってもいい。

　この語法を取り上げたのが、商人と評された文屋康秀との相聞歌で、彼が地方に転勤になるので一緒に行こうと誘ったのに対しての返事が古今938。

【古今938】わびぬれば　身をうき草の　根を絶えて
　　　　　　誘ふ水あらば　いなむとぞ思ふ　　　　　　　　　　　　小野小町

　「自分もずいぶん寂しくなったから、誘われればついていきたいわ」と答えたように見えるが、「いなむ」は漢字で書くと「往なむ・否む」の二通りがある転注語。現在、世間に流布しているのは落ちぶれた小町ならばついていくはずという「往なむ」を採用した、女性は弱いものという女性蔑視の極まった中世以降の通念による解釈。ところが古今集では対歌で載っていて、そちらを読めば、「あはれでもそれが今の自分を世の中、つまり宮廷生活につないでいる絆なのだ」と書いてあるから正解は「否む」。これが後ろ半分を声

にはださない「ほのめかし」語法の典型となる。事実、その直後にある「よみ人しらず」の歌意は明確に「否む」となっている。

【古今939】題しらず
　　あはれてふ　事こそ　うたて　世中を　思ひはなれぬ　ほだしなりけれ
　　　　　　　　　　　　　　　　　　　　　　　　　　　　　よみ人知らず

　一方、真名序では「古 衣通姫之流」といわれて、仮名序では「そとほりひめ」と訓じられている。一般的な解釈は「衣ヲ光がトホルほど美しい」いうもの。だが、これは物名の方法を具体的に示しているから「そ・とほり」「そと・おり」の両読みをまず考える。そうすると「語頭」では「子音脱落」して表記が変わってくること、あるいは変わってもいいことをいっている。

衣通姫
そ・とほりひめ
そと・おりひめ
外織姫

　そして、「外・織姫」の義がでてくると古今1110の重要性が分かってくる。これは蜘蛛になぞらえて、中国伝来の高機以前の倭織の織仕事は家の外で行われていたことを指事する。アイヌや南米での織仕事はたいてい家の外で行われてきた。

【古今1110】そとほりひめのひとりゐてみかどをこひたてまつりて
　　　　　　わがせこが　来べきよひなり　ささがにの
　　　　　　蜘蛛のふるまひ　かねてしるしも

　歌語をひろうと「蜘蛛」があって、「蜘蛛の巣」の形象が見えてくる。つまり蜘蛛の織物のことで、「糸かけ」までは行われても実用的な反物が出来上がってくるわけではないが、ここから「掛け語」の義が連想できる。さらに百人一首抄9には「色のうつろい」が読み込まれているから染色における「色かけ」も合わせて女性の技法としての「掛詞」を印象づけることができる。

　染色に手を染めたことのない人たちには「色のうつろい」から女性の容色の衰えしか想起できないが、中世までは家庭で染色・洗い張りをするのは当然のことだった。だから家庭の主婦が「色のうつろい」といわれれば染色の

一章●百人一首・古今和歌集・万葉集　27

途中経過をまず想起した。事実、その過程で用いる「いたづら⇔板面」がもう一つの歌に歌い込まれている。

【古今113】花の色は　うつりにけりな　いたづらに
　　　　　我が身世にふる　ながめせしまに　　（抄9）

6•大友黒主　真名序では「古 猿丸太夫之次手」という字名がでてくるが、評価は仮名序と同じ文章で、言いたいことはわからない。歌は4首（古今88、735、899、1086）が挙がっているが、百人一首ではよみ人しらずの古今215を猿丸太夫の歌として採用し、大友黒主は登場しない。

【古今215】おく山に　紅棄ふみわけ　なく鹿の
　　　　　こゑきく時そ　秋は悲しき　　　　　　　　よみ人知らず

　もともと、この歌の受容史をみると、もみじをふみ分けている主が鹿なのか人間なのかを問う問題として有名になっていった。現代のわれわれも、ともすれば和歌の字面だけをおって分かったような気になり、間違って歌意を受け取ることもあるが、「歌は声に出して読むもの」ということを初学者に教えるのに格好の教材となってきたわけである。下線部を強調して声に出すと歌意がはっきりする。

　　人間；おく山に　紅棄ふみわけ　なく鹿の　こゑきく時そ　秋は悲しき
　　鹿；おく山に　紅棄ふみわけなく鹿の　こゑきく時そ　秋は悲しき
　さらに、古今集の前後の歌と併せて5首全体をきちんと読めば主は鹿で、間違えようがない。これが言語学で口をすっぱくしていう「文脈重視」の好例。

【古今214】山里は　秋こそことに　わびしけれ
　　　　　鹿の鳴く音に　目を覚ましつつ　　　　　　　壬生忠岑

【古今216】秋萩に　うらびれをれば　あしひきの
　　　　　山下とよみ　鹿の鳴くらむ　　　　　　　　よみ人知らず

【古今217】秋萩を　しがらみふせて　鳴く鹿の
　　　　　目には見えずて　音のさやけさ　　　　　　　　よみ人知らず

【古今218】秋萩の　花咲きにけり　高砂の
　　　　　尾上の鹿は　今や鳴くらむ　　　　　　　　　　藤原敏行

　ここまで考えてきて、ようやく真名序の「薪負える山人」の意味が分かっ
てくる。これは薪を書庫の書物に準えて、文官たちは膨大な書物を背負って
いて、必要に応じて書物をとりだすことが求められることをいっている。
　もっというと、黒主は現代でいう黒子のような人たちで、当人を探し出す
のは難しいけれども、黒主は探し物上手だといっている。そして、業平の場
合の「残り香」ならば経験があれば落とし主を言い当てられるが、こちらは
膨大な書籍書物を整理して頭の中にしまっておかなければならない高度な
専門能力をいっている。

　次に、「逸興」の用字「逸」の義が見えてくる。これは文屋の「裏表」とも小
町の「省略」とも異なる文飾を指示している。それは時間の推移の中にある
事象を取り上げている。それも急速な変化を第一とする。事実、「逸」の部品
「兎」は「すばやく走り去る」の義をもつから一瞬のうちに興きる事象のこと
で、蟬や蝶の変態（metamorphosis/transformation）などが比喩によく用いられる。
ところが、倭国では蚕蛾の脱皮による価値変換がまず意識された。つまり飛
んでいく蝶や蛾ではなく残った繭の方に関心が集まってしまった。次に中国
から変態する蟬が輸入されたが、古今和歌集では聴覚断絶を蛙・鶯におきか
え、視覚断絶を雲に隠れる月に、価値断絶は「さく桜・ちる桜」へとかけて、
美しさの普遍性へと脱構築してしまった。でも価値断絶の究極は「生死」な
のだから、このような準えは卓見といえる。
　さらに、この「逸興」は、20世紀になってメルロ・ポンティなどによって
「abduction；誘拐」として情報論において一世を風靡した概念の基層にあること
を押さえておきたい。これは年とともに白髪が増えるとか、色がうつろうとい

一章●百人一首・古今和歌集・万葉集　29

逸興	中国古典	古今和歌集
視覚断絶	（蝶）	雲と月
聴覚断絶	蟬	鶯・蛙
価値断絶	蛾眉（繭ごもり）	櫻さく・ちる
abduction	metamorphosis/transformation	

うような漸進的な変化ではないから、古典籍の暗記だけでは習熟するのはむずかしく日常の徹底した観察活動とそれを丹念に記録して考察するという理系的訓育が不可欠。つまり、大伴黒主は古典籍を背負いながら、山野にわけいり自然観察も怠らなかった文理融合に優れた巨魁の表章なのである。

そして「metamorphosis/transformation」については「展開」の訳語を本書では当てる。時間軸にそった直線的推移ではなく平面的、あるいは立体的推移なので注意していないと現象の把握に失敗する。軍隊の整列状態からの展開であれば平面でのことであるが、蟬や蝶の展開はどこへ行くのかそんなに明確ではない。蟬などは木の葉に隠れてすぐ見えなくなり、鳴き声だけが聞こえてくることになる。

展開	追跡がむずかしい

もう一点、重要なことは本居宣長が『古今集遠眼鏡』で「みやびごと・さとび言」の違いとして取り出している点で、「みやびごとでは、二つにも、三つにも分かれたることをさとび言にはあわせて一ッにいう」という特徴があるとしている点で、これを漢字熟語にすると「片言隻句」になる。例えば「前後左右」の前方だけしか声に出さないことや、お経を引用するのでも逆語序と対語として出てくるべき「色足是空・空即是色」の前半しか引用しないことなどがある。

以上は六歌仙についてすべき考察のほんの一部だが、和歌技法との関連で取り上げてみた。ざっとまとめておく（次ページ）。

なお、このように六歌仙というのは、それぞれの特徴的な技法を代表しているわけだが、その技法と技法は互いに関わりあいながらも、重なるようでいて、同じではなく、ずれながらも関連していく。厳密にその関係を抽出しようと文章にすると、わかりにくくなる。これを整理する用語が「接続・結

表2；六歌仙と和歌技法		
歌仙名；上仮名序 下真名序	仮名序・真名序の六歌仙の寸評	現代風寸評
僧正遍昭 華山僧正	歌の様は得たれども、誠すくなし 絵にかける女を見ていたづらに心を動かすがごとし	かたり名人 美形迷人
在原業平 在原中将	心あまりて 言葉たらず しぼめる花の色なくて匂い残れるがごとし	くくりわけ迷人 折句迷人
文屋康秀 文琳	言葉たくみにて、そのさま身にふさわしくない 商人のよき衣（表裏がある）きたらんがごとし	見立て迷人 字謎かけ・物名名人
宇治山の僧喜撰 （きせん法師）	華麗な言葉はかすかにして初め終わりたしかならず 秋の月をみるに暁の雲にあえるがごとし	仮令・転注語迷人 母音交替法迷人
小野小町 （古衣通姫之流）	あはれなるようにて強からず(艶然而無気力) よき女の悩めるところあるに似ている(病婦乃着花粉)	ほのめかし名人 糸かけ・色かけ名人
大伴黒主 （古猿丸太夫之次）	歌は 頗 逸興。そのさまいやし(躰甚鄙) 薪負える山人の花のかげに休めるがごとし	文脈名人 黒子・探し物名人
総合表章	板面（いたつら）・杯（いたつき）	外延・内包

合・共役」で化学用語かとも思うが、西洋の修辞技法にも認められている弁別なので、整理しておく。

　掛け語を何重にも繰りかえしていくのが「共役conjugation」で、これは「一点接続connection」、さらに「二点結合のcombination」よりも上級の「多点結合」。例えば水分子は酸素原子と水素原子の結合した分子だがそれが可能になるのは電子軌道を共有しているからで、酸素と水素原子間だけでなく水素と水素原子間でも相互作用が起きている類を共役という。また、学校教材では「点」のほかに「極」の用字も見られるので参考までに掲載しておく。

表3；連関・関連の階梯			
接続	connection	一点	一極
結合	combination	二点	双極
共役	conjugation	多点	多極

　そしてこの西洋由来の修辞法概念のとりわけ階梯性を手に入れると六種の二の歌を分析することが容易になる。初読では「思いつく身」だったものが物名という指示で「思い、つぐみトリ」を得てから再読すると「重いクチつぐみ」の義が見えてくる。

【六種の二】咲く花に　思ひつくみの　あぢきなさ
　　　　　　身にいたづきの　いるも知らずて

　さらに、この歌から鳥の名前「つぐみ」を取り出すと、六種の一との関連がはっきりする。なぜならば、仁徳天皇は古事記によればその即位までには紆余曲折があったわけだから、仁徳天皇の即位を促す六種の一に対する反論歌であってもいいわけである。それを「かぞえ歌」として仮名序においたのは一般的には「かぞえかえし」が行われていたからで、間違った数を訂正することは当然のことだった。ただし、口に出せば物議をかもすから結局は「口をつぐみ」の歌となっていてフツーの人には分からないようになっている。だが、歌の説明を「かぞへかへし」「そへたてまつる」のように延伸すると歌意が明確になる。

【六種の二】咲く花に　思ひつくみの　あぢきなさ
　　　　　　身にいたづきの　いるも知らずて　　　　　　　　　　かぞへかへし歌

【六種の一】難波津に　さくやこの花　冬ごもり
　　　　　　今は春べと　咲くやこの花　　　　　　　　　　　　そへたてまつる歌

表4；読解の階梯	
初読	思いつく身
物名	思い、つぐみトリ
再読	重いクチつぐみ
文脈指示	六種の二
六種の一	再読へ

　古今集の仮名序に「思ひつくみのあじきなさ」という警句がかかげてあるのはこの歌を本歌としていて、和歌と誹諧全般にわたる重要な警句だからで、大変重要な主張であること忘れないようにしたい。

　次に、再度小野小町の代表歌の抄9をおさらいすると六種の二の「いたづき」の別の意味が想起できるようになる。

【古今113】花の色は　うつりにけりな　いたづらに
　　　　　　我が身世にふる　ながめせしまに　　（抄9）

それは女性の身中にできるものは「病気」とは限らないからで、というよりも「胚胎；妊娠一月目」の方が実際的で、「胚・坏」にかかって形象つながりになる。事実この時期は妊婦特有のつわりも始まり、知識がないと病気ではないかと心配になる時期だし、古典籍に馴染んでいれば「令室；膣」「み台さま；胎」の延伸は当然のことで、「杯坏；肧」のような字謎かけも妥当。だから小町にあっては板面というのは外見で、「木＋坏；杯」は身中の見えないものということになる。当然、板面には表と裏があり、それに挟まれて見ることはできないが板の本体もあるのでこれが「身中丕」に相当する。

いたつら	板 面	外見
いたつき	杯(坏)	身中丕

一章 ● 百人一首・古今和歌集・万葉集　33

二章
北斎の「百人一首姥がゑとき」は27枚しかない

2-1 ● 北斎の27枚はダジャレや掛け語が満載

　北斎は大判錦絵シリーズとして「冨嶽三六景46枚」と「百人一首姥が画とき27枚」を残している。後者がそれほど有名ではないのは、和歌がわからないと面白さがわからないせいでもあるが、100首27枚というのはいかにも未完成という感じがするからであろう。現在市販で入手できる成書は以下。

　1)『北斎百人一首——うばがゑとき』ピーター・モース著、高階絵里加訳、岩波書店、1996
　2)『葛飾北斎 百人一首姥がゑとき』〈謎解き浮世絵叢書〉解説；田辺昌子（町田市立国際版画美術館）、二玄社、2011

　岩波本を手にとったのは、まだ日本語文法論と格闘している時だったので、価値がまったくわからなかった。古今和歌集の仮名序の見取り図が見えた段階で検証のために二玄社本を入手して、その後で、細部の確認のため再度閲覧して、大変おどろいた。もちろん全部の絵柄が残っているわけではないが、百枚目については下絵も残っていないということは、北斎には100枚を完成させる意図がなかったと考えてもいいことになる。

　あらためて版元を見ると、一、二、三、六、八枚目だけが「漫画富嶽百景」「錦絵シリーズ；冨嶽三十六景」の版元だった西村屋から上梓されているではないか。そうであれば、北斎が執念を燃やしたのは10枚の完成であって、その後は繰り返しに過ぎないと考えていたのかもしれない。

　新興の伊勢屋からは四、五、七、九、十枚目を上梓している。一般的には西村屋が傾いたからと、説明されるが、あるいはシリーズととられることを

巧妙に避けるためだったのかもしれない。その理由については本書を通じて考えていくが、町田市立国際版画美術館が編集した二玄社本では27枚を一連として確定しているので、27という数字を大切に考えていく。二玄社本の27枚については巻頭カラーページを参照していただきたい。

　なにも知らないで見るとまず目につくのが、36歌仙の一人である源宗于の28番歌で、これは「人目も草も」から物名「火止め燃草」を抽出するダジャレ遊びを加えて抄32と合わせて、対歌「山里・山川」として両方とも伊勢屋から商品化されている。つまり、山里ときたから山川とかけて次の絵も商品化企画がとおったのではないか。

【十七枚目】山里は　冬ぞさびしさ　まさりける
　　　　　　人目も草も　かれぬと思へば　　　　　　　　　　　　源宗宇

【十八枚目】山川に　風のかけたる　しがらみは
　　　　　　流れもあへぬ　紅葉なりけり　　　　　　　　　　　　春道列樹

　だが、どれだけ売れたのかはわからない。とにかく、このシリーズの企画にはダジャレや掛詞が訴求点として意識されている。そういう目で二七枚目をみると有名な定家の抄97だから末尾「つつ」連をつくって、抄1にもどすことができる。だったらこれを一枚目にかけて、沓冠「つつ」連とみることもできる。

【二七枚目】来ぬ人を　まつほの浦の　夕なぎに
　　　　　　焼くや藻塩の　身もこがれ<u>つつ</u>　　　　　　　　権中納言定家

【一枚目】秋の田の　仮庵の庵の　苫をあらみ
　　　　　わが衣手は　露にぬれ<u>つつ</u>　　　　　　　　　　　　天智天皇

2-2 ● 藤原定家の歌の抄97（二七枚目）は大伴家持へのオマージュ

　一方、二七枚目の歌（抄97）の真価は、大伴家持の万4575、4576への賛歌

であると考える。すなわち訓詁は「欠け語」の問題に行き着くということで、家持はこの歌で、現代日本語でも重要な「も・の・は」や「て・に・を」の問題をとりあげ、これらが字面にはなくても、それらを補って歌意を読み取るべきといっている。

詠霍公鳥二首　　作者：大伴家持

【万4175】霍公鳥　今来鳴きそむ　あやめぐさ
　　　　　　かづらくまでに　離るる日あらめや　[毛能波三箇辞を欠く]

【万4176】我が門ゆ　鳴き過ぎ渡る　霍公鳥
　　　　　　いやなつかしく　聞けど飽き足らず　[毛能波氏尓乎六箇辞を欠く]

　このことをふまえて読むと、上掲抄97の歌には副詞「もう・まだ」が欠けている。これを補うと「相聞歌」とは別の「しのぶ歌」になる。

　「欠け語」のことを万葉集に埋め込んだ大伴家持は、古代からの文書に精通した文献学 (philology) の徒だったわけである。定家の歌は編集・編纂者としての家持への賛辞となる。つまり家持を読み手である以上に万葉集編纂者として高く評価しているということなのである。

　この「欠け語」のことを本居宣長は「古今集遠眼鏡」の冒頭の例言の中で「をうなの詞は、ことにうちとけたることの多くて、心に思う筋のふとあらはるるものなれば、歌の勢いによくかなえること多かれば、女めきたるをも使うべきなり　またかたことをも用ふべし」と、小野小町以来の歌の特徴である「言葉の省略による仄めかし法」を肯定した。だから、「あれ！」とか「ええ！」とかのカタコトなど、語尾を省略して仄めかす方法に習熟しなくては和歌の道を究めることは難しい。これが現代までつづく「女子詞」、あるいは俗語の要諦となる。

2-3 ●百人一首抄27は紫式部の曽祖父の歌

【抄27】みかの原　わきて流る　いづみ川　いつみきとてか　恋しかるらむ

　　　　　　　　　　　　　　　　　　　　　　　　　　中納言兼輔

この歌を読んだ藤原中納言兼輔は紫式部の曽祖父で、「土左日記」にも出てくる紀貫之などの世話をした歌壇のパトロン的存在だった。朱雀天皇時代に中納言にまで出世し、賀茂川の堤に住んだので「堤中納言物語」の作者に擬せられることもある。

　二回ほど「いつみ」と出てくるから韻をふんだ耳に心地よい歌で、万27のオヤジギャグ歌とは大違い。でも、地名の「みかのはら」のことを調べていくときな臭い意味も見えてくる。ここは木津川上流の山城国（京都府）相楽郡加茂町にあって、南に行くとすぐに奈良県で、少し行くと聖武天皇ご夫妻の陵がある。聖武天皇は離宮のあったこの地に恭仁京を造営したのだがその都は機能しなかったらしく、この都を捨てて難波に大きな都をつくった。

　だから平安時代の人も「みかのはら」の名前は聞いたことはあるけれどよくわからない場所だった。でも万1050〜1061の12首は久迩の京賛歌とその廃都を偲ぶ連歌であり、その中に「三日原」「泉川」「三香原」の用字が見える。

【万1051】三日原　布當乃野邊　清見社　大宮處定異等霜

【万1054】泉川　徃瀬乃水之　絶者許曽　大宮地　遷徃目

【万1060】三香原　久迩乃京者　荒去家里　大宮人乃　遷去礼者

　ところが、百人一首抄27の中の「わきて」は「湧く・分ける」の掛け語だから当然仲たがいをした天智天皇と大海人皇子（後の天武天皇）のことも思いだしてしまう。現在では奈良市の少し北の木津川をさかのぼって関西本線がとおり、柘植というところで琵琶湖からくる草津線を合わせてさらに東へと延びて、紀勢本線となって伊勢にまでつながる。ま、いわば当時の裏街道の一拠点。だからそんなきな臭いあぶない歌は古今和歌集には入っていない。どうやら「よみ人しらず」だった古歌を、新古今集（996）に藤原兼輔の名前でいれたらしい。この人は平安時代を通して「堤中納言物語」の作者に擬せられていったので、その権威を新古今和歌集にとりこみたかったのではないかともいわれている。

二章●北斎の「百人一首姥がゑとき」は27枚しかない　37

古今和歌集には兼輔の歌は4首入っていて、どれもダジャレ歌にみえるが、実際はきわどいあぶな歌。

【古今391】君がゆく　越の白山　知らねども
　　　　　　ゆきのまにまに　あとは尋ねん

【古今417】夕づくよ　おぼつかなきを　玉櫛笥
　　　　　　ふたみの浦は　あけてこそ見め

【古今749】よそにのみ　聞かまし物を　音羽川
　　　　　　渡るとなしに　見なれそめけん

【古今1014】七月六日たなばたの心をよみける
　　　　　　　いつしかと　またく心を　脛にあげて
　　　　　　　天のかはらを　けふや渡らん

　4つ目は巻十九の雑躰（ぞったい）の中の「誹諧」の中に入っていて、「すね脛はぎ」と2通りの読みをかけているダジャレよりも高尚な漢字をつかった遊戯歌で、「はぎ」ならば「はぎ布」から「割れ目」の義をひきだせるし、「すね」ならば「骨一本」から男性の一物の義が引き出せる。
　もっと、きわどい歌は古今417だが、「櫛笥（くしげ）」の用字には形象文字体系としての漢字の脆弱性を指事していたことに気がつく。というのは「笥；凵」だから「櫛；几」となり、併せて「凸凹」の両字が歌いこまれていることになり、漢字の形象は似たような部品の相対関係に依存していることを指事する、両字とも音訓の両読みがあるので、その関係は漢字語彙（lexicon）の増大に伴って

漢字の祖型		
でこ	でこぼこニスル	ぼこ
凸	几；げ	凹
	凵；くし	
とつ	突撃・応酬	おう

重要な制約になってくる。そして音義は「おぼ・ぼこ」で倭語の系統となる。現代日本語を複雑にしている漢字の音と訓の二つの読み方の問題は基本的な形象字「凹凸」にまでさかのぼれるわけで、これ

が日本語の難しさと滑稽文学の中心にある。

2-4 ● 万葉集27番は天武天皇の苦渋にみちた勝利宣言

　万葉集巻一には天武天皇の歌は4首が入っているといわれている。一番有名なのは「あかねさす」で始まる額田王との相聞歌（万20、21）だが、これは大海人皇子時代の歌だから天皇御製とは厳密にはいえない。御製といえるのは万27とその前におかれた万26、25の三首のみ。

【万27】淑き人の　良しとよく見て　好しと言いし
　　　　芳野よく見よ　良き人よく見つ　　　　　　　　　　　　　天武天皇

【万25】み吉野の　耳我の嶺に　時なくぞ　雪は降り<u>ける</u>　間なくぞ　雨は
　　　　降り<u>ける</u>　その雪の　時なきがごと　その雨の　間なきがごと　隈
　　　　もおちず　思いつつぞ来る　その山道を

【万26】み芳野の　耳我の山に　時じくぞ　雪は降る<u>という</u>　間なくぞ　雨
　　　　は降る<u>という</u>　その雪の　間じきがごと　その雨の　間なきがごと
　　　　隈もおちず思いつつぞ来る　その山道を

　天武天皇の御製のうち、前2首は不思議な対歌で、訓読文で違っているのは、「嶺・山」「時なく・時じく」「ふりける・ふるという」「間・時」の4語。さらに「耳我」から「みみが・しが」の両義をひきだすべきだし「芳野・吉野」の用字の違いも大切。内容としては壬申の乱での苦しかった時期のことを想起している歌で、難しくはないが、対歌にした理由としては用字による対句の重要性を言いたかったと考えるしかない。多くの場合片歌しか紹介しないが両歌の差異をしっかり分析しておきたい。「吉」は「周礼記」のようなカノンにも相当する書文の中の用字の語義解釈を行っているから正副の序列化を明示する。一方の「芳」は香りに関するもので7世紀の段階では汚物と効用物の弁別が

吉野	文書世界の正統性	正副
芳野	生存に直結する嗅覚刺激	嗜好

二章 ● 北斎の「百人一首姥がゑとき」は27枚しかない　39

第一にきて、「芳」は植物の良好な香りと結びついた嗜好物の標識になる。

「嶺」は自分の目でみた山稜で、直示できる存在だが、「山」は海から見ての小高いところ一般。だから海からも山中でも嶺はいつでも見えるわけではない。これと「ふりける・ふるという」は対応している。つまり、万25は勝利に向けて専念して吉野山中を行軍した時の苦しかった経験を想起している歌で、万26は芳野だけでなく耳我一般、つまり【耳我シガ志賀】の山中でも同じように苦しい行軍が続いたはずだという配慮の歌。それでこそ、人心を統一して壬申の乱の勝利者となった方、味方だけでなく敵方にも、まんべんなくすべてを知らしめす、まことの指撝者にふさわしい度量のあらわれで、天皇にまで登りつめたのは当然すぎるとなる。原字を参照しておく。

【万25】三吉野之　耳我嶺尓　時無曽　雪者落家留　間無曽　雨者零計類
　　　　其雪乃　時無如　其雨乃　間無如　限毛不落　念乍叙来　其山道乎

【万26】三芳野之　耳我山尓　時自久曽　雪者落等言　無間曽　雨者落等言
　　　　其雪　不時如　其雨　無間如　限毛不堕　思乍叙来　其山道乎

　まとめると下表のようになるが、「三芳野」についての読みは「みよしの」で構わないが義としては「芳→方」と読むことで、「三方の」の義を引き出せば、全体の中の一である、「中心」の義をひきだすことができる。そうすると「三吉野」からは「見良野」の義が引き出せて、視覚形象であることがはっきりする。対語「時なく・時じく」も「間断なく・次々と」の対義で使われていることが見えてくる。

| 万25 | 三吉野之耳我 | 嶺 | 専念歌 | みよしのみみがね | 見良野の両嶺 | 時なく |
| 万26 | 三芳野之耳我 | 山 | 配慮歌 | さんほうのしがやま | 中心の四賀山 | 時じく |

　しかし「四賀・志賀」を引き出すと、この歌には天武天皇のもう一つの苦渋の決断を踏まえていることがわかる。それこそが万20、21の相聞歌で、一般的には万21の「人妻」に引きずられて額田王を天智天皇と再婚した前提で歌を解釈しているが、戦国史を学んでいくと、額田王が人質として近江京に送られ

た可能性を排除すべきではないことに気が付く。人質といっても娘の十市皇女は大友皇子の妃になっているわけだから政略結婚で、宮廷行事にはその母親で才気ある額田王が活躍したのも事実であったとは思う。原字は「人嬬」だから「貴人のそばに仕える女性」と広義でも訓読できる。さらに万13の妻争いの歌でも「嬬」の用字がみえるが、これも「美しい女人」の義でも歌意はとおる。

当然、大海人皇子が出家して吉野に向かうことになったとき天智天皇側がまず警戒したのは額田王母子の誘拐略取だったはずで、単身吉野に向かった大海人皇子に安堵したはず。逆にいえば大海人皇子の決断には母子を失う覚悟を伴っていた。ここでは万21をその覚悟の歌とみる。近江京に残していく人嬬に対して、「今でも愛しているよ。連れていけないのは本当につらいのだ」といっている。「故」の訓読は「人嬬だからつれていけない。だけど本当は愛しいからつれていきたい」と順接・逆説の両端の関係をきちんと引き出しておきたい。

【万21】紫の　にほへる妹を　憎くあらば　人嬬故に　我れ恋ひめやも

大海人皇子

だとすれば、万20は「野守に見つかったらあらぬ疑いをかけられるから、私のことは忘れて早く立ち去りください」という歌意になる。逢引の後の朝の別れ歌という単義しかみていない例が多いが「袖振る」というのは「おいで・さようなら」の両端の関係。

【万20】あかねさす　紫野行き　標野行き　野守は見ずや　君が袖振る　額田王

ただし、この対歌の後におかれた万22は十市皇女が大友皇子の妃になる報告の事績だと考えるのが常識的。

【万22】河の上の　ゆつ岩群に　草生さず　常にもかもな　常處女にて

だから、相聞対歌の採録された場面は大海人皇子がまだ皇太弟として実務

をこなしていた時期と考えるのはそれなりに妥当。そうであれば、万21は単な
る後朝（きぬぎぬ）の相聞歌で、近江への遷都があったばかりの早い時期に採録された歌
であろう。でも万20、21は「雑歌」なのだから「複雑な歌」として解釈したい。

　もちろん、結果として額田王も十市皇女も壬申の乱を生き延びて天武朝に
まで足跡を残してはいるが、かなり大変な思いをして生き延びたのだろうと
考える。

　ここまでの分析をすると、その前におかれた三輪山賛歌の万17、18のあ
との万19の歌意は額田王の大海人皇子への強烈な思慕の表明であることが
分かってくる。

【万19】綜麻形（へそ）の　林のさきの　狭野榛（はり）の　衣に付くなす　目につく吾が背

【万18】三輪山を　しかも隠か　雲だにも　心あらなも　隠さうべしや

【万17】味酒　三輪の山　あをによし　奈良の山の　山の際に　い隠るまで
　　　　道の隈　い積もるまでに　つばらにも　見つつ行かむを　しばしば
　　　　も　見放けむ山を　心なく雲の　隠さうべしや

　もちろん風景としての三輪山は忘れたくなっただろうが、それよりも背の
君との別れの方がつらかったはずで、その鉤語（かぎご）が「榛の衣に付くなす」で、
これはハシバミ染の衣のことで当時は家庭で機織りから染色裁縫までやっ
ていたわけで、蘇我氏の後ろ盾をもつ持統天皇はやらなかったかもしれない
けど、それほどの外戚をもたなかった額田王はみずから行ったはずで、夫の
外出する晴れ姿に自分の縫製技術の確かさと　染めたての衣から立ち上る
染料の匂いをかさねて歌いこんだもので匂いを介して万21へとかかる。当
時は新品の衣には草木染の香りがたった。そして着慣れてくれば替わりに当
人の体臭がしみついていくのは常識だった。「綜麻形（へそ）」は
文字通り「おへそ」の義で、二人が互いの身体の差異で
はなく、共通する形象を共有していたことを表章する。

耳形	M
へそ形	

といっても形象自体は「耳我嶺」と同じ。

　三輪山は見えなくなれば終わりだが、背の君の体臭や自分が整えた新品の衣の香りは簡単に忘れられるものではない。ま、今世のように1日に2回シャワーを浴びて、既製品の服で間に合わせている人たちには想像もつかないとは思うが。

　さらに、この言い替えは古事記を諳じていれば、やんちゃ坊主の皇太弟の深謀遠慮というか、すぐれた文術の記録となる。なぜならば古事記・日本書紀には用字「香山」「天香山」がでてくるから。昔の人々にとって山は高ければいいわけでなく、芳香のある花や果物が豊富で草いきれがむんむんして虫や小動物がさかんに飛び跳ねまわる「鬱蒼頡頏」な山こそが素晴らしい山だった。だから用字「香来山」を芳野にかけて、新しく「きちの吉野よしの」の両読みを天皇が宣言したということになる。さらに、「芳・吉」からは字形の「方・告」が隣に見えていることも重要で、これによって、万27に、即位した天武天皇の「四方への布告歌」の義を導くことができる。このような漢字遊びは21世紀の我々には幼稚な遊びにしか映らないが、文書による統治を本格的に始める決意をもった倭朝廷にとっては徒おろそかにできない民衆教化の工夫の一つとみるべき。

　一般書にはときどき古事記はもちろんのこと日本書紀にも正当な漢文文法にはそぐわない書記法がみられることを欠点であるかのような断定がみられるが、国内で流通させる文書であれば王権の治定が正調となるのは当然のことで、論語博士らが主張する孔子様の時代の発声音よりも天皇やその歌召し人が手本をしめした唱導音を正とするのは古来より万国の常識ではないだろうか。

　ここまでいろいろ弁護してきたが、万27を単独で読むと、オヤジギャグとしか受け取れないのも事実。しかし体験をたった31文字できりとれるわけはないし、本当にしんどい経験や喜びというものは複雑な事実の組み合わせからくるものだから、「連番歌」という編集手法が認知されてもいいと考える。

　とくに自分の経験と他者との経験は同じということはありえない。一般的

には敵は憎いだけのものだが、壬申の乱は骨肉の争いだったのだから、相手側に対する苦渋の選択・配慮や喪失感というものが必ず付随しているわけで、そういう複雑な側面を読み取る努力をしていきたいもの。ところがそうするとどうしても天武天皇への親近感が湧いてしまうので、「そうはさせない」という読み方が推奨されてきたということをはっきりと認識したい。事実、天智天皇側が持っているのは日本書紀だけで、天武天皇側は万葉集とそして古事記・風土記も持っていて、天武持統朝廷の考え方、息遣いが残されている。

　さらにもう一組の対歌も忘れてはいけないと考える。それは万23、24で、万24を読んだとされる麻続 王（をみのおおきみ）はいろいろな文書に出てくる人で特定できないから天皇によって地方へ追放された多くの王一般の造形と考えることが許される。ここでは罰としての追放とあるが、詔（みことのり）と延伸すればヤマトタケル、そして若き日の大海人皇子にもかかっていく人物造形。

　語頭を「うつそを・うつせみの」と語頭音韻で結んだ対歌の重要性についてきちんと見ておきたい。なお、万210柿本人麻呂の妻への挽歌では両語「うつそを・うつせみの」について言い替えとして処理している。

【万23】打つ麻を（うつを）　麻続の王（をみ おおきみ）　海人（あま）なれや
　　　　伊良虞（いらご）の島の　玉藻刈ります　　　　　　　　島人ノ哀傷歌

【万24】うつせみの　命を惜しみ　波に濡れ
　　　　伊良虞の島の　玉藻刈り食す　　　　　　　　　　　　　麻續王

　万24についての修辞学からの要点は2つある。一つは実務的な点で、もしもこの島人が天皇の密偵だったとすれば天皇を恨む言葉を口にした途端、懲罰死の口実を与えることになる。反対になんでもない島人ならば愚痴を繰り返す敗残者よりもけなげに耐えていく孤高の人の方が尊敬を勝ち得るのである。だとすれば現在を雌伏の時と自覚するならば「やせ我慢」の歌の方が効果的。もう一つは認識論からで、他人による継続する時間からの視点と、自分が一瞬一瞬生きているという断続の視点は、同時には記述できないということで、これがやがて能楽によって「離見の見」（りけん けん）としてまとめられること

になる。このような認識論は中国では、孫子の時代にはすでに成立していたのだから武官の大伴氏には伝わっていて当然と考える。

　以上をまとめると万17から27までを11首の連番歌としてよむと天智天皇の近江京への遷都から天武天皇の壬申の乱を経て、即位までの額田王との相聞心象記となる。万28はその勝利の証である「天の香来山」での国見の時を繰り返し思い起こされた歌で、万27の用字「芳野」をふまえた持統天皇の想起歌、ということになり全部で12首。

　これが百人一首では万28を踏まえて「衣干すという天の香具山」へと翻訳されていることにもっと注意があつまってもいいと私自身は考える。この抄2という配置によって万2へと返しているということを誰も指摘しないのは悲しい。持統天皇にとっては舒明朝の国見の故事は自身の経験ではなく、聞かされた故事だから万28を踏まえた上で「という」を加えることで伝承歌として百人一首にはおかれている。その意図についての多面的な考察が求められる。

【万28】春過ぎて　夏きたるらし　白妙の衣　乾したり　天の香来山（想起歌）

【抄2】春過ぎて　夏きにけらし　白妙の衣　干すてふ　天の香具山　（伝承歌）

【万2】……とりよろう天の香具山……（舒明天皇御製とされる故事歌）

　なお、天武天皇御製歌としては巻二には藤原夫人と天皇の相聞歌があり、こちらも軽いダジャレ歌。これは雪が降ったのが自分のところが先か後かで争っているたわいもない、あるいは男女の言葉でのジャレあい。まさに相聞歌の見本中の見本。

【万103】我が里に　大雪降れり　大原の
　　　　　古りにし郷に　降らまくは後　　　　　　　天武天皇

【万104】我が岡の　龗に言いて　降らしめし
　　　　　雪のくだけし　そこに散りけむ　　　　　　藤原夫人

二章●北斎の「百人一首姥がゑとき」は27枚しかない　45

三章
北斎の 27 枚を合わせてみる

3-1 ●「絵合わせ」という方法

　和歌では「本歌取り」という方法がよく用いられる。これは有名な歌から歌語を引き出して、それを読み込んだ新しい歌を作っていく方法で、『謎の歌集－百人一首』(織田正吉) では類似のあるいは対照的な歌語を合わせた歌群をさらにいくつか組み合わせて、百首全体をクロスワードで読み解こうとしている。北斎は、17枚目について歌語を対語「山里・山川」として、抄32と組み合わせて18枚目に置いている。そのために絵柄は「さびしい冬・紅葉の秋」の対に仕立になっている。また、『北斎漫画』では1枚の大きな絵を2ページにわたる見開き絵に仕立てているが、両方の絵をそれぞれ独立した一枚の絵として楽しめる作品も残している。本書では歌番と歌語と読み手の組み合わせによって対絵や見開き絵や、あるいは四コマ漫画のような時系列画から成り立っているのではと考えて、組み合わせ方をいろいろに検討してみた。

　前提として壬申の乱の首謀者である天武天皇とその嫁である阿閇皇女こと元明天皇の歌が隠されているはずだという考えで、組み合わせを考えた。その結果、多くは絵の並び番号で2枚ずつにくくれば良いが、いくつかは別の組み合わせの方が北斎の意図がはっきりすることが分かった。途中の考察は後に行うとして結論を以下に示す。最後の二六枚目は歌語に「いなば」があり、万78と同じく13の倍数なのでこの1枚は単独で考察した。

【26枚目】夕されば　門田の稲葉　訪れて
　　　　　蘆のまろ屋に　秋風ぞ吹く　　　　　　　　　　　　　　大納言経信

【万78】飛ぶ鳥の　明日香の里を　置きていなば

　　　君が当たりは　見えずかもあらむ　　　　　　　　　元明天皇

表5；北斎27枚を合わせ絵に作る					
合わせ絵	北斎絵の順番	数章	歌番	歌語	絵柄
イ(3-2節)	一・二七		1・97	末尾「つつ」	
ロ(3-3節)	四・九		4・11		波の量感
ハ(3-4節)	二・十二		2・18		干し裳・帆船
3-5節；連番絵の組み合わせ					
ニ	六・七		6・7		東州・明州
ホ	十三・十四	13+14=27	19・20	逢はで・逢はむ	
ヘ	二三・二四	23・24	50・52	惜し・うらめし	
ト	十七・十八	17+18=35	28・32	山里・山川	猟師・角材職人
チ	十九・二十		36・37		男と女の舟遊び
リ	二一・二二		39・49	しのぶ・おもう	
3-6節；残りの連番でない組み合わせ					
ヌ	三・八		3・9	柿本人麿・小野小町	山奥・人里
ル	五・十六		5・26	奥山・小倉山	紅葉・紅葉
ヲ	十一・十五		17・24	竜田川・手向山	からくれなゐ・紅葉
ワ	十・二五	10+25=35	12・68		奈良朝廷・平安朝廷
3-7節	二六	26=13*2	71	いなば・秋風	夕・芦のまろ屋

　ここで注意しておきたいのは、百人一首と万葉集の関係を考えるときに、阿閇皇女の歌万35が抄10と抄25に分けて入れられているという事実がまず大切。

万35；これやこの　大和にしては　我が恋ふる　紀路にありといふ　名に負ふ勢の山　　阿閇皇女

抄10；これやこの　行くも帰るも　別れては　知るも知らぬも　逢坂の関　　　　　　　蝉丸

抄25；名にし負はば　逢坂山の　さねかづら　人に知られで来るよしもがな　　　　三条右大臣

　阿閇皇女は天智天皇の娘で、天武天皇と持統天皇の息子である草壁皇子の妃になった。ところが、草壁皇子が早世したため、持統天皇とともに息子の

文武天皇を支えた。ところがその文武天皇も夭逝したため幼かった首皇子_{おびと}を即位させるべく自ら元明天皇となった。そして、古事記と風土記の撰録を命じ、奈良京遷都をやりとげてから、娘の元正天皇に位を譲って天武天皇の皇子である舎人親王に総裁させていた日本書紀撰進を見届けて、その翌年に亡くなっている。このような稀有の業績をあげた女性の若い時期の歌が、俗語体そのままというのは興味深い。さらに万葉集の歌を二つにわけて百人一首に取り入れたという顕著な例はこの歌だけ。

当然、百人一首関連の作品をみる人々はこれをどう処理するのか見るはずだが、北斎の27枚では、これら2つの歌とも、取り上げていない。その上で、まず、抄10の方から考えると、当時から「蟬丸ハ見ること能わざる」の句から「蟬丸ヲ見ること能わざる（空蟬）」と「蟬丸ガ見ること能わざる（目が不自由）」の両義を引き出す遊びがはやっていたから当然といえば当然で、「では、どう隠したのかしら」となる。

まず、万35をじっくり読んでみる。これは歌の前に置かれた詞書に皇女_{みこ}が吉野の展望のきくところに出て感動して読んだとあるから、「女子詞」を使って「これだったのね。この山がずっと見たいと思っていたあの有名な勢の山という名の山なのね」まで延伸して現代日本語で理解していく。そうすれば抄10からは「有名な」の義をひきだし、清少納言の抄62の「よに逢坂の関」の方を「世に有名な」と延伸すると、「有名な逢坂という名の関」までかけることができる。さらに、数27の逆序72にも「有名」の言い替えである「音にきく」が入っている。

万35：これだったね。大和にいて私が見たいと思ってきた勢<u>という名の山</u>はこの山や
抄10：これだったのか。行くも帰るも別れては　知るも知らぬ<u>という</u>逢坂の関はこの関や
抄62：夜をこめて鳥のそら音ははかるとも　<u>世にいう</u>逢坂の関は許さないはず
抄72：<u>音に聞く</u>たかしの浜のあだ波はかけじや　袖のぬれもこそすれ
抄25：<u>有名な</u>逢坂山のさねかずらでは　人に知られないで来ることは難しい。

さらに考えていくと、万35の「ありといふ」と、抄2の「といふ」も連携していることに遅まきながら気がつく。

48 　第一部 ● 葛飾北斎の「百人一首姥がゑとき」をよむ

【万35】これやこの　倭にしては　我が戀ふる
　　　　木路にありと<u>いふ</u>　名におふ勢の山　　　　　　　　　　阿閇皇女

【抄2】春過ぎて　夏きにけらし　白妙の衣
　　　　干す<u>てふ</u>　天の香具山　　　　　　　　　　　　　持統天皇（伝承歌）

　これで両歌とも、伝承の「という」を共有していることがわかる。だから
こそ、万葉集の原文28を伝聞の抄2にと変えることで実は阿閇皇女の歌を
隠していたのである。
　だから、万35は抄10と抄25だけでなく抄2にまで掛けられていたことに
なる。そのうち北斎が取り上げたのは抄2と抄10と抄12の3枚だったこと
に注意を向けると歌番と絵の順番が「襷がけ」で結ばれていることが見えて
くる。こういう襷がけによる合わせ方というのは和歌の道ではよく使われて
いるから今後とも注意していきたい。抄25の歌も北斎はつかわずに読み手
の名前の三条に掛けて、抄68の三条院の歌を二五枚目においた。これも襷
がけになっていってすぐにはわからないようになっている。

【抄68】心にもあらで　憂き夜に　長らへば
　　　　恋しかるべき　夜半の月かな　　　　　　　　　　　三条院（二五枚目）

阿閇皇女	百人一首	読み手	北斎の絵	歌番と枚目数
	抄2	持統天皇	二枚目；衣干す里	同じ
	抄10	蝉丸	―	襷掛け
万35	抄12	僧正遍昭	十枚目；奈良朝の女人	
	抄25	三条右大臣	―	襷がけ
	抄68	三条院	二五枚目；平安朝の官人	

3-2 ●百人一首は末尾の「つつ」4首でつながっている
　多くの解説書では100首の間のつながりを考えないが、抄1と抄97が末尾
「つつ」でつながっているほかに、抄4と抄15ともつながっている。

三章●北斎の27枚を合わせてみる　｜　49

【抄01】秋の田の　刈穂の庵の　苫をあらみ
　　　　我が衣手は　露にぬれつつ
　　　　　　　　　　　　　　　　　　　　　　　　　　　（天智天皇）

【抄04】田子の浦に　うち出でて見れば　白妙の
　　　　富士の高嶺に　雪はふりつつ
　　　　　　　　　　　　　　　　　　　　　　　　　　　（山部赤人）

【抄15】君がため　春の野に出でて　若菜つむ
　　　　我が衣手に　雪はふりつつ
　　　　　　　　　　　　　　　　　　　　　　　　　　　（光孝天皇）

【抄97】来ぬひとを　まつほの浦の　夕なぎに
　　　　焼くや藻塩の　身もこがれつつ
　　　　　　　　　　　　　　　　　　　　　　　　　　　（藤原定家）

　これは4つの「つつ歌」によって百人一首を排列をもとに読むことを指図（さしず）
している。こういういい方は定家をないがしろにしていると感じるかもしれ
ないが、むしろ定家ファンへの配慮であるとともに、「和歌の道」は新古今和
歌集をもって完成されて終わったことを指事する。そしてこの列島には万葉
集以前の記紀歌謡にまでさかのぼれる「古歌の道」があって、その道はこれ
からも続いていく事を主張していると私は考える。
　百人一首抄は、そのために最後の抄100を佐渡に配流された順徳院に担わ
せて、実は同じく佐渡に配流された世阿弥を暗示している。その直前に抄
98で「なら」が出てきて、それは平安朝ではなく聖武天皇以前の奈良朝から
の道である事を意味している。さらに抄2によってそれ以前の飛鳥朝へと返
すものである。だからこそ江戸期になって徳川王権下で、百人一首は正史の
一般向けの教化書の扱いを受けることになる。
　それにしても、この4歌には構文文法の考え方が埋め込まれている。2章
でふれた大伴家持の「欠け語法」のことを思い出して、いくつかの助詞を挿
入して、現代日本語で意味をとってみる。

【抄01】わが衣手は　露にぬれつづけることだ　（三詞文）

50　　第一部 ● 葛飾北斎の「百人一首姥がゑとき」をよむ

【抄04】雪は降りつもりつつあることだ（二詞文）

【抄15】わが衣手に入　雪ヲふりつづくことだ（ハ・ソ構文；は・が文の前身）

【抄97】私は　身ヲこがれつつ　来ない人をまちつづけるものである（複文）

　抄1と抄97の「つづける」が異なる動詞である事を母語話者は苦労なく理解するが、これを外国人に説明するのには工夫がいる。まず、文型を使って日本語話者がキモを論理的に共有しておくことが大切で、とくに、抄15の「ハ・ソ」が、「ハ・ガ」の前身であり、最重要な陳述構文形である事をひろく共有したい。

　次に、抄97を使って、一見、単線の構成にみえる「も」は、いくつかに変換して文の構成をとるべきこともはっきりと意識したい。そうすると「藻塩の」は排他的に「ニ・デ」を割り当てるべきことが見えてくる。一般的には「の」の方が由緒正しく、「が」は俗語風。文末の「つつ」を終止形と考えると「身は」の解釈も採用できる。

［も→の］こぬひとを　まつほの浦の　夕なぎに　焼くや藻塩ニ　身ノこがれつつ
［も→は］こぬひとを　まつほの浦の　夕なぎに　焼くや藻塩デ　身ハこがれつつ
［も→が］こぬひとを　まつほの浦の　夕なぎに　焼くや藻塩ニ　身ガこがれつつ

　こういう複雑さは古今100では起きないが「も」を「の」「が」に置き換え得ることは同じ。そして、「は」を代入する場合は語末を終止形にしないと落ち着かないことも見えてくる。

【古今100】まつ人もこぬ。ゆゑに(私は)うぐひすの　なきつる花を　をりてける　かな
［も→の］　まつ人ノこぬ。ゆゑに(私は)うぐいすの　なきつる花を　おりてける　かな
［も→は］　まつ人ハこぬ。ゆゑに(私は)うぐいすの　なきつる花を　おりてける。
［も→が］　まつ人ガこぬ。ゆゑに(私は)うぐいすの　なきつる花を　おりてける　かな

三章●北斎の27枚を合わせてみる｜51

また文の要素の排列についても、抄1は弘法も筆の誤りの見本として初学者に教えていくべき歌なのだが、国語の教科書には百人一首を使いこむという発想がないから、誉め言葉で飾って、床に間の飾りにしか役立たないものに矮小化している。一見流麗な調べが聞こえてきても意味不明ならば何度も、何度も、何度も、反芻してよくよく吟味しなければならない。そうするとイホは五杵、すなわち多束であることが見えてくる。そうすると、全体が「継続構文」であって、頭尾を入れ替えた「倒置構文」の方が偉大な天皇の発声としては自然である事がわかるはずだ。

【抄01の訳】秋ニ田デ刈穂ノ五杵ノ苫ヲ（雨が）浴らみました
　　　　［それで］我が衣手は露にぬれ続いたのです。

【抄01の倒置訳】我が衣手は露にぬれ続いた
　　　　［が］、秋ニ田デ刈穂ノ五杵ノ苫ヲ編らみました。

　抄4は万葉集318を本歌としていることは多くの書物の指摘する通りである。だが、実際は新古今675からのものであるから、これは編纂者の個人的な嗜好の問題ではなく、新古今集編纂過程で、つみあがった解釈を反映していると考えるべきで、具体的には万葉集の末尾「雪波零家留」の訓詁を「つつ」とおき、「白妙」を入れることで万28との関連を明示しようとしたものであろう。

【万318】田子の浦従　うち出でて見れば　真白にぞ
　　　　富士の高嶺に　雪は降りける

【新古今675】田子の浦に　うち出でて見れば　白妙の
　　　　富士の高嶺に　雪は降りつつ

　その理由は万318が長歌である万317の返歌で、歌語「時じく」がはいっていて、天武天皇御製歌26と連携しているからで、これによって変わらぬ富

士の姿との対比によって現在進行形であること明確にしたかったと考える。

【万317】天地の　別れし時従（より）　神さびて　高く貴き　駿河なる　布士の高嶺
　　　　を　天の原　振り放け見れば　渡る日の　影も隠らひ　照る月の
　　　　光も見えず　白雲も　い行きはばかり　時じくぞ　雪は降りける
　　　　語り継ぎ　言ひ継ぎ行かむ　不尽の高嶺は、

　2-4節で述べたように「時じく」は想起ではなく「一般的に継続して」の義
だから万318単独では「眼前の叙景」のみの歌意とはならない。そのことを
明確にするために動詞末尾「つつ」が採用された。ただしこの時に「従（より）」を
「に」とおきたので新古今しか知らない人たちは静岡県の田子の浦で読んだ
歌とだけ思い込む人が多くなった。
　一方で、新古今集では、万28の想起歌を「という」によって「伝承」の印
象を強めた新古今集夏歌冒頭の175番と合わせるように指示（さしず）したのである。

【新古今175】春過ぎて　夏来にけらし　白妙の　衣干すてふ　天の香具山

【万28】　　春過ぎて　夏来たるらし　白妙の　衣乾したり　天の香来山

　そして、以上のように細かく分析すると、抄4は「今までも・いつも・今
日も」の欠け語をいれた解釈が可能であることに気がつく。

【抄4】田子の浦に　うち出でて見れば　白妙の　富士の高嶺に　今までも・
　　　　いつも・今日も　雪はふりつづける　　　　　　　　　　山部赤人

　以上のように考えると百人一首において末尾「つつ」というものの編集意
図が見えてくる。それで北斎は二七枚目から一枚目に返すことでそのつなが
りを表現したかったのではと考えて二枚を合わせ絵にして、これを「合わせ
絵①」とした。

三章●北斎の27枚を合わせてみる　53

3-3 ●合わせ絵④；一枚目と二十七枚目（天智天皇と藤原定家）

　社会科では天智天皇について大化の改新を成し遂げて倭朝廷の礎を築いた最大の功労者と習うけれど、百人一首の抄2が娘の持統天皇で、抄10と抄25に元明天皇の若いころの作歌がわけて取り上げられていることが分かると、天智天皇の挿頭（かざし）は持統・元明両天皇の父親であることにあるのではないかと考えることができるようになる。

　と、いっても私の若いころは女性の活躍を苦々しく感じている男性が多か

合わせ絵④；一枚目・二七枚目	
よみ人	抄1　　天智天皇 抄27　藤原定家
あだ名	藤原京・奈良京の創設者の父 大伴家持の再来か
絵柄	秋の田・まつほの浦
鉤語	つつ

ったから、こういう考え方が字面に出ることはない。だからここでも女性天皇の名前を直接だすのは避けて、藤原京・奈良京創設者の父親とする。藤原定家については二章で述べたように抄27は欠け語法があるので、大伴家持の最大の後継者としておく。

　一枚目の絵は、どうということのない田舎の刈り入れ風景で、稲穂の国の歌集の冒頭にまことにふさわしいものだが、それでも北斎は版元の売り上げのために、山田の案山子（かかし）に模した赤い着物の童子にケンケンをさせて、これを中央においている。これで女性客はまちがいなく買いたくなるはずだ。

　では、天皇さんはどこにいらっしゃるの、となって、たぶん左端におかれた茶色の萱（かや）で葺（ふ）いた櫓（やぐら）のような庵で天皇さんは刈り入れの様子を督励なさったのかしらとなる。もっともさらに注意して見ると右奥に藁（わら）で葺いたらしい仮庵（かりは）も見えてくる。

　とすれば両者の対比には意味があるのか気になってくる。そう思ってその手前をみると千木（ちぎ）棚を組んで稲を干している。とすれば右奥の仮庵は伊勢様式を模しているのかもしれない。そう思って、もう一度、左の茅葺庵をみると足掛けの位置から同じく切り妻の妻入りと判断できる。とすれば手前のものは棟が高いことになっている出雲様式を擬していることになる。そうなれば中央の高木の三本は初発の三柱の神を表徴しているのかも知れない。

　となれば農家は寄せ棟だから八坂神社本殿の様式で決まるが、はたしてどうであろう。

ところが一枚目なのに時刻は夕暮れ時。今の私たちの感覚からすると奇異だけど、大昔は日没から一日が始まったのだから、北斎さんはそういう蘊蓄をさりげなく絵図にしているのだろう。

　さらにいうと現在の私たちは本を読むにせよ、絵画を鑑賞するにせよ、かしこまって黙って鑑賞しなくてはならないと思っている人が多いけど、江戸時代は人々が寄って、たかっていろんな蘊蓄を披露しあうことも多かった。だからこの一枚目の絵柄にふさわしいのは二六枚目の歌の抄71の方ではないかという意見も多かった。

【抄71】夕されば　門田の稲葉　おとづれて
　　　　蘆のまろ屋に　秋風ぞ吹く　　　　　　　　　　大納言経信（二六枚目）

　一方、二七枚目の絵は海辺ということで一枚目とは対絵になっているけれど、図柄には歌本文とは関係のない北斎さんの意見が明確に出ている。ここには直角六面体（サイコロ、cuboid）と三角屋根の塩焼き小屋が描かれていて、まるで幾何学の絵手本みたいだ。

　絵図を大雑把にまとめると、左端は燃草束を積み上げた立方体で、右端には鹽竈とおぼしき苫屋があって男女6人が3組に分かれて仕事をしている絵柄ということになる。

3-4 ● 合わせ絵㋺；絵柄の浪の量感で結ばれた四枚目（山部赤人）と九枚目（参議篁）

【抄4】田子の浦に　うち出でて見れば　白妙の
　　　　富士の高嶺に　雪は降りつつ　　　　　　　　　　　　　　　山部赤人

【抄11】わたの原　八十島かけて　こぎいでぬと
　　　　人には告げよ　あまの釣船　　　　　　　　　　　　　　　　参議篁

これは四枚目の絵柄に富士山の頂上と海面とが同時に描き込まれていることが一つのポイントになる。これで富士山からの距離が分かっていれば原理的にはその高さが分かるはずで、逆にいえば富士山の高さを知っていれば、そこから富士山までの距離も計算できることは小学校の比例計算で習う。

　というのは伊勢物語9段には富士山の高さを比叡山の二十倍と明記されているのだけど桃山時代までの伊勢物語絵巻には富士山の海抜を意識した絵柄はなく、江戸時代になって登場している。そうすると静岡県の田子の浦からの富士山よりは対岸の伊勢志摩あたりからの富士山の眺望の方が海抜を指事するにはふさわしいものとなる。つまり四枚目の絵柄にある旅人たちは紀伊半島にいて正面の海は伊勢物語7段の「伊勢、尾張のあはひの海づら」と見立てるのが自然な見方になる。事実、抄4の本歌は万318の歌で、題詞には「不尽山に望んで」とあるから読んだ場所そのものは当時辺境地だった静岡であった可能性は低く、伊勢湾の近くの方が妥当な解釈になる。

　絵柄をみると、海の波の量感はたいしたもので北斎さんの技量をまざまざと見せてくれる。そして、この海と併せられるのは九枚目の参議篁こと小野篁の抄11の絵柄しかないと考えるようになる。この人は小野小町の子孫とかいわれていて、ありあまる才能と直情径行の性格をもっていて、遣唐副使に任ぜられたのに藤原氏の正使と喧嘩して勝手にやめてしまったので、それをとがめられて隠岐へ流されたという人物。歌はその時のもので、古今集羈旅の二番目に入っている。この歌によって隠岐の島の近くの出雲を連想できるようになっている。

　もちろん知らぬが仏で、知らない人には分からない。でもなんにも知らなくても、「天の釣舟／海女／海人」とかけて漁の風景にしていることはわかる。そして、「とれた貝や魚は四枚目の旅人たちの今夜の食事になるのでしょう」となり、だとしたら自分も冨士講や伊勢参りに行きたいと江戸の人々に思わせることができる。この合わせ絵は、当時の旅行会社御用達のポスターにぴったりだから、さぞ売れたことでしょう。

3-5 ●合わせ絵⑧；北斎の二枚目と十二枚目は帆と裳の形象をかけている

【抄2】春過ぎて　夏来にけらし　白妙の
　　　　衣干すてふ天の香具山　　　　　　　　　　　　　　　　持統天皇

【抄18】住の江の　岸による浪　よるさへや
　　　　夢のかよひぢ　人目よぐらむ　　　　　　　　　　　　　藤原敏行

　持統天皇は誰でも知っている天武天皇の皇后で後をついで天皇になって藤原京に遷都した人。藤原敏行は彼のおばあさんは紀名虎の娘であることで紀貫之・友則とは縁戚で、敏行の妻は紀有常の娘だから在原業平とは相婿になり、最後は警察庁長官みたいな仕事をしているから文官というよりは武官に近いけれども能書家でもあって、浮気性で誹諧歌も多い遊び人。

　絵柄は、二枚目と十二枚目ならば末尾二つながりだが、歌からだけでは合わせるのは難しい。これは源為憲の『口遊』に出てくる「イロハ47」に似た「大為尓46」のについて文末について、まっとうな「裳は帆是よ」とおもしろ解釈「藻葉干せよ」の二通りの解釈があったことを知らないと解けない。仮名文字では濁音は必要に応じて使うことができるから、どちらもそれなりの妥当性をもち、当時さかんに取りざたされていたので、北斎は十二枚目に、そういう意味の絵柄をおいた。両図とも裳をつないだ帆布をみせている。「大為尓46」と「イロハ47」については「コラム1；誦文「大為尓」と「イロハ」」で詳しく説明する。

　そして、実は「いろは」の方でも最下段にでてくる「とかなくてし」の部分を「咎なくて死」と読んで、菅原道真の怨霊をこめた暗号だという説も広まっていた。これも「ト書き」がないと文章の意味はわからなくなるという誦文解釈の方がまっとうなのだが、おもしろ解釈の方が人目について流行っていた。

「大為尓46字」	
まっとう解	裳は帆▼是よ
仮名文	もはほせよ
おもしろ解釈	藻葉干せ▼よ

「イロハ47字」	
まっとう解	ト(書き)が▼なくて死
仮名文	とかなくてし
おもしろ解釈	咎なくて▼死

このような風潮を苦々しく思っていた人たちは、この合わせ方に拍手したはず。

重複よみ	人目〈よ▼〉よく暗む
仮名文	ひとめよくらむ
物名技法	人目▼夜暗む

実際に抄18について「よ」を重複して読んで、頭韻を増やせば耳に心地よくなるし、物名の技法からは、「ハ」をいれて延伸すれば、別の歌意が鮮明になる。

　では、どちらの解釈の方が妥当かというと直前の古今558とあわせて考えると、「暗い夜」そのものではなく「夢に出てきた姿にぬか喜びした落胆」が第一の主題となる。

【古今558】恋わびて　うちぬるなかに　行きかよふ
　　　　　　夢のただぢは　うつつならなむ　　　　　　　　　　　藤原敏行

【古今559】住の江の　岸に寄る波　よるさへや
　　　　　　夢の通ひ路　人目よくらむ　　　　　　　　　　藤原敏行（抄18）

3-6 ●残りの連番合わせ絵（㊁〜㊕）

合わせ絵㊁；六枚目（大伴家持）と七枚目（安倍仲麿）

【抄6】かささぎの　わたせる橋に　おく霜の
　　　　しろきを見れば　夜ぞふけにける　　　　　　　　　　　中納言家持

【抄7】天の原　ふりさけ見れば　春日なる
　　　　三笠の山に　出でし月かも　　　　　　　　　　　　　　安倍仲麿

　六枚目と七枚目は、絵柄をじっくり見ていると「東州・明州」の合わせだとわかる。
　この絵は連番歌をそのまま絵にしている分かりやすい合わせ絵だが、版元を違えて、六枚目は永寿堂からで、七枚目は栄樹堂から出ている。読み方に

注意すれば関連は読めるが、用字が違うし版元の主人も別人だったから違う版元と受け取られるようにし、特に店頭では両絵が並ばない工夫だった。

　もっとも本書の読者からも合わせ絵には見えないと抗議が来るかもしれないが、六枚目の中心にある唐船の後尾におかれた三段の客室に対して七枚目の月影の上の和船の後尾には箱荷が同じように三段置かれていて対称になっているのがわかると納得がいくと思う。

　それと抄7が七枚目というのはとても重要な意味がある。阿部仲麻呂という人は唐にわたり日本に戻れなかった人で、古今和歌集では第9巻・羈旅歌の冒頭におかれている。だから「あふ・あへない」でいえば、「あへない」の義を第一にあてはめる約束を北斎も踏襲したということになる。これで仏教の「四十九日」が死者との重要な別れの場であったことを追認することになる。

　もう一つ大切なことは万葉集歌人としての大伴家持は抒情詩人としてもすぐれた歌を残しているが、それ以上に実務的な考え方の人で、そのことが万4125〜4127の七夕の歌をよむとよくわかる。歌意は「どうして船も橋もなかったのだろうか」といって「あれば一年中会えたのに」といい切っている。つまり家持は、「七夕」とは牽牛織女の出会う約束の夕、という通念に疑念を持っていたことにもなる。

七夕歌
【万4126】天の川　橋わたせば　その上も　い渡らさむ　秋にあらずとも

　万葉集の成立にはこの人の存在が欠かせなかったことを考えると編纂者としての強固な意志にも恵まれていた「知・情・意」の三拍子そろった才人というよりは巨魁であることを素直に認識したい。本書はこの立場にたって、この国の和歌を担ってきた菅原道真、紀貫之などの人々は同様に「知・情・意」を兼ね備えた人たちだという認識で和歌史を読んでいく。そして、万葉集を理解するのには古今和歌集から百人一首までの、その時代、時代によって選び取られた正統な書文も参考にする立場をとる。このことを、世界標準のいい方をするならば、ニュートンの有名な「巨人たちの肩にのって遠くをみる」という方法を取るということである。言い替えると、学問で大切なの

は優れた先人をみつけて、その人の仕事の上に自分の仕事を積み上げていくことだということであり、これは「おもしろ解釈」よりも「まっとう解釈」を優先していくことにつながる。

　本居宣長も古事記の研究にあたって、古事記研究を担っていた当時の多くの国学者よりも、万葉集の大家であった賀茂真淵を師と選んでの仕事だったわけである。その理由を考えると、多くの国学者が嫌った契沖の「和字正濫鈔」における帰納的・実証的学問方法を賀茂真淵も継承していたからであろう。ただし、宣長は契沖の否定した「定家仮名遣」を継承した「カタカナ」の用法を、「古事記伝」冒頭で開陳している。これが「オ・ヲ」を「ア行・ワ行」のどちらに帰属させるべきかという大論争に対する宣長の回答となっているが、周到な宣長は決して「ひらかな」についての考えを直接には開陳していない。

合わせ絵㋭；十三枚目（伊勢）と十四枚目（元良親王）

【抄19】難波潟　短き芦の　ふしの間も
　　　　逢はでこの世を　すぐしてよとや　　　　　　　　　　　　伊勢

【抄20】わびぬれば　今はた同じ　難波なる
　　　　みをつくしても　逢はむとぞ思ふ　　　　　　　　　　　元良親王

　これは有名な伊勢と元良親王との合わせ絵で、歌も「難波津」で結ばれているから100首の中のハイライト。伊勢の歌は「会わないで過ごしてよ」などといわれても「そんなことはできないわ」という、後ろを省略した、仄めかし歌で、対する元良親王の歌は「どんな手をつかっても会いたい」といっているから、乙女ならばうっとりするのも無理はない。だが、実は二人は実際の恋人同士ではない。

　伊勢の境遇は複雑で、最初の恋人は身分違いの貴公子藤原忠平で、やがて裏切られる。しばらくして中宮温子に呼ばれて再出仕すると、あろうことか主の宇多天皇に声をかけられてしまう。中宮を裏切ることになり心苦しいま

ま行明親王を生む。その後宇多院とも別れ親王も中宮もなくなられ寂しい境遇のところを院の第四皇子・敦慶親王と結ばれ、やがて歌人として有名になる中務を生む、という近き世の歌姫の代表。

　一方の元良親王は陽成天皇の譲位後に生まれた皇子で、宇多院の愛妃・褒子と禁断の恋のスキャンダルを起こし、それが露見した後にその妃に送ったとされる歌だ。その姿かたちの堂々として美しいのはもちろんのことその美声も音吐朗々と遠くまで響き、それに人々は酔い知れたらしい。

　合わせ絵では歌意は関係なく「難波」と「伊勢」を引き出して、中間にある奈良盆地を指事している。浮世絵では男女のやり取りを直接取り上げるのは「あぶな絵」の方で、ふつうは女二人で表現する。だから十三枚目の屋根ふきをしている家の中から対岸をのぞいているのが恋人同士で、その二人は十四枚目では人目をしのぶので、唐傘で顔を隠している。

　さらに、4本の燃草束の中に隠れている人について、歌にある「わびぬれば」から古今938の恋多き小野小町を連想してもいいし、あるいは裏切られた、宇多院を想像してもいい。あるいは誰も入っていないかもしれない。

　それにしてもこの二枚を合わせた枚数番は13＋14＝27だから天武天皇の万27に重ねてあるので、大切な絵柄。それで他にも情報が隠れているかもしれないと考えて、数晩かけてじっくりながめた。そしたら十四枚目は二等辺三角形の見本帖になっていることがわかった。難しかったのは「水脈」の形象義で、辞書の説明では直接には分からないが、大事なのは網を対称的に広げた形象を導くことだった。そして一般的には港の出入り口にあるものだったから船旅の終着点の語義にかかっていく。

表6；二等辺三角形の見本				
4つの燃草束	円周を求める微分図	民家の屋根	停泊中の帆かけ舟	水脈(つくし)
四角錐の立面図	唐傘と蓑笠			

三章●北斎の27枚を合わせてみる　61

合わせ絵〇；二三枚目（藤原義孝）と二四枚目（藤原道信）

【抄50】君がため　惜しからざりし　命さえ
　　　　　長くもがなと　思いけるかな
　　　　　　　　　　　　　　　　　　　　　　　　　　藤原義孝

【抄52】明けぬれば　暮るるもの　とは知りながら
　　　　　なほ恨めしき　朝ぼらけかな
　　　　　　　　　　　　　　　　　　　　　　　　　　藤原道信

　藤原義孝は摂政藤原伊尹の三男で父子ともに歌才と美貌に恵まれていた。父の方は抄45に謙徳公の名前で出てくる。本人は恋のうわさも多く今業平というあだ名もあったらしいが、まじめな性格で仏道への関心もなみなみならぬものがあったが、兄弟で疱瘡にかかり21歳の若さで死んでしまった。そのことを知ってこの歌をよむと、命のはかなさが身にしみる。

　二四枚目の歌は『後拾遺集』からとられたもので題詞に「女のもとより雪降り侍りける日、かえりてつかわしける」とあるというから絵柄とはなんの関係もない。ただこの人も薄命で、義孝におくれること十年でやはり疱瘡にかかって27歳で落命している。

　二三枚目の絵柄は男湯から遠くを眺めている図で、女二人を鴛鴦の番に転写してある。これは歌の中の「惜し」にかかっている。

　その上で、二四枚目の遠景と合わせ絵⑪の十三枚目の遠景をあわせると十三枚目は整った碁盤目で、二四枚目は棚田のように自然の地形を残しているから、条理の近畿とそうでない江戸近郊の対比になっていっていることがわかるが、順番では襷がけになっているから、うっかりすると見落としてしまう。だが、両絵が十三枚目と十四枚目の合わせ絵を補完する構図になっていることは見ておきたい。時刻を考えると、二四枚目の歌には「明けぬれば」があるから早朝の景色で、十三枚目は瓦ふきもかなり進んでいるから昼間から夕刻にかけてと考えることができる。

難波故郷の近郊	江戸の近郊
十三枚目；条理に整備された田畑の眺め；抄19	二三枚目；湯屋からの眺め（昼間）；抄50
十四枚目；自然の地形の残る入江；抄20	二四枚目；自然の地形の残る棚田（早朝）；抄52

なお、二三、二四枚目の抄50、52は「をし・うらめし」の対句を意識的に合わせたと考えると、北斎の時代には「惜しいはオ」「愛しはヲ」などの表記論争が盛んだったので北斎は絵柄の中で自分の意見を半分表明している。そのために、歌の釈文では「於し」と表記しながらも、画面に「語頭ヲ」の「鴛鴦のつがい」をおいたので、北斎が世間の「ヲ於オ」論争ふまえて絵柄を練ったことが分かる人にはわかる。

【二三枚目の釈文】君可多め　於し可らさ里し　命さ衛
　　　　　　　　永くも可那登　お无ひ希る加奈

合わせ絵Ⓣ；十七枚目（源 宗宇朝臣）と十八枚目（春道列樹）

　この合わせ絵は既にみたように歌語から山里と山川を引き出した素人受けする組み合わせだが、絵柄をみても、北斎さんのいいたいことはさっぱりわからない。

【抄28】山里は　冬ぞ寂しさ　まさりける
　　　　　人目も草も　かれぬと思へば　　　　　　　　　　　源宗于朝臣

【抄32】山川に　風のかけたる　しがらみは
　　　　　流れもあへぬ　紅葉なりけり　　　　　　　　　　　春道列樹

　読み手の源宗于朝臣は、前述した三十六歌仙の一人で、抄15の光孝天皇の孫で臣籍降下して「源氏」となったのだが、出世の遅いことを愚痴っていたことで有名。古今集の歌では24番が重要で、通俗的な春萌えではなく常緑の松の色でもこちらの気分が変わると違って見えるという言語相対主義みたいな主張をしている。

【古今24】ときはなる　松のみどりも　春来れば　今ひとしほの　色まさりけり

　春道列樹の方は素性不詳だが、古今集に3首採られている。

絵柄の方は、まず、十七枚目の丸い柴垣の中にこれも丸い鍋が空っぽで置かれているのはあまりに奇妙で、読み解くのは難しかったが、万28についていろいろ考えた末に「4*7」の長方形が実は正三角形を半分にした直角三角形の型紙にぴったりなことがわかって、ようやく解けた。

　古代では代数よりも幾何の方が実用性は大きくて、とくにピタゴラスの定理といわれる三平方の定理は重要だった。これで見ると4*7の長方形の斜辺は略8になるので、角度60と30を得たい場合は、この型紙を使えば簡単に決められる。だから角度60をあらわす抄28には曲線の弧をあてて、十七枚目には正三角形を6つ合わせた円弧を表章する弧を配し、一方抄32は正方形16を二つあわせた長方形と考えて、絵柄には板や丸太の直線がたくさん描かれている。

歌番	因数	図形	表章	図版
抄28	4*7	正三角形の半分の三角形	円弧	17枚目
抄32	4*8	2つ正方形16をあわせた長方形	直線	18枚目

　さらにいうと、もしも万28を意識しての図柄だとすれば、これは冬の天の香具山を表章していることになり、二枚目の絵柄は香具山麓の人里の光景となり洗濯物が翻っていてもおかしくないことになる。

　ところが十七枚目は山中のそれも秋から冬にかけてのほんとうに寂しくも厳しい光景となり、天武天皇が雌伏していた雪中での厳しい生活を思い返す絵柄になっている。そういう艱難をのりこえて即位された天皇なればこそ後継者たちは大唐国と対峙する独立国へと歩みだすことができたのではないか。その夢のような国のありようを十八枚目で、「山川」とおいたのは万36〜39の連番歌を意識してのことで、万38には「国見をする」とあるから、ここも天の香具山だといっていることになる。

【万38】やすみしし　わが大君　神ながら　神さびせすと　吉野川
　　　　たぎつ河内に　高殿を　高知りまして　登り立ち　国見をせせば
　　　　たたなはる　青垣山　山神の　奉る御調と　春へは　花かざし持ち
　　　　秋立てば　黄葉かざせり　行き沿ふ　川の神も

大御食に　仕へ奉ると　上つ瀬に　鵜川を立ち　下つ瀬に
　　小網さし渡す　山川も　依りて仕ふる　神の御代かも　　柿本人麻呂

　そして間の抄31は万103の吉野で読まれた天武天皇御製歌をほうふつと
させる。

【抄31】朝ばらけ　有明の月と　見るまでに
　　　　吉野の里に　降れる白雪　　　　　　　　　　　　　　　坂上是則

【万103】我が里に　大雪降れり　大原の
　　　　　古りにし里に　降らまくは後　　　　　　　　　　　　天武天皇

　まとめると四枚の合わせ絵として見ることができる。

合わせ絵	天の香具山の全景	
ハ	十八枚目；秋の山川	十七枚目；大雪の山里
リ	十二枚目；行く帆船	二枚目；夏の山麓図

　なお、抄32の歌には「柵」が入っているけど絵柄には「物としての柵」
は見えない。親子の縁なども仏教的には「しがらみ」でまちがいないけど……。
　と書いた途端、17と18を合わせて35を得るこの合わせ絵にこめた北斎さ
んの意図が遅まきながらやっと見えた。十八枚目の「丸木橋こと柵」を渡っ
ているのは母子ではないか。だったらこれは万70の子が母を呼ぶ鳥だとい
われている鳥のことで、天武天皇亡き後、父草壁皇子をも失った軽皇子をつ
れた阿閇皇女にあたる。

【万70】倭には　鳴きてか来らむ　呼児鳥　象の中山　呼びそ越ゆなる
　　　　　　　　　　　　　　　　　　　　　　　　　　　　　高市連黒人

　そして十七枚目は、それを可能ならしめた皇太子たちをさしている。女の
被り物をまとっているのはヤマトタケルの故事をさし、皇太弟であった大海

三章●北斎の27枚を合わせてみる　65

人皇子自身とその後継者の高市皇子である。さらに雪や雨の降りしきる吉野
での行軍をともにした大勢の部下たちということになる。事実一枚目と十一
枚目には親子の3人ずれの赤いチャンチャンコをきた幼児がみえるが、十八
枚目はまちがいなく母子のみ。そして二一枚目には業平菱をつけた赤い服の
若き貴公子が先輩の宮廷人に導かれている姿がでてくる。そして二五枚目で
はこの赤い服の若い貴公子が真夜中にお祓いを受けているわけだから、口に
だしてはいけないかもしれないけど、大嘗祭を指事している。

赤い服を着た男の子の図柄				
一枚目	十一枚目	十八枚目	二一枚目	二五枚目
ケンケンをする男の子と夫婦	男の子を背負った夫婦	丸木橋を渡る母子	貴人のお供をする若者	神主からお払いを受ける若い貴人

　このようにして十七枚目を歴代の皇太弟に、十八枚目を呼子鳥に充てると
いう着想がえられた時、ようやく数27のもう一つの裏章がはっきりと意識
に上ってくる。それは90*3＝270という直角二等辺三角形の頂角を三つ合
わせた形象で、鎌倉仏教から戦国北条氏へと引き継がれた三鱗紋を思い起
こせるようになる。これは正三角形を三つ合わせた三輪山の表章と対峙する
べく鎌倉幕府の執権北条氏によって採用された表章で、新石器時代にはすで
に知られるところとなっていた5つしかありえないとされる正多面体に関す
る知識の表章でもある。整理しておこう。（12と20は漢数字で表記すると逆語
関係になっている）

表7；5つの正多面体					
	12面体	**6面体**	**4面体**	8面体	20面体
正面形	五角形	正方形	正三角形		
頂点の延伸角	108*3＝324	90*3＝270	60*3＝180	60*4＝240	60*5＝300
表章	5弁花72	**三鱗紋90**	**三鱗紋60**	4弁花60	5弁花60
数章	球体12	正立方体	三角錐	四角錐	球体20
	頂角数15	頂角数8	頂角数4	頂角数6	頂角数12
	型紙5*7	型紙1*1	型紙4*7		

　こう整理すると十八枚目には十七枚目の猟師に代わって、亡くなった草壁

皇子が木工職人に身を宿して母子を督励していることが分かってきて、狩猟中心だった縄文時代から定住中心になった歴史のある発展段階をも暗示していたことになる。そしてようやく十七枚目の柴垣の別名は草壁でいいのではないかと気がつく。

合わせ絵㊗；十九枚目（清原深養父）と二十枚目（文屋朝康）

【抄36】夏の夜は　まだ宵ながら　明けぬるを
　　　　雲のいずこに　月宿るらむ　　　　　　　　　　　　清原深養父

【抄37】白露に　風の吹きしく　秋の野は
　　　　つらぬきとめぬ　玉ぞ散りける　　　　　　　　　　文屋朝康

　この両歌は清少納言のおじいさんと名門文屋氏の御曹司のもので、これを「男の遊び・女の遊び」の対絵に仕立ててある。歌は抄36と抄37の連番歌で、抄36は古今166の歌。

　十九枚目の絵柄は、歌意の「夏の夜は短い」に寄りかかって、そうしたら月は超特急で空を渡らなければならなくなるはずと、例のおもしろ解釈をもとに月を探そうといっている。誹諧で見られる大げさな表現の典型として見ておけばいい。それを宴会船に仕立てた北斎さんの意図は「暗くなればすぐに煌々たる宴会船がでてくるから、月も気恥ずかしくて出てこられないだろう」ということだが、本船は半分しか見えないから、これを月と考えてもいい。手前の船は宴会の方からの追加の注文を運んだり、いらなくなった食器などを下げたりする船で、小回りの利くこういう船が港の中では活躍していた。一般的には「艀」といわれていたから、「橋・橋渡し」にかかってダジャレ遊びにはよく登場する。それと形象をはっきりさせると典型的な橋は凸面で、舟は凹面ということも覚えておきたい。もちろん丸木ならば橋にも筏にもなって平ら。

橋凸	板橋	艀凹
太鼓橋	丸太橋・筏	船底

　二十枚目の絵柄は、歌にある「白露」を「蓮の葉の白露」にかけて、葉っぱ

の収穫をしている娘子5人の絵柄にしているが、秋だから実際の楽しみは蓮根狩りと考えるべきだろう。全国レベルでいえばこの程度の説明で終わるけど、江戸っ子ならばまずは江戸城の艮（うしとら）の方角にある不忍池（しのばず）を思い起こすはずで、そうなれば二十枚目の娘子は5人だから20＊5＝100となり、数章100を得ることができて、抄100の「ももしき」までかけることができる。それでこそ事実上の都である花のお江戸の数章にふさわしいとなる。

　もう一つ、歌だけでなく読み手には、どちらも係累があるのでそのつながりも無視できない。清原深養父の抄36は息子の清原元輔の抄42からその娘の清少納言の抄62までつながっている。特に末尾2の三つの歌は阿閦皇女の万35のところでふれた「という・有名な」につながる歌だから思い出しておきたい。「末の松山」も「逢坂の関」同様、誰も実際には見たことがないまま、慣用句として、皆が知っている、つまり有名という語義で使われてきたことをいっている。

【抄42】契りきな　かたみに袖を　しぼりつつ
　　　　末の松山　波越さじとは　　　　　　　　　　　　　　　　　清原元輔

【抄62】夜をこめて　鳥のそら音は　はかるとも
　　　　よに逢坂の　関は許さじ　　　　　　　　　　　　　　　　　清少納言

【抄22】吹くからに　秋の草木の　しをるれば
　　　　むべ山風を　あらしといふらむ　　　　　　　　　　　　　　文屋康秀

　それと末尾2つながりで考えると抄72も名前に関する歌で、これは上級者でないと説明しても分かってもらえないほど複雑な歌。

【抄72】音に聞く　高師の浜の　あだ波は
　　　　かけじや袖の　ぬれもこそすれ　　　　　　　　　　　祐子内親王家紀伊

　簡単にいうと大坂湾の方は「高石」で、三河の方は「高師」と習う地名転写

の実例となっていて、伊勢物語でも取り上げている。

　さらに抄37の文屋朝秀は六歌仙の一人である父親の康秀の抄22はもちろんのこと中級者ならば同族の文屋ありすゑ（古今997）も思い起こしておかなければならない。

【古今997】神な月　時雨ふりおける　楢の葉の
　　　　　　名におふ宮の　ふることぞ　これ　　　　　　　　　文屋ありすゑ

　そもそも文屋氏というのは平安時代まで生き延びた数少ない天武天皇の皇子・長皇子の子孫で万葉集に関するご意見番のような存在だった。だから万葉仮名についてもご意見番ということで抄22は漢字を使った字謎かけ遊戯の見本として以下が知られている。(1-6・「六歌仙」は歌の迷人たち)

【抄22】吹くからに秋の草木のしをるれば　むべ山風をあらしといふらむ
　　　　　　　　　　　　　　　　　　　　　　　　　　　　　　文屋康秀

　だが、よく考えると変な歌で、こちらは「嵐」は音では「ラン」なのを「山の下の風」と解字して万葉集に出てくる「下風」を「山下風アラシ」と訓で読む約束の導入をしている。でも嵐といえば関東者は台風をまず連想するから中核には上昇気流がなければならないので関西弁でいう「六甲おろし」のようなカラッ風とは重ならない。でも元寇の後には「あらし嵐・上からの風・かみかぜ・神風」という言い替えも流行ったらしいが、そのことへの異議も江戸期にはおこっている。事実、抄74は「おろし」が読み込まれている。

【抄74】憂かりける人を初瀬の山おろしよ　激しかれとは祈らぬものを
　　　　　　　　　　　　　　　　　　　　　　　　　　　　　源俊頼朝臣

　ところが、現在でも万74の「下風」を「嵐あらし」と訓じて済ましているのが大方の日本人。

三章●北斎の27枚を合わせてみる｜69

【万74】大行天皇（文武天皇）幸于吉野宮時歌
　　訓読；み吉野の　山のあらしの　寒けくに　はたや今夜も　我が独り寝む
　　原文；見吉野乃　山下風之　　寒久尓　　為當也今夜毛　我獨宿牟

　これは前後の万73と万75の用字をよく見ると、何をいいたいのかがわかる。

【万73】吾妹子乎　早見濱風　倭有　吾松椿　不吹有勿勤　　　　　　　長皇子

【万75】宇治間山　朝風寒之　旅尓師手　衣應借　妹毛有勿久尓　　　　長屋王

　現在の日本語もそうだが、一般的には処を冠した山風とか海風というのは起点を指している。当然「山下風」というのは「山からの風」と「下降風」の組み合わせなのだが、「下」の一字だと「下からの風」の義を持ってしまう。耳からであれば「下し」は「下降」の義で迷うことはない。だが、万葉集というのは口承の書文を書記する試行錯誤の記録でもあるわけだから、「下風」のような両義的な語にはきちんとした正唱法を定めた方がいいだろうということでその結果にもみえる。要するに、草木がしおれてしまう、つまり庭が荒れてしまうことから「あらし」という用語を作り、それを「嵐ラン」にかけて決めようといっている。
　これは「神風の伊勢」という挿頭が日本書紀の垂仁天皇の条に出てくる倭姫が現在の伊勢の地を天照大神の鎮静地と定めたときのご発声にでてくるので、註釈をおこなったもので「神風」の義は「自然の風」の義だから日常的には朝は山下風で、夜は海上風になる。上空であれば偏西風であることは現在では小学生でも知っている理科の知識。もちろん台風も自然の風だから神風に含ませても構わないから、「下克上の嵐」の隠語としても使いやすくなっていった。

神風の伊勢 自然の風の伊勢	上空の風	偏西風
	万73（浜風）	海上風
	万75（朝風）	山下風

　でも平安時代には「東風」の方が反乱のメタファとしては流通していた。これは偏西風に対抗する風で伊勢の地では海上風の義である。謀反人である

菅原道真にかけて江戸時代にはおもしろおかしく取り上げられ有名になっていた。

【拾遺和歌集】東風吹かば　にほひおこせよ　梅の花
　　　　　　　主なしとて　春を忘るな　　　　　　　　　　菅原道真

合わせ絵⑰；二一枚目（参議等）と二二枚目（大中臣 能宣）

【抄39】浅茅生の　小野の篠原　忍ぶれど　あまりてなどか　人の恋しき
　　　　　　　　　　　　　　　　　　　　　　　　　　　参議等

【抄49】御垣守　衛士のたく火の　夜は燃え　昼は消えつつ　ものをこそ思へ
　　　　　　　　　　　　　　　　　　　　　　　　大中臣能宣朝臣

　「しのぶ・おもう」の対語は大切なので百人一首でもなんどか対歌としてとりあげられている。簡単にまとめると「しのぶ」は過去の回想で、「思う」は現在の問題をあれこれ「考える」こと。だが、現代日本語でこの対語を扱うのは難しい。

　なぜならば、理系の論文の結語には「思う」は使わないように指導されるが、法文系の人たちは仕事でも「思う」を使いたがる。この現象について長年、不思議だったけれど、最近彼らが使っているのは「慮」を詰屈した「思」だということが分かって納得した。法文系の人たちの就業する先の仕事は決済だから「思慮・熟慮・考慮・配慮」などを積み上げて最終的には「熟慮慮断断行」をしていく。理系は結果の「勘考考察断定」という作業が中心なので「慮」では大げさすぎるように感じる。

　一方で、実人生では過去の回想といっても楽しい思い出もあれば自分を裏切って去っていった恋人への未練までいろいろある。故人を偲ぶような場合は公然と表現できるけど、自分がその人と親しかったことを他人に知られては困る場合もある。それで用字

思う	配慮	配慮慮断断行	法文系統括官僚
考える	思慮	思慮深い	—
	考慮	勘考考察断定	考慮する（動詞）

としては「偲・忍」の二通りで用字されてきた。次に嫌な思い出も、それを乗り越えてこその人生じゃないかという考えもでてきて、何度めげても立ち直るイメージから「篠竹」によそえて「凌ぐ」という熟語も広まってきた。この二一枚目の「篠」を歌いこんだ抄39にはそういう意味がある。本当に強い人、あるいは困難を乗りこえて強くなった人は自分を貶めた人に対しても優しい気持ちを持てるようになるという道学者の喜びそうな歌で、歌語の「恋しい」は特定の相手への欲望ではなく時代やその時々への思慕、つまり懐旧の義が強い。

　もう一つ「浅茅が原」の中の用字「茅」も重要で、字書をひくと「イネ科の多年草で原野に自生し晩春にツバナと呼ぶ円柱状の花穂をつける。茎は屋根葺に、根は利尿・止血剤にもちいる。チガヤ、スゲ、ススキの総称」とある。だから用字としては「茅・菅・薄・蒲」でも似た形象を指すことができることになる。

　絵の方では三つの工夫がすぐに目につく。一つは真ん中の水たまりを青くすることで藍染の衣を引き出している。これは抄14で有名になった「しのぶもじづり」の染料について京都の方ではなにやら小むずかしい「延喜式」とかいう大上段を振りかざして友禅の下絵につかう露草だという説が根強かったけれど、江戸者の北斎さんは「凌ぐ」にふさわしいのは堅牢で実用的な蓼藍の方だろうといっている。そして露草では刈り取りの風景にはならないけど「茅」であれば童子たちが背負っている蓼藍の荷らしく見える。

　次の謎は左端にある蔀で囲われた櫓で、一枚目には蔀の入っていない櫓だけがおいてあった。これによって昔からこの列島では建物の骨組みは変わっていいないことをいっている。どういうことかというと茅葺屋根は「1・1・√2」の直角二等辺三角形で、下の基部は辺√2の正方形だといっている。学校では三平方の定理というと「3・4・5」の三角形から習うけど、この定理は十干と呼ばれる数章を重視してきた東アジアでは、正方形を面積2倍の正方形にする方法として便利なことで知られてきた。（具体的にはp118の表7の左図を参照ください）

　三つ目の仕掛けは茅刈の子供の一人だけが赤いチャンチャンコを着ていることで、昔は貴人の家でも赤ん坊のうちは家来の家に預けて乳母に育ててもらう場合も多かったから、貴人の従者の赤い衣の若武者のありえた姿とい

える。とすれば若武者にとっては、身分違いであっても懐かしい自分の分身ともいえる。これが身分を超えて人と人とが分かりあっていく一つの道筋となる。

そうすると、左端の刈穂の庵に貼ってあった蔀にも意図があったことがわかる。一枚目では骨組みしかな

一枚目	二一枚目
茅葺屋根つきの櫓	さらに蔀をくわえた櫓

かったけれど、これは四方に板で縁が張ってあって、蔀の位置から入母屋だとわかる。

だから、一枚目の真ん中でケンケンしていた男の子は、一人は立派な太刀持ちになって出世しようとしていることを示している。あの夫婦に養子に出されていたのが、実家に戻されたのか、わからないけれども違う世界にいったのだ。少し注意しないと見えないけれど赤いチャンチャンコを着ているもう一人は夫婦の実子だったのではないか。だから草刈の手伝いをしている。どっちも世を忍ぶ仮の姿で等しいのだ、といっている。北斎の釈文をみると「志能ぶ」となっていて、下心で、大事なのは「志」ということをいいたかったと考えることができる。

そして、次の二二枚目の絵では、二人でぼんやりと遠くを見つめている。これが「偲ぶ」のイメージで、とりとめもなくいろいろの想念に身をゆだねているとようやく「信夫」が「信じて思う人；真摯」の掛け語のことだったと了解できるようになる。

そもそも、「思慕」は逢瀬以前の感情が中核にあるから。「恋慕」とは違い「信夫」の方が「信じて恋い慕う」の義を明確にできるすぐれもの。そういえば「相思相愛」という熟語もあった。そういう中でも官吏ならば単身赴任したり覊旅で家を空けることも多かったわけで、そういう時には「家居の妹」を思い出したり、自然災害や病からの無事を祈ったり見舞いの品を考えたりするのが「想う」こと。むしろこちらが本義と考えるべきで、その場合は「偲；人と人との間の信頼；信夫」がふさわしい。

よく語源の議論で、初出の文献を重視する人たちがいるけど、実際に使われている語義の延伸はいろいろの方向にありえるわけで、文献に出て来ない場合でも人々が現在の自分と周囲のありようを整理するために都合のよい

三章●北斎の27枚を合わせてみる　73

ものも取り上げた場合も考慮した方がいいと考えている。それが「読解の階梯」の学知に対する経験知の認証になり、そこから書き手である専門家に対しての経験の担い手である読み手の復権という「言語論的転回」の実現になる。

次に二二枚目の絵柄を見る。

歌題について「あれこれ考えること」という理解ができていれば、絵柄のポイントは「板塀の内外」「みかきもり・衛士」であることがわかる。

そもそも、人があれこれ考え始めるときの原点は「内外」で、幼児であれば母親あるいは世話をしてくれる人全般が味方で内部の人となり、あとは他人で外部の人になる。だから長期不在の父親は外部の人、つまり他人の筆頭にくる。この関係性の上に社会的関係を言葉によって刷り込んでいくのが母語で、母語を習得できてはじめて「仲間」という多義的で不完全な概念を人は身につけていく。その先に仲間遊びによって人は他者と対物を弁別できるようになる。

北斎さんの二二枚目の絵柄をよくよく見ていくと衛士がいるのが板塀の内なのか外なのか怪しくなってくる。そもそも倭語の「御垣守」と、漢語の「衛士」では、京都のお公家さんの間では優劣があって、前者が殿上人にもなれる人たちで、後者は地下人のままで終わる奴らのことだった。でも絵柄を素直にみれば御垣守は塀の外で遠くを見ながら考え事をしていて、本当に斎城_{いつき}を守っているのは塀の内側でしどけなく焚火をしている6人の衛士たちではないのか。そして焚火の煙に勢いがないのは歌にある「昼は消えつつ」を形象しているからに違いない。だから歌意は「夜は燃えつつ」とあわせて、時間の繰り返しを歌っているが、それを、北斎は転注語「御垣守・衛士」によって空間上に分けて配置することで、歌意を転換している。

3-7 ● 連番絵ではない残りの組み合わせ（ヌ～ワ）

合わせ絵ヌ；三枚目（柿本人麻呂）と八枚目（小野小町）

【抄3】あしひきの　山鳥の尾の　しだり尾の
　　　　ながながし夜を　ひとりかも寝む

柿本人麻呂

74　第一部 ● 葛飾北斎の「百人一首姥がゑとき」をよむ

【抄9】花の色は　うつりにけりな　いたづらに
　　　　わが身世にふる　ながめせしまに　　　　　　　　　　小野小町

　これは絵柄から山奥の三枚目と人里の八枚目とを対絵として合わせた。
　八枚目は情報満載でどこから手をつけていいかわからないが、三枚目は中間でまあ読みやすい絵柄。一方、三枚目の絵には人麻呂さまと思しき人物が座っていて手前には8人の漁師が息を合わせて網を引いている。焚火の煙は人麻呂様の方へとなびいていて、和歌の勉強をするのならば、こういう絵を一枚くらい、もっていてもいいなと思わせる絵柄になっている。
　でも、仮名序には「人丸は赤人が上に立つことなく、赤人は人丸の下に立つことはむずかしい」と書いてあるから、当時の人麻呂様尊崇の流行に顔をしかめている人も多かった。そして、仮名序ではその直前に人麻呂が心には「春の朝の吉野の山の桜は雲にしか見えなかった」とあるから仮名序を知っている人は煙が雲で、人麻呂様はあれを山桜とみていることになり、ちょっとおかしいといえる。そこで、「人麻呂様の反対側の見えない部分には赤人さまが座っていて、歌聖の二人は仲良く談笑しているのよ」などとコメントすれば「仮名序をちゃんと読んでいるんだ」と皆に感心してもらえる。
　しかし数字にうるさい人となると「漁師はなんで8人なの」とかいい出す。これも仮名序を読んでいれば「六歌仙の他に難波津の王仁と浅香山の采女が出てくるから、全部で8人なのだ」と答えることができる。

　一方、三枚目の絵が山奥の隠遁者の世界ならば八枚目はまさに人里って感じで、古今113からとられている。
　この歌は初句に字余りのある変則歌だが、歌意のはっきりしている初心者向けの歌。というのは「うつりにけりな」と「文末助詞な」が入っているからで、その上で、次の「いたづらに」が上の句にかかるのか下の句の「ふる」にかかるのかわからないようになっている。だから、初心者は自分で答えをださなければならないから練習問題として最適。
　ところが実はさらに別の解釈が江戸時代には有名になっていく。こちらは

三章●北斎の27枚を合わせてみる｜75

鏡の中の小町
化粧しても見えるもの
しわ
白い糸・白裳・白布

おもしろ解釈ともいえるけれど仮名序をきちんと読み込んだ結果ともいえる。というのは仮名序の中で遍昭の寸評にでてくる「いたづら」から「徒・板面」の両義を引き出して、さらに、木の表面も金属でできた鏡も似たようなものということで「鏡の中の小町顔」というおもしろ解釈が流行っていた。さらに、その結果「鏡の中のしわくちゃ顔におどろく小町」というのが狂歌絵本によく取り上げられるようになった。このお題は仮名序では「年ごとに鏡の影に見ゆる雪と波とを嘆き」とあるから、和歌を勉強すれば「雪・波」で老化現象をひきだせる。

面前	板面・鏡
後姿	離見の見

そのことを踏まえて中央の老女をみると洗濯しているように見えるけど水面に映る自分のしわくちゃ顔をながめているだけかもしれない。ところが少し後ろにいて桜を眺めやっている若い女と合わせると四番目の解釈も出てくる。あの若い女によって老女は自分の若かったころを想起しているのかもしれない。そういうのを自己対象化というけど、能の世界では「離見の見」などと格好つけていう。

　一方で、板面のことは右端の染物屋の女たちの仕事をみればわかるけれど、ここでは色はうつろうものというよりも移ろわなくては仕事にならない。現代では誰も染色をしたことがないからわからないけれど、額田王も小野小町も紫式部だってみんな主婦は自分で染め物をしていた。特に日本特有といわれる柿渋と藍の染めは干しているうちに色がどんどん濃くなってくるから頃合いをみてちょうどのところで止めなくてはならなかった。やりっぱなしというわけにはいかなかった。こういう生活の実感が分からなくなると和歌の理解受容も難しくなる。

合わせ絵㋡；五枚目（猿丸太夫）と十六枚目（貞信公）

【抄5】奥山に　紅葉ふみわけ　鳴く鹿の
　　　　声きく時ぞ　秋はかなしき

　　　　　　　　　　　　　　　　　　　　　　　　　　猿丸太夫

【抄26】小倉山　峰のもみぢ葉　こころあらば
　　　　今ひとたびの　みゆき待たなむ
　　　　　　　　　　　　　　　　　　　　　　　　　貞信公

　歌語の小倉山については定家が山荘を構えていた京都の嵐山近くの山という説明が多いけれど、万葉集大事の人たちはこれが不満で、「をぐら山」といえば舒明天皇、雄略天皇御製歌が読まれた「明日香の近く」のことであるべきという考えも強かった。

【万1511】夕されば　小倉之山に　鳴く鹿は
　　　　　　今夜は鳴かず　寝(いね)にけらしも
　　　　　　　　　　　　　　　　　　　　　　　　　舒明天皇

【万1664】夕されば　小椋山に　臥す鹿は
　　　　　　今夜は鳴かず　寝にけらしも
　　　　　　　　　　　　　　　　　　　　　　　　　雄略天皇

　とくに万1664は第九巻冒頭歌だから、万葉集第一巻の冒頭歌と双比すべき重要な歌なので、妥協案というわけではないけれど、宇治にあった巨大な遊水池の巨椋池(おぐらいけ)のそばを通るJRには小倉駅があって今も営業している。巨椋池の方は埋め立てられて今はインターチェンジの名前にしか残っていないけれど、いわくつきの名前であることはわかる。そういえば九州には小倉市(こくら)っていうのもあった。だから現在のJR九州には小倉駅がある。

| 京都市 小倉(おぐら)山荘 |
| 京都府 巨椋(おぐら)池 |
| 京都府 小倉(おぐら)駅 |
| 北九州市 小倉(こくら)駅 |

　絵柄の方をみると、十六枚目の絵は十五枚目の絵と合わせたほうが、合わせ絵として適当という考えもある。中国風の輿(こし)の菅原道真に対して、これを追放し、和風を打ち立てて藤原王権の全盛期へと導いた藤原忠平の純和風の輿の絵に注目する。輿の屋根の形を平面と上面凸の対絵としたことになる。事実、

	輿の屋根	かけ橋	板橋
凸面	十五枚目；抄24	十一枚目；抄17	一枚目；抄1
平面	十六枚目；抄25	十八枚目；抄32	八枚目；抄9

一枚目と八枚目を合わせると板橋の形の対絵となる。

　だが、ここでは歌語「奥山・小倉山」を合わせて紅葉を重ねた対絵と考えた。これが成功するかどうかはわからないが、絵柄としては奥山を向って左に、小倉山を向って右に配しているので、一見では紅葉の揃い絵なのに構図は対称になっているので、北斎さんには意図があったのではないかと考えた。

合わせ絵㋺；十一枚目（在原業平）と十五枚目（管家^{かんけ}）

【抄24】このたびは　幣もとりあえず　手向山^{たむけ}　紅葉の錦　神のまにまに

管家（古今420・羇旅15番目　すがわらの朝臣）

【抄17】ちはやぶる　神世もきかず　竜田川　からくれなゐに　水くくるとは

なりひらの朝臣（古今294）

　歌意では歌語対の「手向山・竜田川」がポイントで、これについてどれだけの蘊蓄^{うんちく}を披露し、さらに江戸期における和歌の訓読に的確につなげられるかが見どころ。易しい方から「手向山」を取り上げると、「朱雀院（宇多上皇）のならにおはしましたりける時によみける」の題詞が添えられている古今羇旅歌420からのもの。ただし古今集では「すがわら朝臣」となっていて菅原道真と結び付けやすいが、百人一首では「管家」となっていて、直接は結び付かないようになっている。一応謀反人の筆頭だから名前をぼかしてある。さらにいうとこれは羇旅歌の15番目だから北斎は絵の十五枚目において数字をあわせてある。

　ここで大切なのは「手向け」の語義をしっかりと理解することで、仮名序にも「あふさか山にいたりて　たむけをいのり」とあるわけでとても重要な語。「仏前に手向ける」はよく耳にするが、似ている語の「花むけの言葉」「馬のはなむけ；餞別のこと」などととのように関連するのだろう。ここでは一般的な「花むけ」の用字のもとに「鼻むけ」があると考えて、手を合わせることと鼻を合わせることに共通する形象として鏡像対称を抽出する。そうすると

仮名序の「逢坂山」の義が鮮明になる。手を合わせるにせよ、鼻と鼻を突き合わせるにせよ、ともに再会を祈ることに通じていく。逆にいえば「逢う」というのは「逢えない」可能性の上に実現した幸運ということになる。だから分かれもつらい。そして「逢う・別れ」も実際には異なるものではない。空蟬の身であれば、出会いがあれば必ず別れがあるもの。つまり転注義ということで、その挿頭として有名なのが「くくる・わける」。

この「くくる」は対象操作にかかわる動詞だから、幸運の問題ではなく、正しい結果を得る技量があるかどうかの問題。これが武術・文術の次にくる算術で、兵站や土木技術では必須の力量なのである。もちろん十七枚目に出てくる猟師たちも運不運はあるにしても結果責任をおって集団行動をする人たちだし、十一枚目のお気楽そうな商人だってそろばん勘定での不手際はゆるされない人たちだった。

この抄17（古今294：十一枚目）について算術という観点からの分析が少ないのはとても残念なことで、江戸時代の業平の絵柄は靭と弓矢とを背負っているし、業平菱の対称性をみれば江戸時代の人たちは、この歌に算術を見ていたはず。絵柄も十五枚目は主不在で従者はしどけない格好で寝そべっていて、努力の甲斐のない時代だが、十一枚目は人々が忙しく行き交う活発な御代をあらわしている。昔よりも徳川様の御代の方が人々は生き生きしていると北斎さんはいいたいのだ。

| 十一枚目 | 抄17 | 竜田川 | くくる・分ける | 結果責任をおう |
| 十五枚目（羇旅15番） | 抄24 | 手向山 | 逢う・別れる | 幸運を祈る |

合わせ絵⑦；十枚目（遍昭）と二五枚目（三条院）

【抄12】天つ風　雲のかよひ路　吹きとぢよ
　　　　乙女の姿　しばしとどめむ

僧正遍昭

【抄68】心にも　あらで憂き夜に　長らへば
　　　　恋しかるべき　夜半の月かな

三条院

百人一首の胆である抄10と抄25を取り上げなかった北斎は十枚目と二五枚目の合わせ絵を「奈良朝の女人・平安朝の官人」という対絵にしたてた。絵柄は、昼の屋外で舞をまう奈良時代風の裳裾をひく女性二人と夜中に男性が何やら儀式を行っているいかにも平安朝廷との対比になっている。二五枚目の方は三条院と三条右大臣の簡単なつながりだが、三条院は藤原氏全盛期の道長と対立して、とはいってもかなうはずもなくついにはストレスから目を患ってほとんど見えなくなったというから能では盲目とされた蝉丸にもかかるできすぎのキャラとなっている。

計35	計80；万80	絵柄
十枚目	抄12；遍昭	奈良時代の女性二人
二五枚目	抄78；盲目の三条院	平安時代の男性群

　ここで抄12の歌そのものを詳しく見ておく。抄12の歌は九枚目と「命令形」という意味では同じだが、直接命令と命令の伝言という異なる機能の対比となっているから訓詁で現代の陳述文にするときには異なる文末になる。このあたりは現代人には当たり前だが、この百人一首の対象者の幅を考えるときには、初学者向けの文法書にも使える抄11、12の連番歌の工夫も押さえておきたい。

	歌句	陳述文
九枚目（抄11）	（私は）漕ぎいでぬ、と人には告げよ	～した、と言伝てせよ
十枚目（抄12）	天つ風（よ）雲の通い路（を）吹き閉じよ	～せよ、（と宣告する）

　次に二五枚目の抄68の歌をみる。

　これは新古今調の分かりやすい歌だから絵柄の工夫をまず人は見るはずで、三条院と藤原道長との確執は有名だったから「望月」の図柄は絶対に外せない。

【藤原実資の日記】この世をば　わが世とぞ思ふ　望月の

　　　　　　　　かけたることも　なしと思へば　　　　　　　　藤原道長

しかし、それ以外の図柄については北斎さんの意図を読むのは難しかった。この一枚をみていても埒があかないが、すでに十七枚目と十八枚目の「合わせ絵ト」のところでふれたが、一枚目、十一枚目、十八枚目、二一枚目、二五枚目の5枚を通し絵として見ることができ、それなりの「物語」が見えるので、この場面は現在「新嘗祭」と呼ばれる行事を指事していると考えたが、もちろん狂歌的手法を駆使しているから当時の世相も、絵柄からは読み解かなければならない。

まず気がつくのが左手の奥の間の中央に鎮座している「鈴」の図柄で、北斎の時代の古学を勉強していれば第一に想起するのは本居宣長の「鈴乃屋」となる。そうであれば左手の官人が捧げ持っている袋に入った長いものは著作「古今集遠眼鏡」の「遠眼鏡」なのではないかと考えられるようになる。事実、次の二六枚目を見ると左上に「遠眼鏡」が軒端につるされている。

これにより、十枚目が万葉集を継承して編纂された古今和歌集を、二五枚目は万葉集をふまえた上での優れた解説者本居宣長を暗に指事しているとの結論をえる。だとすれば中央でうやうやしく奉げられているのは中身はともかく、有名な伊勢茶にかけて茶壷としておけばいい。

二五枚目			二六枚目
奥の間の鈴	茶壷	袋に入った長物	つり下げられた遠眼鏡
松阪にある鈴乃屋の本居宣長の「古今集遠眼鏡」			

まとめれば、北斎の27枚全体は、単なる北斎の狂歌絵遊びではなく、真淵・宣長と続く由緒正しい、今風にいえば正統な和歌の道を継承していることを主張していることが分かってくる。そしてこの主張を広く知らしめたいと考えた最有力商人は「古事記伝」の版元でもあり、「冨獄三十六景全46枚」の版元でもある名古屋の西村屋と考えるのが妥当であろう。

三章●北斎の27枚を合わせてみる　81

3-8 ● 二六枚目（大納言経信）をじっくり見る

【抄71】夕されば　門田の稲葉おとづれて
　　　　蘆のまろ屋に　秋風ぞ吹く　　　　　　　　　　　　大納言経信

　読み手は抄74の源俊頼の父親で漢字学に造詣が深いといわれた源経信。一般的には「稲葉」「訪れ」「蘆のまろや」が蘊蓄論争の花になる。
　でも大切なのは、元明天皇御製歌の一つ、万78の「いなば」を共有していることで、歌意は天武天皇の明日香清原宮、飛ぶ鳥の藤原宮、を遠くにみて奈良京まで遷都を繰り返してきた感慨を歌っている。しかもこの万78は新古今和歌集の羇旅の部の冒頭歌（896番）でもあるから歌道史でもおろそかにはできない。

【万78】飛ぶ鳥の　明日香の里を　置きていなば
　　　　君が当たりは　見えずかもあらむ　　　　　　　　　　元明天皇

　次に具体的に絵柄を見ていくと秋の繋がりで、取り入れたものを背に家路に急ぐ人々の農村風景の一枚目と対になる江戸の夕暮れ時に漁師と紺屋職人が竹棹で道具を担いで家路をいそぐ絵図。一枚目では天秤棒は独りで担ぐものだったけど、北斎さんの時代には二人で担ぐやり方が一般的になって、共同作業がはかどるようになったことをいっている。それにしても漁師と紺屋の取り合わせって奇抜だが、二枚目と三枚目から部品を cut and paste しただけにも見える。
　ところが、竹棹にぶら下げてあるのは三枚目なら漁り網だし、二枚目なら衣ってことになるから、やっぱり、なんか変な絵。でも、少し考えていくと二人とも弟の山彦にコテンパンにやっつけられて芸俳に貶められた長男の海彦の末裔だったことに気が付く。学校では舞台にあがって芝居する芸人の意味でしか習わないけど、技能職人一般をさしてもかまわない。
　そして、夕方だから、これでハレのお勤めは終わりで、「家の始まり」だ。
　絵柄をさらにみていくと、旅の僧が見やっているのは芦原の中の社で、歌

語「いなば」から北面して見える「出雲大社」と考えられる。

　事実、一つ前の抄70の歌には「出雲いづくも」が埋め込まれている。

【抄70】寂しさに　宿を立ち出でて　ながむれば
　　　　いづくも同じ　秋の夕暮れ　　　　　　　　　　　　　良暹法師

【抄71】夕されば　門田のいなば　おとづれて
　　　　蘆のまろ屋に　秋風ぞ吹く　　　　　　　　　　　　大納言経信

　この連番歌によって「いづくも；出雲」と「いなば；因幡」が並んでいる列島の北面を指事している。さらに正濁音のずらしを入れると、「いづくも出雲いつも」を経由して、「出雲」は「時間・空間」の転注語であることがわかる。だとすれば、因幡でも出雲でも隅田でも海辺の風景は昔も今も同じだといっていることになる。そうすると、目の前の水くみ場が天の川で、中の噴井から水が流れ出ているという見立てになる。ただしこれは人為的に作ったものだから、本当の水源はもっと左手の奥屋の中にある水車と考えるべきで、昔は水が水車をまわしていると考えられていたけど、江戸時代には水車があるから水をくみ上げることができるとも考えられていた。まず空臼と杵があって、ぺったん、ぺったん、と繰り返す作業あっての世の中だと釘をさしている。次に置いてある大桶の底の方に水車から水が供給されて、水があふれて流れてくる。そこに二本の領巾で吊り下げられた長い物が遠眼鏡で、それで天の川をも支配する天空の主を観察しているのであろう。

　現在の学校では北極に見える星として北極星というものを習うが、和歌の道では「北闕」と呼んでいて、「何も見えない穴」と考えられていた。そして学校理科でいう北斗七星という名前は、江戸時代の会話資料にはあまり出てこないで、クロウノ星とか北辰とか呼んでいた。あるいは九曜星と呼び方もあって、現在の学校で習うカシオペア座である可能性もあった。

3-9 ● 27枚は「西海・山島・東夷」の全体を寿ぐ絵合わせ
　百人一首は、カルタ百人一首のように一首一首をバラバラに理解するので

三章●北斎の27枚を合わせてみる　83

はもったいない。例えばテーマを国土の寿ぎと考えれば、以下のような組み合わせも考えうる。課題はそのように組み合わせた時に、自分に達成感が得られれば、それはそれで練習としては有用だったことにはなるが、百人一首、ひいては万葉集の理解が深まるような組み合わせを考えたい。

さらに、これほどの高級画材をふんだんにつかったシリーズであれば、贈答品としても重宝だったはずで、武家へ贈り物とするような場合には、そのような挿頭が喜ばれたのはまちがいない。そこでいろいろの御下問があれば、会話に花が咲いて効果も何倍になるはず。いずれにせよ、当時は狂歌が全盛で、そういう方面にうといと野暮天とおもわれると感じられていたことが重要で、こういう贈り物をもらえば、自分は野暮天とおもわれていないと考えることができた。もちろん一方で、怒り出す人もいるわけで相手をえらぶ贈り物だったことには留意しなければならない。

でもこの27枚を3分割して「西海・山島国・東夷」と名付けて各9枚の絵を並べて合わせ絵にすれば、相当見栄えのする合わせ絵図になったはずで、これに豪華な裏打ちをして巻物にすれば喜ばれること間違いない。もちろん全部ではなく、何枚かを市中で売り出しておく方がその全体を持っていると

図表；これやこの列島の暮らしを寿ぐ合わせ絵図；万27と万35を鈎にした謎の配置						
西海	枚目	山島國	枚目	東夷	枚目
夕凪・藻塩焼き	二七	秋の田・庵	一	夕・芦のまろ屋・秋風	二六
住の江・夜	十二	衣干す天の香具山	二	山里	十七
東州	六	山奥	三	山川	十八
明州	七	人里	八	宴会船と艀	十九
わたの原	九	富士の高嶺	四	娘子5人の蓮刈り	二十
竜田川	十一	奥山	五	小野の篠原（しのぶ）	二一
手向山	十五	小倉山	十六	板塀の内外（おもう）	二二
難波古京近郊の条里田	十三	奈良朝の女人（昼）	十	湯屋と鴛鴦	二三
難波の澪つくし	十四	平安朝の官人（夜半）	二五	朝ぼらけの江戸近郊の棚田	二四

いう満足感をくすぐることもできる。

　しかも、合わせ絵の責任は送り主にあるのであって、北斎や版元に誄（るい）が及ぶことはない。だから当然、他の組み合わせ方法も俎上にのぼってもおかしくないので、ここに提出するのはあくまでいろいろあってもいい考え方の一つの見本。

3-10 ●「小倉山・奥山」の合わせ絵に込められた真意

　ところが前節のようにこぎれいにまとめてみると、すぐに収まりきらない合わせ方も目についてくる。まず気になるのが二、三、五、十六枚目の四つの山で、「天の香具山」は（合わせ絵ト）でみたように二、十二、十七、十八枚目と都合4枚で「天の香具山の全景」を見せていた。だが、もう一度27枚を総覧していくと二、五、十六枚目は山頂を赤、白、黒と塗り分けていて、興味深い。これに「朱雀・玄武」の色章をあてると五枚目の山は「青龍・白虎」を合成した色章であることになる。

	二枚目；抄2	五枚目；抄5	十一枚目；抄17	十六枚目；抄26
歌語	天の香具山	奥山	立田川	小倉山
図柄	遠くの山	遠くの山	近くの丘	遠くの山
	赤茶色の高い山	白い山頂・青い山	岩山	黒い山

　北斎の意図を解くには「奥山・興山」の転注語として考えると見えてくる。両方とも「山の奥」に行かないと見ることができない。それは五枚目に見えていた山里から見える嶺のことで秋の紀伊半島ならば鹿の鳴き声が聞こえてくる場所だから万葉集を知っていれば万84の読まれた、長皇子の「佐紀宮」を想起するだろう。

【万84】秋さらば　今も見るごと　妻恋ひに

　　　　鹿鳴かむ山ぞ　高野原の上　　　　　　　　　　　　　　長皇子と志貴皇子

　だが形象だけを取り出すならば「興山」は普通に考えれば山間からの日の出、月の出の形象を思い浮かべる。有名なものは生駒山系の中の二上山で、

三章 ● 北斎の27枚を合わせてみる　85

奥山・興山
∧ ∩ ∧

難波からは日の出・月の出が、奈良京からは日の入りと残月が見える。どれも山間に小さな∩が見える形象。

　定家の父親の藤原俊成はこの歌を踏まえて抄83におかれた歌を読んでいる。

【抄83】世の中よ　道こそなけれ　思ひ入る
　　　　山の奥にも　鹿ぞ鳴くなる　　　　　　　　　皇太后宮大夫俊成

　ところが、この番号揃いによって、人々は伊勢で長田王が読んだ万83の方も思い出してしまう。

【万83】海の底　沖つ白波　立田山
　　　　いつか越えなむ　妹があたり見む　　　　　　　　　　長田王

　よく考えれば、この列島は細長いから、山の奥に分け入っていけば必ず海岸にたどり着くわけで、そこは出発地から見れば「山の奥」に間違いない。だが、時に人はとんでもない立った山、すなわち興山に出会うことがあることをいっている。私自身、2011年3月にはまだ万葉集の勉強を始めていなかったのでこの歌を思い起こすことはできなかったが、国語学者でも抄42のことにしか言及していなかったのはとても残念なことだ。これは大津波というものがいったん海の底が見えてしまうほどの海面の減衰に始まることを見事に描写している。

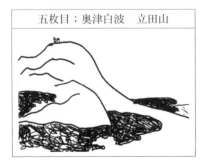
五枚目；奥津白波　立田山

そう考えて五枚目をみてみると鹿のいる山頂が大津波の山頂であれば、その周りにある黒い波は雲海ではなく、間違いなく右端の人里の家々を飲み込む水波であることが分かってくる。だから、取り巻いている雲と見えていたのは津波の濁流に間違いない。というよりも、十六枚目の小倉山が灰色の小暗山になっ

ていて、道真公を大宰府に追放した藤原一門にもいつか必ず大津波が襲って
くるよ、といっているよう見える。

　そういえば、天の香具山とは本来は火の山で、阿蘇山も富士山もともに火
を噴く山だった。そして小倉山は奥山であり興山でもあり、立田山でもあっ
たのだ。そう濁流の山。そう考えてもう一度五枚目を見やると、今まできれ
いな夕焼けにしか見えなかった景色が遠くの都であがる火の手に思えてくる。
歴代王権宗主・蘇我氏の館であがった火の手にも。そうであれば当初は、そ
して今でも大多数の人々は雲だと思い込んでいる五枚目の黒っぽいベロは
16枚目の小倉山から押し寄せてくる濁流ということになる。そう思って左上
の白い山を見ていくと波がしらにも見えてきて、あれこそが万83にでてくる
「奥の白波のような立田山」に見えてくる。

三章●北斎の27枚を合わせてみる　87

コラム1　誦文「大為尓」と「イロハ」

コラム1-1 ●「大為尓」46文字の誦文文字を読む

　現代では手習い歌というと「いろは47字」しか知る人はいないが、平安時代末期に文献に表れた「大為尓46字」というのも知られていた。当時すでに「平仮名」も作られてはいたが、「宇津保物語」など多くの物語や日記が借用漢字をつかった日本語文で書かれていて、世はあげて漢字尊崇の気風に満ちていた。それも各人が勝手に訓読・音読の漢字を適当に使う、いわば万葉仮名なみの雑然とした状況だったからメモとしては十分でも、多くの人が時間をかけて習得する価値のある文字体系ではなかった。

　現在は江戸時代の国語学者・伴信友が、「於」を加えて47字としたものが正しいとされている。だが、これでは子どもに暗誦させたくなる内容とはならない。すなおに「漬づ」の義から「濡れて行く」と訓読したほうが文意はとおる。

伴信友 47文字	田居に出で 山城の	菜摘む我をぞ うち酔へる子ら	君召すと 藻葉干せよ	求食り（お）ひゆく え舟繋けぬ
漢字文	大為爾伊天 也末之呂乃	奈従武和礼遠曽 宇知恵倍留古良	支美女須土 毛波保世与	安佐利（於）比由久 衣不弥加計奴
別解釈 46文字	田居に出で 山城の	菜摘む吾をぞ うち酔へる子ら	君召すと 裳ハ帆是よ	求食り漬ゆく え舟繋けぬ

　別解釈の内容は、急いで君のところに行きたいということだから、帆船で行くならば帆が必要で、それを調達することが課題となる。その時の知恵として「裳をつないで帆をつくればいい」というのであれば子どもむきの誦文として優れたものとなる。だから「裳は帆是よ」という解釈の方が実際的。

　さらに、この「裳」というのは『千字文』の中の「始制文字・乃服衣裳」に出てくるから、漢字文化では重要な用字だ。だから「藻」を使った訓詁よりは格段に上等といえる。加えて最後の「計」は上代特殊仮名遣いの「甲類」で

88　第一部 ● 葛飾北斎の「百人一首姥がゑとき」をよむ

あるから「命令」の義をもつので助詞「ニ」を補って、「家舟ニ繋けィ」の語義を導いて、最後の「ぬ」は文末の目印と考えて無視すれば文意は明瞭になる。「うち酔へる子ら」は依然として語義不明だが今は先へいく。

「大為尓」は、一漢字一音で46字を取り出して誦文としたもので、46にまとめたというのは当時にあっては画期的な労作。この「まとめきる」という作業について『日本人とは何か』(山本七平)では宣教師ロドリゲスが高く評価したとある。

源為憲は、貴人の子どものための学習手引き書として書いた『口遊』の中に「大為尓」を残している。一般的には「こうゆう」と読むが「くちずさみ」の義であるから暗誦して勉強することが基本だった時代を反映している。

なお、兄貴分の源 順は「重複しないですべての仮名を歌の最初と最後に用いる沓冠歌48首」をつくって、冠音を「折句」として読んで「あめつち48」をひきだすように提示している。

源順の折句「あめつち48」													
和歌48首	1	2	3	4	5	6	・	・	・	・	46	47	48
冠音	あ	め	つ	ち	ほ	し	・	・	・	・	れ	ゐ	て
中音29	ら さ じ と ・	も は る に ・											て る つ き も ・
沓音	あ	め	つ	ち	ほ	し	・	・	・	・	れ	ゐ	て

源順は、「古今集」の次の「後撰集」の撰者の一人で「梨壺の五人衆」と呼ばれる仲間と、天暦年間にそれまで伝承されてきた万葉集が時代の変遷で通常の人には読めなくなっていたのを古点といわれるフリカナをそえて校訂したので、これは「古点本」と呼ばれ、現在に伝わる万葉集本の土台となっている。同輩に清少納言の父親の清原元輔がいる。

コラム1-2 ● イロハ47文字の誦文文字を読む

　これは7*7の枡目に音義を47入れて注釈字も入れた「音義表」が仏典の末尾に入れられていたものが原典として知られている。ここから「イロハ47音の誦文」が作られ、江戸時代には唯一の手習い歌として教化流行した。もっとも古いまとまった資料としては有名な『金光明最勝王経音義』(1079年)には47の仮借字にそれぞれ音仮字を1つないし2つを副えた一覧が載っている。興味深いのは「阿あ」と平仮名が既に見えている事。

金光明最勝王経音義の部分	カタカナ(47)

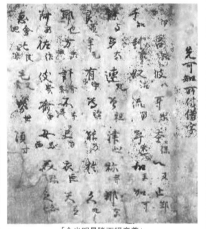
「金光明最勝王経音義」

エ	ア	ヤ	ラ	ヨ	チ	イ
ヒ	サ	マ	ム	タ	リ	ロ
モ	キ	ケ	ウ	レ	ヌ	ハ
セ	ユ	フ	キ	ソ	ル	ニ
ス	メ	コ	ノ	ツ	ヲ	ホ
	ミ	エ	オ	ネ	ワ	ヘ
	シ	テ	ク	ナ	ガ	ト

　誦文の解釈についてははっきりしない部分もあるが「色は匂へど、散りぬる」といわれれば「無常観」をいっているのね、とかですんでしまう。面白いのは、最下段を横に読んで「咎なくて死」という語句を抽出して、平安時代の横死した人の怨念がこもっているというおもしろ解釈だ。これは一定程度広まっていたようで『いろはうた』(小松英雄)でも取りあげている。だが、寺子屋の手習い歌にそのような暗号をこめる必然性はないし、そういう解釈を面白がるというのは文楽としては上等でも、文学としてはお粗末ではないだろうか。

　一方、陳述文が、最下段に隠れているのは合理的で、素直に助辞「ト」の

重要性を抽出したと考えればいい。初学者向けの解説であれば「トが無くて死」は、脚本の「ト書き」を想起できるから、接続詞「ト」がなければ文はバラバラになってしまうということ。

　次に、中学者であれば「欠け語・陰げ語」の技法を用いて「トとカがなくて死」を導けるようになってほしい。和歌における「欠け語」の重要性を知っていれば「トとカがなくて死す」と延伸して理解できることもわかるはず。つまり、連辞以前に二語を連接した時点で、合わせるのか択一するのかがわからなければ意思の疎通ができないことをいっている、と。そうすれば合せ助辞「ト」と分け助辞「カ」の重要性を述べた文となり、中学者にとっても徒おろそかにはできない教材となる。この説明を強引と感じる人もいるだろうが古今和歌集の歌を読むときには本歌からかなり長い本説を引用して補わないと歌意をとれない場合も多いのだから、これぐらいの補塡や延伸にビビっていては歌の道をきわめるのは難しい。最初にあげた「咎なくて死」も、結果としてイロハ47字への認知度が高まるのであれば悪いばかりとはいえない。

　次に、目を最上段にむけると「いちよらや　あゑ」という命令文が見えてくる。ということは、「イロハ47字」というのは陳述文の「とかなくてし」だけでなく命令文も引き出せるのであるから、そのまま言語の基本の「命令文・陳述文」という2つの文例を取り出せるという点ですぐれていることになる。

　ここまでくれば、誦文冒頭もあいまいなままで済ますのはもったいない。これは指定構文と逆接構文の二つを抽出できる。

• 色は匂

　これは延伸して「色のある物体は匂いもある」ということで、現代人にはちょっと引ける考え方だが、共感覚という概念を知っていれば色のある具物には必ず特有の臭いがあるもので、目を隠していても大体の見当は付く。万20にでてくる「あかねさす」などは明るい炎に顔近づければ鼻を刺す煤の臭いがするものだし、万21の方は紫そめや紅花そめの布には特有の臭いがあって、目をつぶっていても弁別できるようでなくては一人前にはなれなかった。そういう時代風景がわからなくなると訓詁はむずかしくなる。当然、で

は匂いのない色はありえるのか、という問いも中級者ならば発してほしい。その典型が月影であることは歌道に身をおくのならわきまえておくべきだが、大切なことは直接手で触って確認できる具物では色と匂いのどちらかだけが存在するということはないということである。これは認識論の原理に相当し1-6節の在原業平のところで説明した逆語序をもつ「色則是空・空即是色」「一切即全・全即一切」「不易流行・流行不易」のような抹香くさい規範ではなく、「色則是匂い・匂い即是色」を直接民草に教えている部分なのである。だから、「しぼめる花の、色なくて」というのは最盛期の典型的な色彩がうすれてという意味であって、名前すらもない冴えない色自体は存在している。

• (花の) 色は匂へど、(花は) 散りぬる。

　これはまず、命令「ゑ」に対し已然「へ」の弁別が行われて「ちりぬる」と「係り結び」を形作っている。この対応が消失している現代文では「た末」で処理していいはずだから、まず「ども」と延伸して「花の色ハ匂へ<u>ども</u>、散りぬる」を介して「花の色ハ匂ったけど、散ってしまった」と翻訳する。

　それでも現代人は、「逆接」と規定することに逡巡するかもしれないが、歴史的には文というものは継起的に作ってきたわけだから、順接の継起構文が共有されてきて、「花の色はにおった。故、花は散った」のように「故」でつなげていたと考えると、はっきり逆接を定式化したというのは初学者に教える価値がある文型といえる。この「故」の取り扱いは万21の天武天皇御製歌でももちいられていて、筆者は両義をあてて、解釈してもいいとしたが、現代日本語ではどちらかの義に確定できないと読んでいて気持ちが悪い。抄1と抄2の訓詁でも迷った部分だった。さらに現代の我々が古事記を読んでい

表8；誦文イロハに含まれる文型	
呼びかけ、命令	いちよらヤ　あゑ
指定文	色ハ匂
逆接構文	花の色ハ匂 (ったけれ) ども、散ってしまった
(cf.継起構文)	(cf.色は匂いけり、故、花は散りぬ)
条件節 (初学)	ト (書き) がなくて、死
条件節 (中学)	(接続辞と) ト (択一辞か) ガなくて死

くときにまどろっこしいのは「故」の語義を逐一「ので・のに」のどちらなのか自分で考えながら読まなければならないからで、その苦労をしたことがあれば「逆接の標識」は革新的な言語技術開発と賞賛できる。

　これでなぜ近世になって、「あめつち」でもなく「大為尓」でもなく、「イロハ」が手習い文字とし択一されたのか腑に落ちる。現在学校で「五十音図」しか習わないが、明治33年の小学校の国語の教科書ではカタカナは「五十音図」で、ひらかなは「いろは」順で教えている。当時の知識人にとっていかに捨てがたい優れた教材だったかわかる。そういう教材を捨て去った得失については今後、慎重にかんがえるべきである。

　なお、本居宣長の著作に『宇比山踏』というのがある。この題名がどういう経緯で生まれたかはわからないが「為・比」を入れ替えると誦文の文意はいっそうはっきりする。これにより「恵為もせず」と読めるようになり、これならば「衛為」のことだから「衛兵の任務もしないで」となる。「浅黄夢みし」は試験に合格して、はれて浅黄色の服を身につける事だから、まとめると「初ひの奥山」は奥深い学問における初学の困難とその結果報酬をいっていることになり、これであれば現代の受験生も共感できる内容となる。原典拠は必ずしも正統というわけでないから、こういう考えも頭の隅に入れておきたい。

　　　色は匂へど、散りぬるよ。
　　　わが（命の）緒、誰ぞ常ならむ。
　　　初ひ（学び）の奥山、今日越へて、
　　　浅黄夢みし。衛為もせず。

四章
江戸時代の知識人が知っていた先端科学

4-1 ●古今伝授の完成

　「古今伝授」というと、連歌師の宗祇がひきついだ定家以来の「古今和歌集の正統な解釈」と習うし、百人一首はその系譜にあると考えられてきた。だが「正統性」の中身についての議論を見かけることは稀である。ところが、百人一首の中の清少納言と紫式部がおかれた末尾2と7の連はそれぞれ「やり取り文・陳述文」となっていて、ソシュール言語学でいう「通時態・共時態」の先取りになっているので、詳しく実際のところを見ていくが、この術語も多義的な英語との対応を明確にしておかないとこれからの若い人には理解するのが難しいだろう。

　一般的には「通時態・共時態」は「diachrony・synchrony」と訳されるが、それぞれ、「歴史的・同時代的」という義もあり、少し前までの身分差、地域差の大きい社会では「規範言語」とそうでない「方言や卑賤語」の義をともなっている。そして規範言語は同一社会階層内での継承を前提としている。そうすると一方の「同時的」という語には「空間的」といっても、互いに社会関係の序列を意識する「比較対照comparative」の義がくっついてくる。つまり、会話文の中身以上に話し手と聞き手の社会関係が用語や言い回しを規定してきている。それはあからさまな差別ということではなく、むしろ差別の存在を隠ぺいする形式をともなっている。それで、私のように男女雇用機会均等法以前に社会に進出した女性ならば当然の差別と受け取れる表現について、均等法の定着した時代しか知らない若い世代は、それを

通時態 diachrony	共時態 synchrony
歴史的 historical	同時代的 same age
規範的 standard	非規範的 comparative
時間的 general	空間的 social

94　第一部 ● 葛飾北斎の「百人一首姥がゑとき」をよむ

差別表現と感じ取るのは難しい場面がある。

　だからここでは清少納言と紫式部を同格に置く前提で考えていくが、物語作家である紫式部と、随筆家の清少納言では社会的評価には格段の差があった長い日本の歴史をふまえて以降の文章を読んでほしい。つまり清少納言と紫式部とを同格に置くこと自体が守旧的な価値観からは容認できなかった時代が1960年代までは確然とあったのである。

4-1-1 • 清少納言のつながり

　まず、清少納言につながる末尾1桁が「2」の連番歌を拾って表にした。参考までに北斎の27枚での順番も書いておく。

末2	2	12	22	32	42	52	62	72	82	92
	持統天皇	遍昭	文屋康秀	春道列樹	清少納言父	道信朝臣	清少納言	紀伊	道因法師	讃岐
北斎	2	10	－	18	－	24	－	－	－	－

　さらに、歌の構造をみると「やりとり歌」であるから、論証あるいは論法のパターンを集めている。ただし、持統天皇の歌は万葉集では判断根拠の強い歌であるが、抄2では修正して「気づき・形象」へと微妙に変えてある。これにより新古今調の好みに寄り添った。この連の中心は清少納言の抄62で、冒頭に「たとえ」が隠れていて、後半からは「絶対にゆるさない」という強い断定の歌意が出てくる。

【抄62】夜をこめて　鳥の空音は　はかるとも
　　　　　よに逢坂の　関は許さじ
　　　　　　　　　　　　　　　　　　　　　　　　　　　　　清少納言

　抄22は「山風を嵐といふらむ」であるから誹諧歌もこちらに入れてあることになる。10首全体の成り立ちを詳細に見ると以下。

やりとり論証	2持統天皇	12遍昭	22文屋康秀	32春道列樹	42清少納言父
	気づき・形象	命令・意図	字謎かけ	AハB	想定外・たとえ
	52藤原朝臣	62清少納言	72紀伊	82道因法師	92讃岐
	想定内	形声・結論	両義語	逆接	事実・比喩

四章 ● 江戸時代の知識人が知っていた先端科学　95

もう少し詳しく見ると、持統天皇と清少納言は「形象・形声」の対比であり、また、72と62とをあわせることで「世に逢坂の関」が「世にいう」とか「世に有名な」の「言い替え」であることを鮮明に理解できるようになる。そうすると、抄62は、つとに有名な「春ハあけぼの」との対比句になっていることが意識にのぼってくる。

- 春ならバ、曙がいい（と私は考える）
- 世にいう逢坂の関ならバ　ゆるさない（と世間はいうはず）

また、抄72と抄92は「濡れない・濡れっぱなし」の対句になっている。

4-1-2 ● 紫式部のつながり

次に末尾1桁が「7」の連番歌を拾っていくと遣唐使の安倍仲麿から定家までの歌道史が浮かび上がる。

末7	7	17	27	37	47	57	67	77	87	97
	遣唐使	業平	紫式部曽祖父	文屋朝康	恵慶法師	紫式部	周防内侍	崇徳院	俊恵法師	定家
北斎	6	11	—	20	—	—	—	—	—	27

こちらの歌意に踏み込んで見ると、論証というよりは「しのぶ」「と思う」のような主観的あるいは自分の決意などを述べた陳述文だからその内部の論証性は弱い。しかも読み手をみると遣唐使からはじまって、在原業平を経て定家までの連だから民草のやり取りに終わらない、漢文の素養を前提とした陳述文の系譜の歴史的総覧にもなっている。

	7 安倍仲麿	17 業平	27 紫式部曽祖父	37 文屋朝康	47 恵慶法師
偲ぶ思う	天の原	神代もきかず	いつみきとてか	玉ぞちりける	秋は来にけり
	57 紫式部	67 周防内侍	77 崇徳院	87 俊恵法師	97 定家
	雲がくれにし	名こそ惜しけれ	～と思う	秋の夕暮れ	こがれつつ

このように総覧してはじめて、百人一首に採録された文屋朝康の歌が、古今集にたった1首採録されていた歌ではなく、わざわざ後撰集から採用された意図がわかる。古今集に採録された歌番225は論証の形式で、抄37は「な

ずらえの叙景歌」だからである。

【抄37】白露に　風の吹きしく　秋の野は
　　　　つらぬきとめぬ　玉ぞ散りける　　　　　　　　　　　　（なずらえ歌）

【古今225】秋の野に　おく白露は　玉なれや
　　　　　つらぬきかくる　蜘蛛の糸すぢ　　　　　　　　　　　（論証歌）

4-1-3 • 現代の古今伝授

　結局、百人一首抄は、ソシュール言語学でいう「通時態・共時態」の弁別を、「やり取り歌・陳述歌」から「やりとり・論証」と「忍ぶ・偲ぶ」へと関連付けて一般化していたことがわかった。このことを万葉集の部建てと関連付けてみると、万葉集の構成が現代日本語ではっきりして来る。

　というのは、万葉集の部建て「雑歌・相聞歌・挽歌・譬喩歌」について、多くの場合、「相聞」を男女の求愛歌のように矮小に考える場合が多いが、これは「やり取り歌」と広義に考えて、「挽歌」は「陳述文」と広義に考えることができる。となれば「雑歌」とは原典から編集者が、「ある意図をもって並べたsynchronized arrangement」歌群であって、複雑な意図を十分に考慮して読むべきだとわかる。さらに万葉集の「譬喩歌」は、古今集では「なずらえ歌・たとえ歌」として引き継がれるから、「比較対照compare・contrast」という認識論へとつながっていく知にまさる歌だということがわかる。万葉集における用字「喩」の原義は「諭す」ことにあり、用例は万4465の題詞に「族に喩せる歌」とあるのだからその本義をふまえた学知であってほしい。

　用字「譬」は「説文解字・六書の三」にも出てくるのでるので、次節でくわしく検討する。

表9；万葉集の4つの歌類名の読み換え				
万葉集	雑歌	相聞歌	挽歌	譬喩歌
現代文	複雑な歌群	やり取り	陳述文	比較対照
英語概念	synchronized arrangement	synchrony	diachrony	compare・contrast

四章 ● 江戸時代の知識人が知っていた先端科学　97

なお、「よみかえ」には「読み換え・読み替え」の用字があるが、前者は万25、26の題詞に「右句〃相換　因此重載焉」とあり、語義の相違をきちんと理解するべき場合と考える。後者は人麻呂の万139の題詞に「右歌躰雖同句〃相替　因此重載」とあって、対照歌を知ることができないので単なる「言い替え」と考える。特に専門的な訓詁でなければ用字の差異には神経質にならない方が実際的で、ふつうは耳からの音声中心での解釈を行う。

　ところが、「語句の言い替え」は頻繁におこなっていると、「語彙の読み換え」が、なかなかできない。それで、万葉集からの歌語、江戸期の俗語、そして明治時代以降の学術用語（terms）があまりにバラバラで頭の中にためこまれて整理が追いついていない。だから今後の事を考えると、江戸時代までの歌語と現代日本語、現代日本語と中学校まで必修の英語、それも言語学用語にまで関連付けて一般化しておくことが必要であり、それによって21世紀の古今伝授が可能となる。

　とくに大切なのは、清少納言に代表される2の連の「やりとり歌」ではこのような面倒くさい議論は起きにくいこと。それは現実に顔を合わせている時には固有名詞（proper noun）よりは「これ」とか「このもの」などの直示語（deixis）を介しているからである。だから、たとえ歌本文には出てこなくても話し手と聞き手の間には完全な一致を得ている。そしてこの場合は官僚機構の中における文書にもとづく判断ではなく、桃太郎のおばあさんが行った直覚択一（detection）を行っている。これに対して、現代は選択択一（selection）があふれかえっている。具物をあらゆる要素に還元してもろもろの要素を比較して価値の判別をすることで、対象そのもの（concrete）を比較しているようでいて、実は対象の属性（abstract）の比較しか行っていないことを、忘れがちだということを意味する。それは富士山そのものと富士山の写真との違い位大きな違い。「concrete・abstract」については「6-4・万27をよむ；良と好との弁別」で再度取り上げる。

　もう少し説明を加えると、こういう単語と単語の関連の問題は、「桃太郎」の最初の場面から考えていくのがいい。おばあさんたちが桃を拾い上げた時点までに、他にも多くの漂流物が流れて来ていたはずで、もっと小さい桃や壊れた草履などもあった（exist）はずだが、そういう物には目もくれず、二

人は大きな桃を引きあげた。それは何かと比較しての結果ではなく、直覚的に「好い」とおもったから「取り入れた」わけで、擬人的にいうと「桃がひろってよと語りかけてきたinsist」ということになる。行動としては「やりすごす・とりいれる」のdetectiveな択一が行われている。これが英語でいう「negative・positive」ということで、結果としてのdecisionは、論理的な判別ではない。竹取物語の翁の場合も同じで、最初は直覚にもとづく「直覚択一」。

家に帰ってきてからは、値踏みが行われる。桃太郎の場合は、成人してから大きな果報が得られる。かぐや姫の伝承ではもっと生々しい値踏みが繰り返されていく。

この値踏みの方法には大きく二つある。一つは「三国一」などの挿頭（かざし）に見られるように「比較対照」ということで外見から評価を決めていく。他方は来歴からで、お母さんも美人だったからこの子も美人になるだろう、などというもの。こちらは当てにならないので否定的なことわざも多い。だけど現実には「夕焼けの翌日は晴天」などと過去の経験を延長しての推理も多く行われる。というよりもこの推論方法無しには下々の日常生活は動かせない。

この過程は集団で行えば論議議論だが、個人で行う場合も多い。これが「思考」となる。「桃太郎」や「かぐや姫」の場合は過去がないわけだからこの過去を参照した推論ができない。だから共同体にとっては一番胡散臭くて、一般的には差別の対象となる存在。だが結果が良ければ人々は何とかこういう存在と折り合いをつけるべく「貴種流譚」の物語を生み出してきた。

つまり、「桃太郎」や「かぐや姫」という「固有名詞」は、人々が特別な存在だと考えたときに、与えられる。そして現代日本文化における「桃太郎」「かぐや姫」という固有名詞が実は前者が桃という出自を担い、後者が、「光り輝く」という価値をになうことで「通時的・共時的」を担っているというのは偶然とはいえ興味深い事実。

固有名詞の原初は各人に与えられる戸籍名で、普通は姓と名からなる。さらには役所の部局だの市町村だのの名前もある。こういうものを整備するためには類従概念が必須で、天智天武朝の事績で、王権が慮断断定して宣告していった。その過程には官人の議論論議があったはずだが、最終決定は天皇の決裁裁可を必要としていた。

四章●江戸時代の知識人が知っていた先端科学 | 99

官僚文書はこの固有名詞と日時の組み合わせで構成される。というより
もそうできるように細かく作戦や行動の固有名詞までもが類従に基づいて
決められている。だから現代日本語でいう「動詞」は公文書には必要がなか
った。

　むしろ文書管理で重要だったのは一つの固有名詞がどこまで延伸解釈でき
るのか、あるいは固有名詞の中心は何処にあるのかということで、例えば
「明朝、出撃」と名詞が並んでいても明朝一番なのか、正午より以前なのか
の幅がある。あるいは総力戦なのか、小手調べなのかを決めなくてはならな
い。だから宣旨を受け取った現場の指揮官は自分で「明朝10時」とか中心を
決めていかなければならない。結局現場では固有名詞の中心の義を正確に理
解することが大切ということになる。だが実際の場面では、平均的運用をせ
ざるをえない。

　このことが現在の我々が万葉集や古今和歌集を読解することの難しさの原
因となっている。なぜならば、一つ一つの歌語について歌本文を読んだだけ
では実際の様子がわからないからである。それで注釈書を読んでみるが、そ
の著者が大事だと考えることが自分にとって大事かどうかはわからないか
ら、現代文でも辞書を引くとますますわからなくなるようなことが起きてし
まう。それは単語の語義の厳密な定義は難しいことからくる。そもそも「固
有名詞」で最初に分かるのは指示している平均的normativeな輪郭extensionで
あって、それは延伸の可能性を常に持っている。だが言葉は第一に相手への
要請として発声されるものである以上、受け手は、その延伸された領域（外
延）も含めた全体の中から発声者の意図の中核義（内包）を主体的、主観的に
択一していくしかない。それを漢文博士たちが勝手に平均的輪郭を絶対命題
として指定していくことに、「漢心ぎらい」の宣長は我慢がならなかった。一
国の国民が尊重しなければならないのは王権が指定した最低限の規範であ
って、膨大な典籍からの恣意的・副次的な規範の強要は有害無益ということ
を、いいたかったのだ。

　その上で各自が確定する中心義は、おのずとそれぞれの個人のそれまでの
繰り返されてきた身体経験（empirics）の反映とならざるをえないし、それは
正しい。というかそれ以外の方法はありえない、というのが21世紀の認知

100　第一部 ● 葛飾北斎の「百人一首姥がゑとき」をよむ

科学の結論となっている。そのことをもとに実際的な方法を考えていくと単語ではなく単語のまとまりである語彙ごとの変換方法というものが浮かび上がってくる。このことについては次節の「語彙の読み換え」でさらに検討を続ける。とりあえず、ここまでの日英語を一覧にしておく。

表10；現代日本語と英語の概念体系用語の語彙化					
concrete	exist insist	直覚択一 detection	negative positive	やりすごす	直示語
				取り入れる	
			結果択一	やりくり	
abstract	denotive	選択択一 selection	空間的	やりとり	固有名詞
	connotative		時間的	くる・くれる	
	extensive intensive	declare 熟慮慮断断行	normative 平均的	固有名詞の 延伸・中心義	

4-2 ● 説文解字；六書（りくしょ）

　朱子学の挿頭で語られる林羅山だが、若い頃は陽明学も学んでおり、とにかく多読、速読家として知られていた。家康に侍講するようになって、幕藩体制下の身分秩序とそこにおける実践道徳の確立に寄与した。

　訓詁にも関心をもち、日本神話中の「三種の神器」を儒教的な智・仁・勇の「三徳の象徴」と見なしている。

　このような読み換えは現在主流の「単語翻訳」や「類義語辞典」とは異なり、「語彙の読み換え」であり、単語での対応には及ばなくても、語彙全体のイメージの違いは鮮明になる

語彙の読み換え	
三種の神器	儒教
鏡・玉・剣	智・仁・勇

と同時に単語間の差異も理解しやすくなる。つまり、「語彙の読み換え」とは、接続連関（connection）ではなく、結合（combination）あるいは共役（conjugation）連関になる。

　この方法であれば、「説文解字」（六書）の個別的訓詁が可能になる。多くの成書はいきなり細部の検討に入るが、日本人ならば、古事記から古今和歌集までの読解に必要な漢字文体系の原則を知りたいと考える。まず阿辻の読み下しをみてみる。『漢字学』（阿辻哲次、1985）（次ページ表）

「六書」の概要
周礼に、八歳にして小学に入る。保氏、國子に教えるに先ず六書を以ってす。
一に曰く、「指事」、指事とは、視て識ることができ、察して意を見る。上、下是也。
二に曰く、「象形」、象形とは、画がきて其の物を成し、体に随って詰誳す。日月是也。
三に曰く、「形聲」、形声とは、事を以って名と為し、譬えを取って相い成る。江河是也。
四に曰く、「會意」、会意とは、類を比して誼を合わせ、以って指撝を現らわす。武信是也。
五に曰く、「転注」、転注とは、類、一首を建て、同意相い受く。考老是也。
六に曰く、「仮借」、仮借とは、本、其の字無く、声に依りて事を託す。令長是也。

　この条の全体をまずつかむためには、六書を情報圧縮の見本と考えて、表面にはみえない語句の補填を行いながら全体を延伸していく。あるいは六書を扇のような存在と考えて、拡げれば見えていた部分にふさわしい隠れ面が存在することが分かるという立場をとる。この立場を、逆からいうと大野晋のいう「縮約」というのは、文章全体の重心のようなもので、正しい手続きに基づいて作成された「縮約」は「文章全体の読み換え」に相当する。あるいは縮約というのは聞きなれない用語だが、これは本文の要約を作成していく途中の抄録に相当する。大野は正しい方法で学生が訓練を積んでいけば、自然科学における結果のように10人中10人が合意できる抄録を作成することが可能だとしている。『日本語練習帳』（大野晋）。そのことが、例えば条約とか憲法などに存在する「前文」を本文全体の抄録とみなす合理性を保証する。もう少し自然科学的にいうと「文章には重心がある」という立場で、これが理系用語でいう内包にあたり、文章の全体が外延となり、これが学校で習う「起承転結」に対応する。

　ついでにいうと詩文の好む「序破急」には最後に「泊まり」が隠れていると考えている。例えば日記や帳簿をつけるというのは、ある時間における出来事の総覧をするわけで記帳という行為は項目を立てるわけではないが活動としてはゼロではないことを忘れるべきではない。詩文ではそれを書かないことであえて、読者の想像力にゆだねるのであるが、作者の意図がないということではない。そう考えると「起承転結」を縮約したいわゆる「要約」「摘要」などを別に1項目をたてる現在の外交文書や学術論文は本文と併せて5項が「見える化」されていることになる。

文書の構成については5-4・万葉集巻一のハイライトは83番の「沖つ白波 立田山」で再度取り上げる。

文書書文の構成			
詩文	序破急（泊）	三部構成	作者意図は見えない
書文	起承転・結	四部構成	後ろの跋文が大事
文書・論文	要約・本文	五部構成	前文が大事

以上のように字面の下に何かが隠れているということを指事するのが六書二の中の「詰屈」の用字で、扇子は閉じているときは一応六面・八隅体で、開けば表裏をもつ両面体となる。両者の相違は「顕5隠1」「表1裏1」として数義を異にする。このことを英語語彙とも関連付けておく。日本のように扇や扇子を身近に持たない文化圏ではこのような読み換えを唐突と感じるかもしれないが、扇子への準えは日本文化になじんでいるので大切にし、コラム2でもう一度とりあげる。

六書の二、詰屈の形象例示	
閉じた扇子	開いた扇子
外延して六面立方体（八隅体）	表裏をもつ両面体
cuboid(eight apex cube)	body ; front and back
顕5・隠1	表1・裏1

とくに用字「詰屈」は六書の二で「象形」の述語として用字されているわけだから象形文字としての漢字体系の要点でもある。漢字運用の条件としての「体に従って詰屈する」の語義を丁寧に見ていく。そうすると例字の「日月」は詰屈延伸して「日月星辰」と考えて天象全般を指事していることがわかる。

反対に、それぞれの字形から「日・月」は「口・夕」では「ノノ」のような「ぴらぴら」有無を指事していることもわかる。そうすると六書の五の「考・老」の部品も「ヒ」に「ノ」のような「ぴらぴら」をつけたつながり「万・ヒ」であることが見えてくる。そうすると、どうやら「ぴらぴらの有無」は運動（時間）の形象化に大きくかかわっていることが読み取れるようになる。北斎の27枚は立面図や平面図を組み合わせて立体を象形する技法だったと前に触れたが、そういう視点がないと象形文字体系としては機能していかない。

次に部品の組み合わせ方を指事しているのが六の四の「会意」と五の「建類一首」であるが、例字を眺めてもその意図がつかめなかった。それは学校で習う「会意文字」の「偏・旁」のイメージが強かったからで、他に「冠・脚・繞・垂・構」などが字書には載っているから、これらの例字を一から六に割

四章●江戸時代の知識人が知っていた先端科学　103

り当ててみればおよその考え方が見えてくる。

部品	コヒ	ノし
合字	工口	ル几

　まず、二種類の素部品が見えてきたことで造字の基本形が「コ」にあって、二つを組み合わせれば「工口」ができる。「コ」は原理的には四方に開いた4つがあり得るし、字書にも収載されているが用字「工」は左右への関連付けを印象付けるので四の「会意」から会意文字を漢字の代表と考えるようになったものと考える。またそれ以前の一本線については習字でならう「左右の掃（はらい）」を字書では「丿し」とおいているから合わせると「儿几」が得られ、これも左右への関連付けを促している。

　それと文字社会にあっても文書書文の前提には「言」があるわけで、口伝えの段階を「伝・信」とおくことで正唱導音が定められる以前と、その規範からこぼれ

俗語	云	伝
雅語	言	信

落ちている庶民の言葉のやり取りを「伝」に位置付けて、社会階層方言を認知して文字に固定していると考えた。それぞれを「俗語・雅語」に相当する。このことについて「差別」だとする見方もあるが、すべての国民の現実をふまえた文字体系という見方も忘れたくない。

　とくに、「言」の中核に「信頼」の義があればこそ、対立する両者の言のバランスを象形する「善；言羊言」という文字が工夫され、定着している。こういう考え方で一から六までを延伸して総覧する。

羊	善
言言	

表11；六書を延伸して造字法のコツを考える			
	例字の延伸	部品の形象	字体の増やし方
一	上下下上	線の形象	丁工、上下、干土、夫¥
二	日月星辰	面の形象	口夕、日月、目貝、田用
三	長江黄河	偏・旁	素部品コ；工口
四	布武信書	右構(弋寸)と偏・旁	弌弍弎式貳、信信善
五	考老者孝	左構(耂)	厂ナ耂虍
六	令長(大小)	人冠・衣脚	素部品丿し；乙乀乁乂

　と、ここまで漢字字形の造詣法や増やし方をみてきたが、次は六つの文の

分析に入りたい。

　一番目につくのは一の「指事」と四の「指撝」で、両者を関連付けるように読む方法を探す。まず、六書の四の「指撝」は会意という目的を実現する方法にかかわり、古代であれば文字を読めない庶民に迅速かつ的確に伝達する方法にかかわってくる。そのために大切なのが「類を比して誼を合わせる」ことで、各人が知識識見を本に具体的方針を決定する作業の事。ただし静的な知識ではなく動的な情報の方が重視される。

　何のことはない現在の会社や官庁の組織図をきちんと設計して、そこに所属する人たちがその部門の任務とそこで自分に割り当てられた職務を掌握することの大事をいっている。

　もともとは官僚機関全体の掌握概念だから情報分析から方針決定までのケンケンガクガクを指していたが、現代日本語では使われず、軍事組織に特有の「指揮権；命令系統」が使われるのみ。「指麾」も字書には「旗色」の義が第一に出てくるが、官庁組織全般に延伸するならば部局名、あるいは隊列の順番を記した数章などの「旗章」も含まれているはずで、現在オリンピックなどで飾られる国旗はそのような旗章といえる。あるいは現在でも軍人の公式礼装には欠かせない勲章・徽章なども相当する。このように「指撝」のイメージがつかめると「指事」の方も具体的になってくる。

六書の四	指撝	類比・合誼
	指揮権	伝令・命令
	指麾	旗章・旗色

　「指事」は六書の一から「上下」に関連付けて「上下天地」と「上流下流」を導けば「垂直場・地形の起伏」のイメージがでてくる。

六書の一	指事	上下	天地起伏

六書の二	指示	前後	従前向後

　残りは六書の二、三とつなげて考えればいい。二の日月は運動体だったから、その静止体は「指示」でき、動詞でその運動を「指示」すればいい。運動の方向は東西であるが、四字熟語としては「従前向後」を当てはめた。

　三の「江河」は中国大陸では「長江黄河」と延伸して考える。「事以為名・

取譬相成」から「指名」の問題について中国大陸の南北にある正反対の地域の有名な固有名詞を西面したときの身体の左右手に関連付けて、その作り方を指示していると考えた。ここで、とくに、21世紀の日本語話者としては、漢字文化を取り入れることを決意した古代日本の人々が、固有名詞の問題にどのような工夫をしたのかを、きちんとみておくことが大切と考える。

　中国にある「長江黄河」を翻案して、この列島の人々が理解しやすい工夫をする必要があった。それで「左右」に「みぎひだり」の訓を与え、「東西」に「ひがしにし」の訓を与えて「ひがし・ひだり」の頭韻を工夫したのであろう。

六書の三	指名	左右	左右南北

天子は南面する			
西	右	左	東
にし	みぎ	ひだり	ひがし
	南	北	
アマテラスは東面・スサノオは西面			

　その整合性を担保するのが「天子は南面する」で基準は天子の左手となった。そして対方を「右みぎ」と置いたので別の人が東面しないと右手の義が決まらなくて、結果としてイザナギの左右目から生まれた「天照大御神・月讀命」が東面して、鼻から生まれた「建速須佐之男命」と対峙することになった。

　これは西に頭を置いて南面する釈迦の涅槃図と整合する。この涅槃図の通りに「左目・頭・右目」たどると右回りがえられ、北面してみる恒星の回り方と一致する。

　要するに、イザナギの鼻から生まれたスサノヲは中国の、海岸部から西面する人々の表章を借りている。このような割

西	南面する涅槃図	東
アマテラス	左目 頭頂　　　→鼻 ↓ 右目	スサノオ
左周り（恒星の回り方）		

り当ては多少唐突感が否めないかもしれないが、宮都が内陸部にあった秦や漢ではわかりやすい表章だった。それを倭国に持ってくるにはそれなりの工夫が必要だったのは当然だった。

　ところが識字率があがって漢文大事の風が蔓延してくると、こういう工夫を軽蔑していく風潮も生まれてきて導入されたのが「左近・右近」で、これ

に「桜・橘」を重ねたのが平安時代のこと。この工夫のすごいところは「右近ウコン鬱金」とかけてあるところで、これと橘の実、古事記にでてくる殉死を禁じた垂仁天皇の部下の多遅摩毛理の持ち帰った

御所における南面図			
西	右近	左近	東
橘	ウコン	サコン	櫻
実	黄色	さくら	端・花
結実		初発	

木実にかけてある。さらに「花ハナ端」だから「初発・結実」という「増大」のイメージを付加して「循環する時間」を確定した。その循環する時間の表章には「月」がふさわしい。もちろん太陽も循環するが、ぐるぐる回っているだけで成長して盛んになってのち衰亡するという人間臭さは皆無。だから平安時代をとおして東からでる月というものが和歌では好まれていく。西には日神が配されて東面するアマテラスと整合していく。その月の出の時刻の遅くなっていくさまを様々に読んだのが「出待月」「立待月」「居待月」などである。

【万442】世間は　空物と　あらむとぞ　この照月は　満ち闕けしける　よみ人知らず

その後、白河上皇の時に「北面の武士」というものが正式の役職として公認されるようになると北面図も流通するようになる。これが北闕の表章で、循環する時間を周回図に転写したもので、古事記の胸形の三女神の表章をふまえている。清濁音の割り当てには異論もあろうが、ここでは「多紀理たぎり」「市寸いちき」「田寸津たきつ」と読んで、「上昇・安定・下降する滝」のイメージを引き出しておく。

古事記の胸形の三女神の形象		
西	上天	東
Σ	M	3
田寸津比賣命	市寸嶋比賣命	多紀理毘賣命
胸形之邊津宮	胸形之中津宮	胸形之奧津宮
周回する時間・帝国歴量		

ただし月の満ち欠けのような波乱はないので、物語性はない。ただ、ぐるぐる回っていくだけで新古今和歌集の仮名序に出てくる「すべらぎは　怠る道をまもり、星の位は政をたすけし契」のいうところにぴったり。この条を読むまで「怠る」に「怠け者」の卑義しか与えてこなかった自分の不明を大いに恥じたい。「み台さま」とか「政所」には王朝の、退屈そのものであ

表12；胸形三女神と北闕とたらちねW		
	M	
Σ	北闕	3
Wたらちね		

りながら一時（とき）も休むことなく運営されるべき政事の見えない中心の義をもっていたのである。そしてこの形象こそが、古事記の「天の安河の誓約」で天照大御神が十拳劍を三つに割って生み出した胸形三女神になる。三女神の中央が北闕となる。そのイメージが得られると一番下にWがくることもわかってくる。ただし低緯度地方では通年ではみることができない。しかし茨城県まで北上すれば通年で見ることができる。

　ここで、時間観念も大きく変わっていった。「時間」は、本来は日月と同様「循環する時間」の表章であり、基本的には順番を示す序数だったが、「周回の形象」を借りて、さらにそれが積みあがっていく「永続する時間の表章」へと転注していく。これが帝国歴量すなわち量数で、元号とは別に明治時代になって「紀元」数が用いられるようになったのはこれに相当する。

表13；元号と紀元		
元号	天皇の在位年号	序数
紀元（帝国歴量）	帝国の基準点からの年数	量数

	表章	物名解	主題
万葉集（霍公鳥）	ほととぎす	この程・この時	時間
古今集（鶯）	うぐひす	浮く↑・漬つ↓	空間
		浮くout・秘すル in	

　なお、この「循環する時間・増大する時間」のもう一つの表章が「ほととぎす・うぐひす」になる。これは物名の手法を使うと「この程・この時」と「浮く↑・漬ず↓」あるいは「浮くout・秘すin」が現れるからそのまま、両歌集の主題の差異を明確にする。

　家持の対歌万4463、4464は、時の移ろいと霍公鳥（ほととぎす）を結び付ける秀歌となっている。用字「公」によって時間には私的な「ほど」と寺院の鐘などによって告知される「時」があることを形象に落としている。また、「漬」の訓「ひつ」を採用しているものもあるが、訓「秘する」の方も、「浮く」との対義であることがはっきりするので今後、慎重に検討したい。

さらに、上の3つの物名解は、それぞれ「私・あの人」を主部とする構文、対象物を主語とする文型に延伸することができる。

表章	物名解	文型例
ほととぎす	この程	私は、この程着任いたしました。（あの人）
	この時	私は、この時着任しています。（あの人）
うぐひす	浮く・漬す_ル	玉藻が浮く・玉藻を漬づる
	浮く・秘す_ル	玉藻が浮く・玉藻を秘する

次には、六書三の用字「譬」は部品「名・辛・言」から構成されているから、

譬 言・名・辛	いいな・いうな	上からの指示と禁止
	いいな・いえな	言い名（通称）・家名（名字）

現代日本語の「字名名字」までに延伸しておきたい。というのは、さらに部品「名・辛・言」から「言と名」を取り出すと、これの訓は反対語「いいな・いうな」あるいは「いいな・いえな」が得られるからである。後者は「通称・名字」の対義となる。

次に万葉集の「譬喩歌」を展開すると「譬比比喩」となることと、古今和歌集仮名序では「譬歌・なずらへ歌」へと読み換えられていることに注意し、

六書	譬
万葉集	譬喩；譬比比喩
古今和歌集	たとへ歌・なずらへ歌
現代日本語	比較compare 対照contrast

現代日本語でいう「比較compare 対照contrast」という作業にささえられる知的営為なのだということまでも中学卒業時には理解しておきたい。

もちろん六書の例字も時代に応じて詰屈延伸をしながらふさわしいものを子供たちに選んでいきたい。そうでないと古典は神棚に飾るか、書庫に死蔵するものとなってしまう。

例えば「江河・左右」から「左右・右左」のような訓を導いた例として源順の「石山寺縁起絵本・第二段」の挿話のもととなった対歌も教えていきたい。左右手のようにしっかりと組むほどに、深く「結合combine」したいと歌うのにふさわしい用字と感心する。

【万549】天地の　神も助けよ　草枕　旅行く君が　家に至る左右

四章●江戸時代の知識人が知っていた先端科学　109

【万550】大船の　念いたのみし　君がいなば　吾は戀いなむ　直に相う左右二

　これは古事記を諳んじていないとわからないがイザナギとイザナミは「なり余れる處となりあわざる處」を合わそうとしたわけで、これは一点での「接続connection」に相当する動物の交尾段階で、人間の交接はその段階とは本質的に異なる全身による交合すなわち「結合combination」だということになる。その上で繰り返される交合はもっと高次な共役（conjugation）関係となる。(1-6節の表3を参照の事)

　固有名詞の訓詁にあたって次に大切なことは、日本語での「事跡名・所事名」の対語を得ておかなければならないことで、六書では「長江・黄河」の所事名をもとに固有名についての原則が提示されているが、列島においては「事跡名」によって人々を取り立てていく、別の観点からいうと差別していくことも行われてきた。そこから功績を字名にした門閥名も発生してきた。閥には「討伐」という事跡の義がある。

　「事跡名・所事名」の弁別が六書の三と四の弁別につながっている。といっても分析哲学の素養がないとわからないが、これはラッセルの固有名詞の三つの階梯「名辞である語・事実の名である文・関係の名である構文」の中の、事実文を事跡名にしていることがわかる。童話から代表的なものを探すと「雪姫・白雪姫・雪女姫」の階梯が思い浮かぶ。だが、「一寸法師」などは「一寸釘法師」と延伸すれば「小さい身体」だけでなく「小刀で敵を倒す知恵者」の義が出てくる。もちろん古事記から探せば「木花之佐久夜毘賣」の名前は事実文なのだから、こういう考え方はすでに知られていたわけである。

　上記に気がつくと、日本語では逆語序語が頻出するのだから、「石長姫・長石姫」というのがあってもいいのではないかと考えられるようになる。そして、これは語義からは万葉集巻2に出てくる悲劇的な仁徳天皇の皇后磐姫に重なる。だとすればそもそも「磐・石般」という熟語があって、それを「石長」と置換して古事記には用字されたのではないかとも考えられるようになる。だとすれば「佐久夜／木花之毘賣」の方は構文解釈から「幸いなるかな、

この花子」とか「真っ先にでるもの、木の花」などの構文としての訓読が可能になる。

表14；ラッセルの固有名詞の三つの階梯				
ラッセルの定義	現代日本語	漢字表記	字名の例	
物の名	固有名詞	字名	雪姫	長石姫(磐姫)
事実の名	文	所事名・事跡名	白雪姫	石長比賣・木花之／佐久夜毘賣
関係の名	構文	門閥名	雪女姫	佐久夜／木花之毘賣

　次に考えるのは、日本の家名つまり名字はだいたいが「柿本」「山辺」など地形に因んでいる苗字であることで、つまり「所事名」であって、事跡を立てた功名は避けられている。平安時代になって

所事名	柿本 山辺	山田 石川
事跡名	大伴 中臣	織田 得川

興る「源氏・平氏」なども「所事名」に過ぎない。だが、「織田」などは「田で織る」のだから開墾の結果の物量にかかわる功名と見ることができる。「徳川」なども一瞥しただけでは事跡とは見えないが字面の下心をとると「得川」であるから治水の功名が浮かんでくる。そしてそういう事跡は古代の巨人伝説のような独りの英雄によるものではなく少彦名のような「指撝者」の事跡。「大伴・中臣」なども「大勢の伴・中心の忠臣」などの義へと延伸して理解したい。「山田・石川」なども意外性のある組み合わせなのだから現代日本語ならば「棚田・運河」へと転注して人工的な場所、当時にあっては最先端の技術の表章であった可能性にまで理解を広げたい。

　つまり「一語の発声utterance」の時代から用体・体用の二語文が確立して、名字にまで組み込まれた時代が始まり、それによって短い言葉で指示することで、話し手のいいたいことや、指示を支える文脈まで指事することが可能になって、集団の指撝が本格的に始まった。

　日本では姓名には植物名の用字を使うのが一般的とされるが、「橘」のように、その植物に関する物語が有名になれば、それは毀誉褒貶を含意していくのも仕方ないことで、奈良時代までは指名権を利用した王権の統制は常態だった。有名な逸話に和気清麻呂とその姉が称徳天皇の逆鱗にふれて「別部

穢麻呂・別部広虫売」という汚名を着せられたというものがある。だから万葉集を理解するためには「栄誉名・汚名」の対語の存在を弁えておくことも必須となる。

　たとえば、奈良京の西にある、現在、垂仁天皇陵と治定された古墳の来歴にちなんだ「橘」姓は謀反にかかわったとなれば別の汚名をつけられて、追放されるか、名前を変えないで残った係累はある時期は逼塞して暮らさねばならなかった。

　以上のように歴史的な固有名詞の運用を考えていったときにようやく六書全体が固有名詞についてどのように考えているかが現れてくる。それは六書三の「事を以って名と為し、譬えを取って相い成る」と四の「類を比して誼を合わせ、以って指撝を現らわす」に縮約されている。つまり指事は「上下・日月・左右」などは文字教育を受けていない民草でも容易に想起できる「対語」で、和歌や物語では「東西、紅白、山川」などが好まれてきた。そして「指撝」は三と四をつなげて「事類、名誼」さらに六の「声に依りて事を託す」によって「託事名」、現代日本語でいう「事跡名」について、声を第一とすることを主張している。

　一方、現代日本語の世界では言語学の用語「連合・連辞」について前者は自由な連想に結びつき、後者は結び付きがより固定されているというような説明を見かけるが、六書の段階では連合は「対位概念」に縛られている。これを開放するために導入されたのが「abduction；誘拐」で、これは動物の変態をもとに瞬間的な変化までを連合に組み入れたもので、あくまで自然の摂理へのこまやかで的確な観察が前提にあり、「従前向後」の対概念を拡大強調したもの。

　しかし、北斎さんの一枚目に出てくるような、背負えるだけの稲荷を背負った人間の形象を想起してみると、ああいう人間が休憩しているときには反対側に回って初めて背負子がいることが分かるのであって、初見では稲荷の山にしかみえない。

表裏関係・従前向後

変化・逸興

つまり表裏関係は具物の両面図としてしか表現できない。そして動いている人物は必ず六書の二における「従前向後」の形象を持っている。だから一枚目の農夫は「薪を背負える山人」と評された六歌仙の大友黒主こと猿丸太夫の形象でもあったことになる。逆にいうと、表裏が一瞬にして反転すれば、青虫が蝶に変態したのと同じように仰天するような変化、つまりabductionと認識されることになるから、変化といっても時間の推移だけではなく、空間移動の可能性を排除できないことを言っている。このことを真名序では「逸興」と評していたのである。

「連辞」の方は共有された物語を前提とする概念で、それも時代の王権によって正とされた物語を前提とする。となれば日本では「古事記・風土記」に採録された物語が本であり、その末に国民的支持を得た「万葉集」や「源氏物語」や大日本帝国時代に国定教科書に採録された民話や童謡唱歌などが機能していく。この語りを刷り込まれることで人々は共通の文型を覚えていく。これが連辞の祖型となる。

その連辞を書記する要諦を六書では四の会意、五の転注、六の仮借としてまとめている。その中心には類比合誼があり、概念の類従関係は複雑だから皆で喧々諤々の議論をすることになるといっている。漢字の多くは会意文字であって、偏と旁からなるが、偏には類従の目印が、旁には音の読み方があって、両方を一字で示しているといっている。なかでも大切なのに似通っていてわかりにくい概念は共通の挿頭を用いてわかりやすくする工夫をしているといって、具体的に「老がまえ」をあげて「老考」を「同意相受」とするといっている。これが転注語のことで日本では「六歌仙」のところでいろいろな実例が取り上げられている。ここでは延伸して一首を形象と置き換えて「転義注形」と考えておく。さらに「長令」は数詞に関する取り決めで業平の折句で説明したように数えは一直線には増大しないで、ある数まで数えると令へと戻さざるを得ないのでその関係は形象ではなく声によって関連付けるべきだといっているので仮借を延伸して「仮令借声」と考える。用字「仮令」については『大辞林』の「たとえ」の項の用字の一つからとった。これは仮名序の六種歌の4つ目において省略されている強調の「たとえ……としても」が好例。これにより、六書の六の中心義「令へ返す」の転注である「令に

仮借する」の義を明確にすることができる。

【六種の四】わが恋は　よむとも尽きじ　（たとえ）ありそ海の
　　　　　　　浜の真砂は　よみ尽くすとも

表15；指事・指撝の六書での延伸運用事例			
連合 association	指事	視察；知識識見 描画；其物随体 字名；取譽相成	天地起伏 従前向後 左右南北
連辞 copra	指撝	会意；**類比合誼** 建首；同意相受 長令；依声託事	造字法 **転義注形** **仮令借声**

ただし、針小棒大な大げさ表現の実例として「仮令」の用字が広まっているので、四字熟語「仮令借声」の省略形「仮令」には別の読み方「かりにれい」があった方がいいと考えて用字していく。

　以上の六書と日英語の概念体系についての考察は、ここだけの結果で正誤を判断するのではなく、こういう考えもあると頭の隅において次の課題に進んでいく、いわば「寄り道仮説」と考えている。数学では補助線は最短距離だけでなく回り道の場合もある。大切なのはこのような作業の繰り返しによって生涯を通じてより深い洞察力と将来世代にむけた遠望力を身につけていくことにある。後で間違っていたとわかれば作り直せばいいだけのことで、間違いを恐れて模型や模式図をつくるのをあきらめてはいけない。

4-3 ● 関孝和と和算

4-3-1・円周率の知識

　関孝和について学校では西洋数学に匹敵する和算の大成者と習うが、そのもとには中国由来の天元術（代数）があるし、それを乗り越えた理由として若い頃に親しんだ西洋人の転びバテレンからの影響を取り上げる書物も最近では見られる。そもそも中国での算術の発展は、魏の劉徽が263年、数学問題とその解法をまとめた有名な書『九章算術』の注釈本を著したという記述が有名で、唐の時代には官吏の必須の書物となっている。劉徽は卑弥呼と

同時代と思われる人物で、西洋の近代代数学が誇る業績を事実上達成していて、日本でも江戸時代には『九章算術』は人気の書物となっていた。彼は192（＝2の5乗×6）辺の多角形を使い、円周率を3.141024＜π＜3.142074と求めた上で便法としてπ≒157／50＝3.14を使うように勧めている。

一方、西洋では√10≒3.16を3よりは厳密な円周率として使い続けていた。しかし、『数学の歴史』（三浦伸夫）によれば、古代エジプトでは、π≒3.14という係数もつかわれていたことが、ピラミッドの諸測定値から分かり、定説となったという。つまり3.16と3.14の弁別は実用的にはどうでもいいことだが、先端知識人にとっては唐の時代には必須の教養となっていたと考えることができる。

江戸時代の庶民の教科書として有名な「塵劫記」は上方で出版され江戸時代末まで圧倒的な認知度を誇っていたと習うが、円周率を3.16としている。江戸の関孝和らは円周率3.14を推奨していたわけで、こういう齟齬がユーラシア大陸の東西にまたがって数千年にわたって引き継がれてきたという事実は興味深い。

つまり、実用上は大差ないが、王権の権威にとっては徒おろそかにできなかった齟齬となれば、万葉集にそのことが埋め込まれていてこその大伴卿ということになる。事実、万96〜万100は、この問題に関する謎かけとなっている。これは例として直径30の円形を考えた時に3.14を用いると周囲は94（94.2=30*3.14）になるのに対し、3.16ならば95（94.8=30*3.16）になることから、相対的に小さい96、97に真弓をあて、98、99にゆがんだ円である梓弓をあて、100に匜荷の方形を当てて、正解を仄めかしている。

【万96】み薦刈る　信濃の真弓　我が引かば
　　　　　貴人さびて　いなと言はむかも　　　　　　　　　　　　　［禅師］

【万97】み薦刈る　信濃の真弓　引かずして
　　　　　強ひさるわざを　知ると言はなくに　　　　　　　　　　　［郎女］

【万98】梓弓　引かばまにまに　寄らめども
　　　　　後の心を　知りかてぬかも　　　　　　　　　　　　　　　［郎女］

【万99】梓弓　弦緒取り　はけ引く人は
　　　　　後の心を　知る人ぞ引く　　　　　　　　　　　　　　　　　　［禅師］

【万100】東人の　荷前の箱の　荷の緒にも
　　　　　妹は心に　乗りにけるかも　　　　　　　　　　　　　　　　［禅師］

　実際にそれぞれの数の二回平方根を求めると97と100の四捨五入値だけ
がそれぞれ3.14と3.16を与える。そして三回平方根を求めると四捨五入して
1.78を与えるのは99以上だが、歌番の末尾の8に着目して、「1.778」に数喩
「いなば1.78」を与えて正方形の一辺の数章に当てるのは妥当といえる。

表16；万葉集96～100番の歌語を数章・数義に読み換える

歌語	真弓	真弓	梓弓	梓弓	箱荷
万葉集の歌番	96	97	98	99	100
二回平方根	3.130	3.138	3.146	3.154	3.162
四捨五入値	3.13	3.14	3.15	3.15	3.16
三回平方根	1.769	1.771	1.773	1.776	1.778
数義	—	円周率	—	—	正方形10の一辺

4-3-2 • 10進法と12進法

　日本の歴史における算術の大事として「十干十二支」の問題があるので、
算術の面から考察しておく。これは、日本における暦法の変遷、とくに日周
数の断絶にかかわっている。

　中国暦では明時代まで1日を100刻としているが、日本ではかなり早い時期に
12の8倍の96刻を単位とする計算方法が導入された。前者を「100刻制」と呼ぶのに対し後者は「辰刻制」と呼ばれる。実用

日周数	名称	四辺形の面積	基準の直角三角形
100刻	十干	10=5+5 100=50+50	二等辺三角形
辰刻	十二支	96=24*4 12=3*4	不等辺三角形

116　第一部 ● 葛飾北斎の「百人一首姥がゑとき」をよむ

的には大差ないが、これが10進法と60進法にかかわる問題となっている。とくに幾何的整合性を重視した古代には必ず三平方の定理におとしておく必要があった。そのためには、100刻では二等辺三角形を用いた三平方の定理を常用し、辰刻では二辺3と4、あるいは4と6である不等辺三角形を常用していた。

その両者を統合するためには12の倍数である96を正方形の形に作る必要があった。それが万葉集50（藤原宮之役民作歌）に出てくる「百不足、いかだに作り」で、その形象は中心に2*2の正方形をとってその周辺に3*8の長方形を四枚配置する形象として知られる。この長方形を「いかだ」と呼んでいる。

【万50】……百不足　五十日太に作り　のぼすらむ
　　いそはく見れば　神随ならし

また、この形象について孟子などは中国で周代に行われたとされる理想化された土地制度として描いている。1里（約400m）四方（約17ha）の田を井字形に9等分し、周囲の8区画を8家に

百不足いかだに作り			理想化された井田法		
24	24		私田	私田	私田
	4	24	私田	公田	私田
	24		私田	私田	私田
公田の取り分は4%			公田の取り分は11%		

与え、中央の1区画を公田として共同耕作の上、その収穫を納めさせたもの。当然、元図を9升とおくと公田の取り分は9分の一の11%になるが、100升とおくと、4/100だから4%となり、私田の取り分は多くなる。そこに中間搾取の入り込む余地と諍いの種が生じてくる。

ここまで考えてきて、十進法の形象として面積を2倍にする形象は北斎さん一枚目の図柄「茅葺屋根つきの櫓」であったことを思い出した。面積2倍化の形象というのは他にもある。それが正方形2*2の内接円（1*1π）と外接円（√2*√2π）の関係だから、実際に扱いたい形象をとりあえず円か方形かに当てはめれば、複雑な計算なしに2倍の面積数量を得ることができる。

四章●江戸時代の知識人が知っていた先端科学　117

もちろん偶数升目をつかえば2倍化は子供でも簡単にできる。

表17；幾何図形を使った面積2倍化法

三平方の定理による 正方形面積の2倍化	円面積2倍化 内接円（1＊1π） 外接円（√2＊√2π）	正方形の面積2倍化
		偶数平方数のみ

一辺2の正三角形

高さ；√3＝1.73

　さて、古事記や万葉集を読み解くには、三平方の定理が重要であると考えられるようになると、まず気になるのは古事記の国譲りの条にでてくる「伊那佐之小浜（いなさ）」で、「√3＝1.73」から、正三角形の高さに結び付けたくなる。ところが万14に「伊奈美國原（いなみ）」と出てくるから、それでは「イナサ・イナミ」は異なる数喩なのか、それとも言い替えなのか疑問になる。そうこうしているうちに「稲羽イナバ＝1.78≒√3.16」といえなくもないことに気がつく。その「いなば」は万95～100を連番歌として解釈することで万葉集や百人一首の語義解にとりこめることがわかったわけである。

　ただし国語学の主流の方法のように歌を一つずつ切り離して抒情歌としての鑑賞を行う読解法では決して見えてこない。本書の方法を「連番歌訓読」と名付けておく。

4-4 ●暦についての国学者渋川春海の業績

　江戸時代の初期、1685年から朝廷によって使用が認められるようになった「貞享暦」。これは国産暦といわれているが、その計算方法の大略は中国

由来の「授時暦」といわれる太陰太陽暦によっている。幕臣の渋川春海により献策されたのだが、受け入れられた第一要因は、北京と京都の里差＝経度差を考慮した設計であることで、これは南蛮からの宣教師たちが献上した天空儀や地球儀を全体とした地理感覚を受け入れた結果としての「地球は丸い」という認識を朝廷が了承したことを意味する。さらにその里差を加味するための実際の測量費用を幕府が捻出することをも、朝廷が認知したことになるので、徳川幕府が王権権力基盤の一つである暦法を統制することを朝廷が公認したことにもなった。

渋川春海の後ろ盾には水戸の徳川光圀や会津藩主の保科正之の名前が挙がっており彼単独の快挙とみるのは間違いだが、表立っては誰もいわない。むしろ春海が山崎闇斎から神道や儒学を学んでいたという挿頭（かざし）が幕末になって「国産初の倭暦」という挿頭とともに喧伝されていった。

そして、当時の民生に大きな影響を与えたのは、仏教が用いていた天道27宿から七曜制を表章とする28宿へと変更されたことである。さらに事実上の太陽暦である「24節気」が民間でも用いられるようになった。

推古天皇の頃には日本にも知られようになっていた「元嘉暦」は、19年に一度の、7閏月（うるう）を置くことで13ケ月の年と12ケ月の年をつくって、月齢暦の略354日と年暦の略365日の調整をする。その後採用された暦も太陰太陽暦に変わりはない。ここで「略」というのは、それぞれの観測数値は「年周日数365.245日・月の朔望日数29.530日」だからで、これは紀元前後には世界中で知られていた数値である。

現代にいたるまで日本ではいくつもの暦法が公的に実施されている。学校や役所では七曜十二月で、焼き場は六曜で、商業慣行は五十日（ごとおび）となっている。年数の数え方は西洋由来ならば世紀は100が単位だが、還暦は60を単位とする。さらに天皇の御代ごとに元号というものもあり、それらの変換には苦労させられている。

だが、「貞享暦」誕生にまつわる事情を知ると、それぞれの暦法に対して民間で受け取ってきたイメージというものがはっきりしてくる。道教とも相性のいい陰陽五行暦は、ヤマトタケル以来の三旬制（10日単位）の実用的な暦で、次の六曜は仏教由来で具注暦に代表される「方違え」などの迷信の温床だが、

四章 ● 江戸時代の知識人が知っていた先端科学　119

国学者渋川の作った日本の七曜暦は世界に誇れる科学的なものということになる。

江戸時代末期に浸透していた三つの暦法のイメージ		
七曜暦	五行暦	六曜暦
国学・科学的	三旬制の実用暦	仏教・迷信
28宿；序数	—	27宿；量数

さらに、先に触れた27宿と28宿の相違も数章との関係で整理しておくと27は3・3・3であり三乗数（立法数）の数章であるが、28は正三角形に関連づけることができたから（合わせ絵ⓗの最後で述べたように）平面の数章であり、結果として量数に対抗する序数に関連づけることができる。

実際問題では、その理論の複雑さの背景には太陰太陽暦の問題があることは容易に推察できるが、どのようにしてそれらの関係がとらえられてきたのだろうか。

一番整理されているのは古代ローマの暦法の変遷なので少し復習してみよう。

紀元前8世紀ころからのロムルス暦は、月の朔望日数＝29.53の倍暦（29.53・2＝59.06）の5ケ月分（295.3）に8.7日を加えた304日を年周数とするもので、厳密な計算論理は分からないが、特徴は無暦期間を60日ちかくとることである。次の年の初日を望月なり朔月におくことが可能になる。しかもこの無暦日に閏日を合ませても民衆に知らせる必要はなく、表の顔は年初を王が宣告する月齢暦で、裏方は太陽暦で管理していた。これは農事暦と考えると合理的な暦。

その後出てきたヌマ暦は交易暦と考えると月の朔望を基準とする実務的な暦で、1年を12月とすると29.53・12＝354.36となり354日では朔望に現在の8時間ほどのずれが生じるから公称を355日としたものであろう。長すぎる分はどこかで調整が行われていたはずである。

ローマ帝国建国の頃から、16世紀まで用いられたユリウス暦は、一年365日を基本とし、4年に一度366日の年をもうけることで知られているが、その計算の基礎には「メトン周期」と呼ばれる19年に7回の閏月を入れることで年周の端数を調整する方法がある。メトンは紀元前433年頃のアテナイの

数学者といわれている。ロムルス暦・ヌマ暦に対して無暦日がなくなったことで何百年単位の歴史叙述には優位にたった。だからこれを年代学的周期ともいい、本書ではこれを「年代暦」とおく。現在普及しているグレゴリオ暦は、ユリウス暦をさらに精緻にしたものであるが、それでも年周日数と暦年はずれていくので、何年かに一度閏年をおかないで調整している。

　一方、東アジアでのユリウス数365の受容はあくまで太陰太陽暦の一種とされ、具体的運用は閏月を置いて「元旦朔日」を重視してきた。日本で元旦と朔日が原理的にも切り離されたのは明治維新後のグレゴリオ暦の導入をもってである。

　日本における暦法の変遷を考えていくと、6世紀の終わりには知られていた「元嘉暦」はメトン周期を採用しているので、暦法の算術において世界標準に達していた年代暦と考えることができる。ただし、民生は月齢暦で運用されていくわけだから社会生活は表裏のある複雑な仕組みとなっていく。よくいわれる「太陰太陽暦」というのはそういう算術暦が一つあるという意味ではなく、ヌマ暦とユリウス暦を組み合わせた実用的な暦生活という意味と解した方が通時的な暦生活の推移を理解しやすい。

　つまり、万葉集で取り上げられる「元嘉暦」について太陰太陽暦とする記述は多いが、暦法自体は太陽暦で、運用において五行における春夏秋冬に4回の土用を加えた実質16月体制でのすり合わせを、年度ごとに細かく計算して運用していたと、本書では考えていく。かなり複雑なので、江戸時代からは二十四節気の方が広範に用いられている。これも元嘉暦をベースにした中国王朝ごとの微妙に計算方法の違う諸々の太陽暦をもとに運用していることに変わりはない。

　さて、万葉集の最後の歌万4516は大伴家持の新年の歌であることはよく知られている。『古代の暦で楽しむ万葉集の春夏秋冬』(東茂美)をよむと題詞の天平宝字三年春正月は「歳旦立春」という19年に一度の特別なことだとあった。しかも、古今和歌集の冒頭1番と「春」で結ばれていて「年内立春」を取り上げていている。奈良時代も平安時代も公式には飛鳥時代に導入された「元嘉暦」の計算法の基礎にある西洋で「メトン暦」と呼ばれる計算方法を使っている。したがって、万葉集の最後と古今和歌集の冒頭に「春の歌」をお

四章●江戸時代の知識人が知っていた先端科学　121

いているのは、両歌集の編纂者たちがこの「メトン暦法」への違和感を共有していたからと考えることができる。

【万4516】新しき　年の始めの　初春の　今日降る雪の　いや重け吉事

【古今1】ふるとしに春たちける日よめる
　年の内に　春はきにけり　ひととせを　こぞとやいはん　ことしとやいはん
　　　　　　　　　　　　　　　　　　　　　　　　　　　　　　在原元方

　まず「年内」というのは「年々歳々」の「年代歴」を指事するから、当時の公式暦であるなら宣明暦のことになる。それ以前の元嘉暦もそうだが、「年内立春」というのは2年から3年に一回おきるそれほど珍しい出来事ではない。歌の胆は、「一歳」にあって、「一年」ではないことで、「去年・今年」へとかけると、間には「年越し・年明け」が入ってくる。それは長い無暦日を終えての本来字義通りに「新しい年明け」であった。
　そして生活となれば、古来この列島では「霞のたなびき始める時期のこと」を「春」と呼んでいたのに、中国から暦法を導入して以来、こういう齟齬が続いてきたことを皮肉っている。
　万葉集巻20には大伴宿祢家持の皮肉歌がのっている。題詞には「廿三日於治部少輔大原今城真人之宅宴歌一首」とある。東茂美氏によると、この年の12月19日が年内立春の日に当たっていた。
【万4492】月よめば　いまだ冬なり　しかすがに　霞たなびく　春立ちぬとか

　従って本書ではユリウス暦を年代歴、それ以前にあった60日以上の無暦日をもつ暦を「歳歴」と考えて、万葉集の中に4516、4492番以外にもそういう齟齬を扱った歌がないかどうか気を付けてみていく。なお、古事記・万葉集には用字「暦」はなく、「歴；うつろう・へる」が見えるので、本書では

年代歴	1年365日以上の日読みする	ユリウス暦による年数計算
歳歴	日読みをしない無暦日をもつ	古暦による年数計算

「暦」は「暦法」の語義で用いる。

　一年ごとの歳歴では年周数の表向きは概算でよく、裏で官僚がきちんと管理していたという立場から、もう一度、従来の知識を総覧して反省してみた。そうすると一番合理的なのは年周30＊12＝360日という結論になる。そうであれば19＊19＝361から1を引いた360というのが理想的な数章になるわけで、こう考えた時に、やっと北闕という語義の重要性が理解できてくる。つまり「引いた1」を北闕とすればいいのであるが、こういう考え方は現在のように小学校で北極星とかこぐま座とかいうものを教わると理解しにくい。だが、江戸時代までは「天の北極」にはその周辺の北斗七星とかカシオペア座などに比べれば目立つ星はみられないので、「なにもない、闕けている」という意味で「北闕」と呼ばれていた。それに361から1を引いた残りを360とすれば天周360度の計算法をすぐに採用できる。

　さらに、人工的な月齢数30を基にした年周暦360と、幾何的整合性を基にした年周暦361の落差が説明できるようになる。その両者を統合するのが年代歴365で、前者では360は365に対し5不足すると考え、後者は4不足していると捉えることになる。これが太陰数360暦の算術的基礎となる。

　本書ではユリウス暦の365日から1を引いた364を太陽数とおいて、対比しておく。というのは364＝4＊7＊13であるから、閏月を含む最大月数13と古代ローマでのサラリーの基準となる7日制を満足するからである。そうするとユリウス数365の基層に三つの因数構成を考えて、7日周暦、月齢暦、日周暦として引き継がれていったと考えることができる。

表18；ユリウス数365と太陽数364・太陰数360の関係				
太陽数364	ユリウス数365			太陰数360
364	365	365	365	360
4＊7＊13	4＊7＊13+1	30＊12+5	19＊19+4	19＊19-1
4、7、13の乗数	7日単位週暦	月齢暦	日周数暦	平方数から北闕1をのぞく

　ところが太陽数364と太陰数360の間には「平方数の和」という共通項があるのである。そうだとすれば単なる因数構成の差ではなく、以下の表に見る基壇形象の違いとして民衆にも分かりやすくなる。

四章●江戸時代の知識人が知っていた先端科学　123

	太陽数364基壇の形象		太陰数360基壇の形象	
	364=144+100+64+36+16+4		360=144+100+64+36+16	
6段	4			
5段	16		16	
4段	36		36	
3段	64		64	
2段	100		100	
1段	144		144	

　なお、数学では364を三角錐数（四面体数ともいう）と呼んでいて、底面を正三角形とする形象も導ける特別な整数である。

4-5 ● 七曜・六曜・五行暦

　学校では、日本での中国歴の採用は元嘉暦から始まって大衍暦、宣明暦と続くと習うが基本の計算はメトン暦に依拠している。むしろこの暦を民間に流布するにあたって「具注暦」という陰陽五行などの吉凶占いなどを書き加えた暦が広まっていった。その途中でメトン暦の基礎にある $364=7*4*13$ よりも太陰数360の方が合理的でかつ形象からも十分に尊崇に値することがわかると、こちらが六曜として平安時代以降、頻用されていった。そのことに気がつくと現在もよくみかける「土用」の性格が見えてくる。現在の五行暦は年代歴のユリウス数365暦にあわせているから、実際の日読みは端数の繰り上げ、切り下げがあって分かりにくいが、単年度の「歳暦」と考えると結構単純で合理的な系になっていて、4回の土用に各18日を割り当てて、360日から72を引くと288日が残るから、これを12で割ると1ケ月24日の

表19；五行歳歴の配置（仮説）				
土用	十月	十一月	十二月	土用
九月	白虎	玄武		一月
八月		黄	青龍	二月
七月	朱雀			三月
土用	六月	五月	四月	土用
24*12+18*4=360				

割り当てになる。月の朔望から、月の内5〜6日が無歴日になるが、いわゆる朔の期間にあてればいいだけの事で、三日月が見えたら、それを合図に皆で共同の作業に入る生活ということで合理的な系といえる。

だから現在4つの節分に分けて入れられる72日は、次の歳の朔までの期間で、実際には各月の4〜5日を除いた実質6日くらいが月始・月末として運用されていたと考える。

　だが、日暦は一般民衆向けのもので、宮廷の基本は律令にあるわけだから、どこかで太陰太陽暦との調整は行っていた、あるいは行わなければならないという意識はあったはずで862年に中国から新しく「宣明暦」を導入している。

　この後も自前の観測装置は貧弱で正確な月食日食の予測もできないまま、江戸時代の「貞享暦」まで、「宣明暦」は823年間使用されていた。だから江戸時代になって万葉集の訓詁が盛んになったのは、正しい暦法を導入した天智天武の政治とその思想への関心もあったことを思いおこしておきたい。

　その結果として、『伊勢神宮と天皇の謎』（武澤秀一）によれば伊勢神宮の式年遷宮は、持統から元明の時には19年だったものが江戸期、とくに徳川家光からは20年に一度と固定されている。

　そして古事記の訓詁でも20か21かの数の違いで論議を呼んでいる箇所がある。これは「歳・年」の用字の差異がわからないと見過ごしてしまうのであるが、ユリウス数365というのは古代の幾何重視、形象重視の感覚から見ると貧しい数で、田植えから収穫までを一区切りとする民生では好まれないのだが、帝国の永続を願う立場からはぴっちり一年を365日とする方が好ましく、これを「年代歴」として、年度ごとの区切りを重視するものを「歳歴」と考えることができる。

　西洋の暦法で確定しているのは七曜であって、閏年であろうがなかろうが曜日の挿入ということは起きないのだから基底にあるのは太陽数364＝7*4*13なのである。

　一方、古事記では「歳」は天皇の生年数の接尾辞としてしか用いられていない。そしてスサノヲが大山津見神の娘の神大市比賣によって生んだ兄弟の長子が「大年神」で、弟の名は宇迦之御魂神。大年神は大国主の条の末尾に三人の妃との間に16柱の神をなしたとある。これに大年神自身を加えると総勢20（＝1+3+16）名になる。内容をさらに整理すると、特に重要なのが「伊怒比賣」で、十二支では「戌」には数11をわりあてるし、陰暦9月の異称と

して知られる。だから中間の数10と考えることができ、12ヶ月体制よりも古い10ヶ月体制の暦法を指事すると考えることができる。これについては（5-3・表；数術における仮令法）で詳述するので参照してほしい。

だから「大國御魂神」に古来よりの歳歴をあて、「韓神」にさらに新しく導入した先端の暦法をあてるのが妥当な推論となる。そうすると「天知迦流美豆比賣」の子である九神は別系統の神で、これが「竈神」であるということは、民生用という意味になり、徴税の根幹の量数は十干であり続けることを主張している。それで、両者の中間にある「香用比賣」の長子「大香山戸臣神」が植物の香りとともに始まる自然の季節の廻りを指事し、「御年神」は、それを計数表記した古代の素朴な歳歴であったのではないかと考えられるようになる。

また、「天知迦流美豆比賣」の子である九神については異説があって「十神」とするものもある。この立場をとると総勢数21となる。ただ、10の神名の中の一の「香山戸臣神」は「大香山戸臣神」から「大」を落としただけの用字なので、これを後年の挿入加筆と考えることも十分に妥当であり、本書はこの立場をとる。ただし、これは万葉集を読んでいって万20の歌語「標野」から十干の基礎数20＝10＋10を仮構していないと理解を得るのは難しいだろう。これについては第二部で考察する。

表20；大山津見神の娘の神大市比賣の長子・大年神の一族総勢20			
妃	伊怒比賣	香用比賣	天知迦流美豆比賣
生子	五神	二柱	九神
長子	大國御魂神	大香山戸臣神	奥津日子神
次子	韓神	御年神	奥津比賣命（竈神）
母子数	6	3	10
数章	序数	一	量数

以上をまとめると、江戸時代になって、数章20は伊勢神宮に割り当てて、数章19を出雲の東西十九社に割り当てた事と考えられる。また、両社の神

殿造りと関連づけると、伊勢神宮には長方形をあてて十干を表章させ、出雲大社には正方形を当てている事と整合する。事実、伊勢神宮の神明造りは長方形を中核にもつ。対する出雲の大社造りは平方数に基づく正四角形を中核に持つ。それぞれの数章が分かりにくいのは、建造物だけでなく、突き出た縁側も大切なことが教えられていないから。北斎は一枚目には縁側なしで、二一枚目には縁側をつけている。ただし、伊勢の神明作りには数の割り当てはなく天為のままの風が吹くと考えられる。当然北半球では偏西風が吹く。一方、大社作りの縁側で12ヶ月制を大国主が導入したことを表章している。そのめぐり方は人為であるから偏西風とは逆向きになる。

なお、神明造については外形から正面3柱、奥2柱という特徴を重視する考えもあるが、手に入る平面図を見る限り正方形が6つとは読み切れないので、本書は正方形10を二つと考える。内殿が正方形6ケであれば外回廊は14となり総数20で外形の縦横比は1.25になるが、内殿2とおくと外回廊は10となり、外形の縦横比は1.33となる。どちらであるかは、正式な設計図を見なければ確定できない。

表21；大社造と神明造の推定模式図（北面図）								
大社造				神明造				
9	10	11	12		←			
8	乾	艮	1	↓	陽	陰	↑	
7	坤	巽	2		→			
6	5	4	3					
正方形				長方形				

ここまで日本の算術史を縮約してみて、ようやく北斎の二一枚目のさらなる仕掛けは縁側の四隅が欠落していることが見えてくる。これによって五行暦が大切にする4回の土用を無しにして12ヶ月の暦だけでやっていこうといっている。先に提出した五行暦の5*5の図で四隅にある4つの土用を落とせば12ヶ月になる。

それと二六枚目をみるとわかるが、七夕に関しても中国のそれと、この日

四章 ● 江戸時代の知識人が知っていた先端科学　127

本での考え方の違いをさりげなく図柄におとしてある。というのは中国ではカシオペア座のことを閣道と名付けて天の川を渡る立派な橋といっているのだが、素直に夜空を観察するとカシオペア座は天の川の中にあって、流れに平行に存在しているので、とても橋にはみえない。だから古今和歌集でも「浅瀬白波」とかいう表現になっている。流れつつ浮かんでいる艀の方が蓋然性は高い。次にどうやって二六枚目の、真ん中の建物に近づくのか考えてみると、水墨画から抜け出てきたような葦舟、あるいは筏になる。

　ようするに、日本人は「まず観察」って心性だから、カシオペア座は、固定された橋ではなく、艀と考えられてきた。どう考えても天の川に平行にかかっているカシオペア座が橋であるわけがない。でも、十八枚目にある丸太橋なら固定しなくてもこれを筏に使ってあの「芦のまろ屋」にいくことができるし、大昔はそうやって帝様のいる宮殿まで人々は通っていったということになる。現在閣道として指定されている大きな神社の神島にかかっている御神橋とは大違いだから、北斎さんは十九枚目に大小の船や艀をあつめておいた。あるいは古今和歌集の177が人気を得たのも、舟がなくても浅瀬ならぴょん、ぴょんと石をつたってわたっていけばいいといっているから、下々の男一匹の心意気にかなっていた。

【古今177】天の河　あさせしら浪　たどりつつ
　　　　　わたりはてねば　あけぞしにける　　　　　　　　　　 とものり

　結局、北斎さんとしては北斗七星を表章とする七曜よりは、平安王朝以来の六曜に肩入れしたかったことがわかる。あるいはあわせて九曜という呼び名もあったから、仏教とともにやってきた天道27宿の方に肩入れしたかったのだ。

4-6 ● 地動説の受容と北斎の肉筆画「西瓜」

　学校では西洋のコペルニクスからニュートンにかけての西洋天文学の偉大

な成果として、天動説から地動説への転回があると習う。だが、その理論を理解するためには「地球は丸い」という認識が人々の間に広まらなくては難しい。

　北斎は肉筆画の一枚でこのテーマを扱っている。それが宮内庁三の丸尚蔵館にある「西瓜」という絵で、銘は画狂老人卍・齢八十とある。（口絵xvページ参照）

　『江戸絵画と文学』（今橋理子）をみると酒井抱一の「七夕図」「乞巧奠（きっこうでん）」と関連づけている。が、それにしては典雅さのかけらもない。抱一の七夕図は乞巧奠の奥の糸棚をアップにして梶の葉の入った盥（たらい）と合わせている。北斎の方は盥の代わりに黒西瓜の半身、そして糸の代りに黒西瓜と黒糸瓜の紐皮がかけてある。盥の取手の代わりに紐皮を切り出したであろう包丁。

　一番の違いは見る人がみれば、地球だとわかるように中心に西瓜をおいていることだが、この絵の下心は「星合」の義が正確にわかっていないとわからない。乞巧奠は、織姫牽牛の「星逢meeting」ではなく、太陽と月そして地球が一直線上に並ぶ「星合in line」の義にもとづいている。もちろん、こんなことを公然といえば異学の禁にふれるから誰も表立ってはいわない。

　そこがわかれば「西瓜」の赤みのある紐皮は太陽、反対に赤みのない紐皮は西瓜と対比されるべき「東瓜」の紐皮で月に相当する事が自明になる。だとすれば下にある黒西瓜の半身は地球の内部構造ということになり、地球の内部にあるマッカッカなマグマを表現している。紅毛人は地球の大きさも概略計算が終わっていて、江戸市中の人々がどこまでも続く深くて分厚い大地だと信じている部分は、西瓜でいえば皮の部分くらいの厚さにすぎない。そして、半紙で覆って種がはっきり見えなくしてある。そうすると均一な赤地ではなく、いくつかの部分に分かれていることに目がいく。経験がないとわからないが、実際に包丁をつくる鍛冶職人（かじ）ならばあれが、鉄を溶融した時の表面だとすぐわかるし、太陽も、近づいて見ることができれば、同じように見える。

　しかし更なる工夫がみえる。蛇みたいで気持ち悪いとまで言われた二種類の紐皮は、包丁の切れ味と使い手の腕の良さの証だから、どっちが駄目でもあんなふうにはくねくねと長くはならない。つまり北斎は自分の技術をさり

四章●江戸時代の知識人が知っていた先端科学　129

げなく自慢している。

　そして天動説と地動説の齟齬を理解する鉤は、「具物の一面図・相対図・俯瞰図」の問題が大きくかかわっている。というのは争いの場面は太陽と惑星を俯瞰的に見た時、つまり神の視座に身を置いたときに、中心が太陽なのか地球なのかだったのだが、我々の日常生活では我々自身は静止して太陽を観察するから太陽が動いているように見えるが、太陽は無理でも月にいる人が地球を観察すれば地球が動いていると考えるので、相対的な認識に過ぎない。事実ニュートンの第一法則は「すべての物体は、外部から力を加えられない限り、静止している物体は静止状態を続け、運動している物体は等速直線運動を続ける」というものであり、基本的には個々の物体の運動速度に変化はないといっているにすぎない。だが、神の眼からの俯瞰図では、何を中心に置くかの相違がきわだってしまう。何を中心に置くのかは観察者をどこに置くのかという問題と表裏一体の問題であり、時代や状況によって変わりうる。北斎さんの絵図は地球の近傍から「西瓜の一面図」に焦点をあてている。だから太陽も月も「皮ひも」となっていて知識としては存在を知っているが重要ではないといっている。

第一部まとめ
北斎27枚は、阿閇皇女への奉賛狂歌絵シリーズ

　北斎の27枚は百人一首の絵解きだが、百人一首自体が万葉集から新古今和歌集までの抄録で、中心には天武天皇御一家、とくに未亡人となっても奮闘して古事記・風土記・日本書紀の撰録を指撝した元明天皇の事績への奉賛和歌集となっている。特にわかるのが、十七枚目と十八枚目の「合わせ絵⑰」で、数を足すと35となり俗語中の俗語である「これやこの」の万35へとかえしている。本文でも触れたが、十七枚目の絵柄には女装した猟師が見え、ヤマトタケルを想起させられる。そして十八枚目には幼子を連れた若い女が丸太橋を渡っている。これが未亡人となって軽皇子を残された阿閇皇女が多くの皇弟たちに助けられて閣道をわたって宮殿へと行こうとしている図柄となっている。

　第二部で詳細に検討するが、さらに万葉集は古事記・風土記の解釈譚をふくみ、天武天皇御一家の成し遂げた律令国家確立の内実が大唐にも引けをとらないことをうたっている。その読解にあたっては六書の方法に従わないと読み進むことができない。

　煎じ詰めれば我々が指事する対象は同一でも各人、各民族、各流派が指示する形象とその固有名詞は多種多様であることを、為政者はつねに弁えていなくてはならないということだ。そのことを日々想起するには時々刻々とうつろう北天の星空が最適。

　江戸時代までの民衆の大多数は文字のよめない人々だから、彼らの「俗語」は、短い文つまり片言隻句しか提示できない。それをもとに為政者たる者は、文句と文句のつながりを復元して事の起承転結を明らかにする能力が必要だった。その奉職意識が、長い間、階級社会を支えて

きたし、どんなに階級の格差が消失しても、いや消失すればするほど、相手の指事と指示との乖離と落差を的確に把握できる一群の人々を必要とする。

　北斎の二七枚目には、その典型が埋め込まれている。学校では「北斗七星」と習う形象は、常に北辰五星（カシオペア座）と一体不離なのだから、あわせて「北闕九星」と命名して、「空間の単位である三角形」と「粒子密度の形象、すなわち方形」の合成図とみることも自由だ。

　あるいは、北斎さんは平面図から立体図を起こして立方体と折れ曲がった平面体を図示した。二つとも「燃草束」で出てきている。

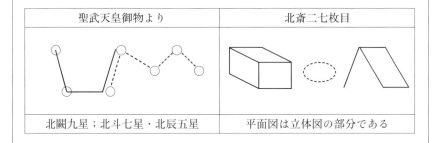

聖武天皇御物より	北斎二七枚目
北闕九星；北斗七星・北辰五星	平面図は立体図の部分である

第二部

原字でよむ万葉集

第二部の狙い
万葉集編纂の目的を理解するために

　北斎の「百人一首姥がゑとき」の助けを借りて、百人一首と万葉集巻一を読んでみると歌番の連に大切な情報が詰まっていることがわかった。その過程で気になったのが万葉集の訓詁文における用字の齟齬だった。

　たとえば、天武天皇の御製歌万25、26の訓読文を読んでも、どこがいいのか全く分からない。そもそも似たような用字の歌が重複して採用されている理由も不明。万35の地名も題詞・歌本文とも原字は「勢能山」なのに、訓読には「背の山」が採用されていて、編纂の意図を理解するのは難しい。それで巻一、巻二を中心に第二部では原字で万葉集を読んでみた。

　その結果、万1の用字「我・吾」を六書の方法を用いて「義・語」に延伸して、さらに二字熟語へと延伸すると、万葉集の用字には王権の基礎となる俗語語法と文書術、度量衡と暦法の基礎である算術、そして国土観に基づいた選択が行われていることが見えてきた。また歌語「そらみつ」「やすみしし」「ももしき」なども複数の語義を用字の違いによって統制していることがわかり、編纂者たちの文献学への深い造詣がみえてきた。

五章
万葉集を「語法書」としてよむ

　国家の構成要件である国民が共通の言語をもった方が、人々の協力関係、共同作業ははかどることは自明だったので、ある時期の王権は世界中でそのための教化を図ってきている。古事記では「八雲たつ出雲八重垣……」で始まる有名な歌を歌の始めとして紹介するが、具体的に用字が王権の関心事になったのは、元明天皇の風土記撰進にあたって発せられた「好き二字」を用いるようにという発布からであろう。

　万葉集にはその背景にある言語観を読み取れる構成があるので詳細にみていく。特に、巻1を中心にして天武天皇一家の周辺にいた漢文への造詣の深かった僧侶やその家族たちとのやりとり歌には基本的な語彙や語法が扱われているので、ていねいに見ていく。そうすると古今和歌集以降に大事とされていく雅語・雅文ではなく俗語体についての核心にある概念知識がみえてくる。

5-1 ●阿閇皇女作歌35 (＝5＊7) 番をよむ～聴覚実在と触覚実在と視覚実在
　歌語の「これ」は優雅な歌語には似つかわしくないにもかかわらず、江戸時代の百人一首抄にまで取り入れられてきたのはなぜであろうか。日本語史の中でとらえるため、万葉集の例を原文で見てみよう。

【万35】越勢能山時阿閇皇女御作歌
　　　此也是能　倭尓四手者　我戀流　木路尓有云　名二負勢能山
（訓読）これやこの　倭にしては　我が恋ふる　木路にありといふ　名に負ふ勢の山

135

まず考えるべきは「ここ・これ」の違いだ。富士山を指す場合「ここ・これ」のどちらが適切なのか疑問になってくる。「これ」と指示するのは、ガイドさんがバスから見える富士山を指す場合で、富士山の頂上では「ここ」というはずで、どちらも直示語になる。だが、旅から帰って富士山の写真を友人に見せる場面を想起すると、原則として「これ」を使うはず。

	これは富士山です	富士山の外にたって、見えている形象を指示して固有名詞を与える （現在頻用されるのは写真の中の具物に固有名詞を与えること）
直示語	ここは富士山です	富士山という固有名詞を与えられたトコロの内部にいる （形象は不明）

次に指示詞「この」では、後に固有名詞が続く。歌では「この山」となる。これは固有名詞ではないので、その範疇はあいまいになる。だから多くの訓読文では「背の山」と用字されてあいまいに解釈される歌になってしまっている。こういう解釈のあいまい性を防ぐために歌には「木路にあるという」「名におう」という二つの用言で「山」を修飾している。したがって語法問題としては「直示語・指示詞」は弁別すべきだと考える。

次に歌意を考えると、実はこの歌と共役すべく古今和歌集仮名序の六種の一に「難波津に」と「この花」が歌い込まれている。歌意は前半で「難波津」という誰もが知っている固有名詞で「處」を指定して、その花がどういう状態かを述べている。だから「この花」の中心義は「ある花」であって、特定の花ではない。

【六種の一】難波津に咲くやこの花　冬ごもり今は春べと　咲くやこの花

表22：直示語と指示詞の差異

実際の場面での会話	ここ、（これ）	直示語
図面を挟んでの会話	これ、（ここ）	
万35	この＋山	指示詞
古今集仮名序	この＋花（ある花）	

つまり、具物というものは、存在する場所と多くの人に知られた名の2つによって特定されるべきことを言っていることになる。逆にいえばいろいろな名前があっ

136　第二部●原字でよむ万葉集

ても誰も知らない名前は重要でないし、存在する場所が特定できなければ具物を指定することはできないということになる。さらに前提として「倭にしては」とあることで、その名前が日本の中心にあった倭京でのものであって、ほかの地域では別の固有名詞を与えられている可能性も示唆する。

　まとめると、万35は倭国の皇女の中の皇女である自分が名前だけを知っていた「勢という名の山」を、実際に踏みしめて、さらに通りすぎてから振り返ってその容姿を目にした喜びを歌っている。つまり、言語覚を中核に持つ聴覚と、一般的な触覚的、視覚的の三つの実在が一致した喜びを歌いあげている。これで歌の大意はわかるし、阿閇皇女が理知的で聡明な方だということもわかる。

　だが、これを現代日本語にきちんと翻訳しようと考えると「これやこの」と「名にし負う」の二語はまだ難しい。前者は「これだったのね。あこがれてきた山は」と考えるとして、後者はどうすればいいだろうか。結局直前の「有云」を繰り返して読むのがよさそうなことに気付く。

【万35】此也是能　倭尓四手者　我恋流　木路尓有云　名二負勢能山（阿閇皇女）
訓読　　　これやこの　大和にしては　わが恋うる
　　　　　紀路にありという　名に負う背の山
現代語訳　これだったのね。倭にあって　我が恋いし山は。
　　　　　それは紀伊路にあるという　勢という名を負う山だった。

　なお、ここでは題詞と本文の用字「勢山」が同じであるから同一の山と考えたが、類書のように「背山」と用字して、亡き夫を偲ぶと歌意をよみ込んで、偉大な持統天皇に仕えただけの嫁、藤原不比等の傀儡でしかなかった中継ぎの元明天皇という汚辱を加えるのはいかがなものであろう。もしも題詞と歌本文の用字が異なっているとすれば「木路尓有」には別の解釈も可能になる。すなわち延伸して「木路尓行けば見ることのでき有」の義がでてくる。このことの例は、伊勢物語9段の「これなむ宮古どり」の台詞は、手に鳥を捕まえての発言ではないから、視覚的実在しか保証していない直示語である。ところが。指示詞であれば、倭京で「勢能山」と呼ばれていた山と、ほ

五章 ● 万葉集を「語法書」としてよむ　137

かの地域で「勢能山」と呼ばれ用字されていた山の同一性は保証されなくなる。つまり木路にあるのが「背山」で、木路からみえたのは「勢山」となり、それならば東は現在の富士山、北は白山、西は四国山脈の主峰の可能性を排除できなくなる。もちろん、万35の歌語は「これやこの」だから歌意は「木路にある勢能山」で疑いようはない。

　それにしても日本語史において「ここ・そこ」から「これ・それ」がきちんと派生した（あるいは派生させることができた）ことの重要性は強調しても、強調のし過ぎということはない。この概念は、西欧ではソシュール・フレーゲの後に登場した分析哲学の祖であるバートランド・ラッセルによって、「コレの不在はみとめない」という発話意図のあいまい性を容認するための最低限の条件としてまとめられた定理に相当する。というのは先に検討したように、固有名詞の場合は何を指示するのか不確かで、特に日本のように地名も姓名も似た名前が多い場合は固有名詞から当該人を同定するのは難しい。一番確かな方法は直接指さして「これ、この人」とか「あれ、あの人」とかということなので、逆にそういう直示語や指示詞を固有名詞から弁別して重要視しようといっている。つまり話者と聞き手が直接対面した場面での発声内容は事実の記述として大切にすべきことを言っている。逆にいえば自分にとっての「これ」以外は、存在すらも疑わしいと考えて言語戦略を練るべきだということである。相手もそれを日常生活のレベルで許容すべきということになる。ただし日本語訳が分かりにくいのは、日本語の「これ」は、英語の「hereこちら」「thisこれ」「some何か」「it事」の四つを一緒にかねているからで、この辺の整理をしないと、ラッセルの考えを日本語に生かすことは難しく、言語は文であれ、語であれ、それを支える文脈によって語義は変わってしまう。

　ところが、そのことを認めると、言語を介して成り立っている現代社会そのものの基盤が崩壊するように感じる人たちは多いので、何らかの歯止めが必要だった。それを保障したのが、上のラッセルの定理になる。そして万35の歌語「これやこの」は「直示語＋指示詞」の差異とその関連を明示していた。

ラッセルの定理
コレの不在は認めない

つまりラッセルは（結局は万35も）、書記言語が大手を振るう以前に、人と人が直接相対して会話をしてきた直示語語法の世界を、ソシュールのいういわゆる共時態を言語の基底部分として認知することで、言語活動のあいまいで恣意的な運用と対峙し、対抗する道筋をつけたのである。それはとりもなおさず、雅文ではなく俗語が社会関係の基底にあって、かつ言語学的にも重要であることを言っている。それは結局規範言語よりは非規範言語を社会関係の土台として重視していくことになる。

　万葉集の訓詁読解を通じて古今和歌集の編者たちもこの重要な言語運用の原理を自覚してきたということが、歌語「これ」の扱いによってうかがい知ることができる。江戸期の百人一首も、そのことを踏まえて、その表章を逢坂の山と逢坂の関にわけて、隠すと同時に顕した。当時の男系一統大事・漢文大事・雅文大事の風潮の中で、古代においてもそのことに煩悶して、古事記と風土記の撰録を命じた女性である元明天皇の事跡を伝える工夫と考えたい。

　次に、丹比真人笠麻呂徃紀伊國超勢能山時作歌一首と春日蔵首老即和歌一首を引用しておく。内容は笠麻呂が「この山に、思い出のために妹の名をつけたい」というのに首老がまず「よろしいでしょう」と肯定して、次に「私の先輩である背の君（阿閇皇女）が勢の山という通称を認証した特別の固有名詞なのだから、女性の名を冠するのは無理というもの」と答えている。現代日本語でも応答文は「内容を承った」の義で「はい」から始めるが、その語法がここで採録されている。

【万285】栲領巾の　懸けまくほしき　妹が名を
　　　　　この勢能山に　懸けばいかにあらむ

【万286】よろしなべ　わが背乃君が　負ひにきし　この勢能山を　妹とはよばじ

5-2 ● 元正天皇御製歌万4293は万35への奉和御製歌

　さらに、万葉集全体が俗語である直示語の問題を大切に考えていることを、第二十巻冒頭の対歌によって知ることができる。詠唱の時期は不明だが、元

正天皇と舎人親王という二人のよみ手からは「日本書紀」の撰進を終えた720年の事績を想起しておきたい。多くの書物では「日本書紀」について聖武天皇の外戚であり720年に死亡している藤原不比等の業績として紹介するが、当時、参照できた文献は古事記を第一としていたはずで、公式の責任者は天武天皇の皇子の舎人親王であり、受け取ったのは元正天皇だったわけで、古事記も日本書紀も天武天皇の家族の主導で完成したと考えるべき。元明天皇は翌721年に永眠された。聖武天皇の即位は724年であり、その5年後に高市皇子と元明天皇の姉である御名部皇女との間の子の長屋王の粛清がおこなわれて、外戚・藤原氏の権勢が高まっていく。

【万4293】安之比奇能　山行之可婆　山人乃
　　　　和礼尓依志米之　夜麻都刀曽許礼　　　　　　　　　　元正天皇
　　あしひきの　やまゆきしかば　やまびとの　われにえしめし　やまつとぞこれ

【万4294】安之比奇能　山尓由伎家牟　夜麻妣等能
　　　　情母之良受　山人夜多礼　　　　　　　　　　　　　　舎人親王
　　あしひきの　やまにゆきけむ　やまびとの　こころもしらず　やまびとやたれ

　まず、万4293の句末の「これ」は「これやこの」の初出である万35へと返すべきことがわかる。そして用字を比較すると「山人・山姉等」が目をひく。儒教思想からは男性を想起し、天皇を指事すべく「山人」と語られたのに対し、返しとして「山姉等」と、よみ人である元正天皇の母親を含む、複数の女性天皇を指事している。
　さらに、2つの歌の語末の「これ・だれ」の対比も大変重要だ。現代日本語文法では、指示代名詞体系を「こそあど」というのだが、これは「子音弁別法に母音交替法」をくわえた体系になっている。しかし、「これ」「それ」「あれ」「どれ」の四語を並列してしまうと機序は見えにくい。これは指示代名詞の基層にある直示語「だれかれ」「だれそれ」の二つに注目すべきで、「だれかれ」は母音交替法で「どれこれ」と対をつくる。「どれこれ」は名前をもつ人間は想定していない。少なくとも自分と同等の名のりをすべき存在とは

考えていないから、日本史から探せば「殿上人」に対する「地下人」のことになる。

　だから、万4294で舎人親王が用いた「だれ」は名のりをするにふさわしい「殿上人」への尊称疑問代名詞だったわけである。それを眼前の天皇がその発声の中で指示した「山人」に対して使ったし、それを天皇自身がそれを容認したとなれば、発言の中では歴代天皇も指示しえることになる。というよりもそういう約束としてこの「應詔奉和歌」は王朝に普及していった、あるいは行かせるべく努力がなされたと考えるべきであろう。

　つまり、指示代名詞において「者・人」の弁別を明示したと考える。もちろん地口の「どいつ」に対する尊称「どの方」「どなた」「どちら様」も引き続き使われてきたが、すくなくとも歴代天皇を指示する場面で使われたという実績はおろそかにすべきではない。これは万35でなされた「これ・この」の対語の導入に匹敵する言語技術の革新と位置付けることができる。

　そしてすこし後に再び元正天皇の御製歌がおかれている。元正天皇がホトトギスに対して「もっと鳴いておくれ。亡き人の名を思い出して悲しいけれども」と呼びかけたのに対し、薩妙という女性官人が「遠くで鳴いていないで、もっとそばのここに来て鳴いておくれ。花が散らないうちに」と呼び掛けたもので、直示語「ここに」が入っている。なお、薩妙の出自については持統天皇の時に唐からきた音博士でもある僧侶の係累者ではないかと考えられている。

【万4437】富等登藝須　奈保毛奈賀那牟　母等都比等

　　　　可氣都〻母等奈　安乎祢之奈久母

　　ほととぎす　なほもなかなむ　もとつひと　かけつつもとな　あをねしなくも

【万4438】保等登藝須　許〻尓知可久乎　伎奈伎弖余

　　　　須疑奈无能知尓　之流志安良米夜母

　　ほととぎす　<u>ここに</u>ちかくを　きなきてよ　すぎなむのちに　しるしあらめやも

　さらに、光明皇后立后の天平元年の歌として葛城王と薩妙観命婦とのやり

五章●万葉集を「語法書」としてよむ　141

とり歌がでてきて、直示語「これ」が用いられて、「これやこの」の万35へと返している。

天平元年班田之時使葛城王従山背國贈薩妙觀命婦等所歌一首　副芹子褁(せりふくろ)
【万4455】安可祢左須　比流波多〻婢弖　奴婆多麻乃
　　　欲流乃伊刀末仁　都賣流芹子許礼
　　あかねさす　昼は太刀おびて　ぬばたまの　夜のいとまに　つめる芹子これ

薩妙觀命婦報贈歌一首
【万4456】麻須良乎等　於毛敝流母能乎　多知波吉弖
　　　可尓波乃多爲尓　世理曽都美家流
　　ますらをと　おもへるものを　太刀はきて　かにはの谷に　芹子ぞ摘みける
右二首左大臣讀之云尓　左大臣是葛城王後賜橘姓也

　それでは、万35の「これ」と万4455の「これ」はどのように違うのであろうか。それは「せり」が夜の暇に積んだものであるから沢山は無理で「僅少」であることと、そのことを強調すべく「昼は太刀おびて」の歌語がはいっていて、「僅少」の義が強調されている。

シェルパ（山人）
従前向後・逸興

　一方の万35では足で踏んで山を越えたのだから一方向への繰り返しによる踏破という積算の義があるが頂点をもち、万24の「断続」とは異なる。もう少しいえば積算時間は序数ではなく量数となり、ここにおいて時間概念が空間概念へと変換される。そのことを明確にしたのが詩想「羇旅」で、現代では「ロードムービー」というジャンルにまで成長しているが、時間と空間の不可分性をよく表象する。
　また、『物語の哲学』（野家啓一）の書によって、物語研究家としての柳田国男の和歌観の中核に「山人」のあったことを知って、巻二十冒頭の元

正天皇と舎人親王の相聞歌とそれを受けた古今和歌集における大友黒主の「薪負える山人」の形象がつながってきた。それを北斎は後ろからは頭すら見えないほどの稲荷(いなり)を背負った農夫の形象に落としていたのだった(4-2節)。それは昭和の初頭まではよく見られた山中に荷揚げする強力(ごうりき)と呼ばれた人たちの形象でもあった。こういう風物を人々が見かけなくなれば古今和歌集も万葉集も、分析的かつ構築的に理解するのは難しくなる。

なお、「掛け声のソレ」は万1497にでてくる。類書は題詞に引きずられて「登らなかった、登れなかった」の意味を意識しすぎて「掛け声」の義を十分に引き出していないが、「希望の命令＋掛け声」の語義を導きたい。当然登っていないからこその「ソレソレ」であって、登った場合はよみ手の近傍の見えている霍公鳥(ほととぎす)に対しては「コレコレ」が使われるはずだ。

惜不登筑波山歌一首(高橋 連(むらじ) 蟲麻呂)

【万1497】筑波根尓　吾行利世波　霍公鳥　山妣兒令響　鳴麻志也、其(それ)

現代語訳　つくばねに(もしも)私が登ったならば　ほととぎすヨ

　　　　　やまびこ(のように)とよめヤ　(うんと)鳴かましヤ　ソレソレ

5-3 ● 7を鉤語にしてその倍数連の12首を総攬する

次に35という数章(次章で詳述)からはすぐに七夕にでてくる数7の倍数という着想がえられるので、連想法における鉤語である7と考えて、その倍数連の歌を総覧してみる(次ページ表)。

まず万70には有名な「呼児鳥」が登場するが、これは休止拍の場所によって二重義を引き出せる漢文訓読の要であり、すでにみたように(3章・合わせ絵ⓑ)物名として和歌技法の中核に位置づけられている。

【万70】倭には　鳴きてか来らむ　呼児鳥　象の中山　呼びぞ越ゆなる

高市連黒人作歌

「呼児／鳥」と「呼／児鳥」の両義を引き出すと、それがそのまま漢文訓読から日本語が自立した記念碑となる。この歌は持統天皇のための代読とある

表23；巻1における倍数7の歌番連の特徴		
鉤語7	よみ手	歌語
万7	額田王	金野・兎道之宮子
万14	中大兄皇子	高山・耳梨山・伊奈美國原
万21〜20	額田王・大海人皇子	野守・人嬬
万28	持統天皇	夏来良之・衣乾有
万35	阿閇皇女	此也是能・勢能山
万40〜42 万43	柿本朝臣人麿、 當麻真人妻	鳴呼見之浦・手節之埼・五十等 乃嶋・已津物・隠乃山
万45〜49	柿本朝臣人麿	八隅知之・安騎・日雙斯皇子命
万54〜56	坂門人足・調首淡海・春日蔵首老	列ヶ椿・巨勢の春野・亦打山
万63	山上臣憶良	大唐にて、日本へ
万70	高市連黒人	呼兒鳥
万76〜77	元明天皇・御名部皇女	物部之大臣・須賣神
万84	長皇子・志貴皇子	妻恋・鹿・高野原

から、「呼／児鳥」は日並皇子が亡くなったときに7歳だった軽皇子と文武天皇が早世したときに6歳だった首皇子、そして6歳で母と生き別れた持統天皇をも指事する。

そして「呼児／鳥」の方は、若くして未亡人となって、さらに子に先立た

呼、児鳥	誰かを呼ぶ児鳥
呼児、鳥	児を呼ぶ雌鳥

れた悲劇の皇女、元明天皇を指事する。その苦難をのりこえて、奈良京の完成と中国の史記に対峙できる倭国の正史の撰勅にむけて雄雄しく生き抜いた雌鳥を。

　つまり万葉集の巻1は自らの半生をかけて国家の三要素である国土（奈良京）と国史（日本書紀）と言あげする国民（古事記と風土記）を産み落とした元明天皇へとささげられた歌集であることが見えてくる。それは古事記にあっては木花之佐久夜毘売を祖とする自らの正当性と、御子の正統性を証明するためには、命を惜しまない果敢なすべての母親たちにささげられた書文であることも見えてくる。

　この方法を現代日本語の形態素分析で一般化するには「日本語学校」という五字熟語がふさわしい。漢文では原則二字熟語の組み合わせであるべきなのだ

とすれば、何かが省略されて
いるはずで、息継ぎの場所を
探して「の」を挿入すると二
語が見えてくる。

日本語学校	日本の語学校	日本の語学学校
	日本語の学校	日本語学の学校

そして、ここまでくれば万28もまた両義文であることに気がつく。

【万28】春過而　夏来良之　白妙能　衣乾有　天之香来山　　　持統天皇御製歌

　厳密にいうと「白妙能」も「衣」「天」「山」にかかる可能性をもつが、ここで
は「衣乾有」が「天」と「山」とにかかる二つの可能性を持っていることについ
て考える。すでに考察してきたように宮殿から見えるところに洗濯物を干し
ておく、というのは常識的に考えてありえない。とすれば「天」にかかるとみ
るのが妥当。だとすれば夏になってでてくる白雲
のことで、持統天皇が夏の国見の際にご覧になっ
たのは絹雲や綿雲が浮かぶ夏の青空となる。

衣干す天	夏雲
衣干す山	点在する衣

　しかし、これは江戸狂歌のおもしろ解釈であって。古今和歌集の撰者たち
は雲ではなく衣、と考えていたとみるのがまっとうな解釈で、その根拠は巻
三の夏歌冒頭に人丸に仮託して「藤波」を読み込んであることにある。

【古今135】わがやどの　池の藤波　さきにけり　山郭公いつかきなかむ

(かきのもとひとまろ)

　藤の花には5月の到来を祝福する義をもつが、この歌ではそれを「やど」
でご覧になったのであって倭京の「家」ではなかったことが重要。というのは
国見の行幸は1泊以上の宿寝を伴うものだったから。当然藤原宮から見える
青香具山の事ではなく、天武天皇とともに国見をした、あるいはのちに軽皇
子や阿閇皇女とともに登ることになる吉野山中での宿寝の事。天皇の行幸と
もなれば、お泊りいただく民家といえども何らかの趣向を凝らしてお迎えす
るのが常識だから、垣根の藤花が見事に咲いていれば、それはなによりの御

五章●万葉集を「語法書」としてよむ　145

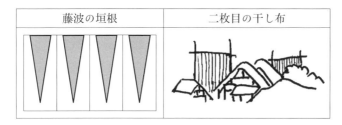

馳走となる。ところが、現在の伝承本では用字「池」しか見かけないし、都会では藤波といえば池の上にしつらえられた藤棚しか目にしないが、「池の藤棚」だけでなく「池の生垣」という延伸の可能性を忘れたくない(口絵xviページ参照)。こちらの方が五月の郊外にみられる素朴な形象としてはまっとうだと考える。北斎は二枚目の「香来山の里」に「衣」を描いた。

　なお、ここでは「白妙」は単なる美称で「白馬」を「あおうま」と訓読するように黒や茶色でない馬をさすので、椿のように「真っ赤」でなければ美称「白妙」は妥当となる。

　次に、額田王の万7をみると冒頭「金野」に「あきの」との訓があり、不思議に思う。

【万7】金野乃　美草苅葺　屋杼礼里之　兎道乃宮子能　借五百礒所念
　　　秋の野の　み草刈り葺き　宿れりし　宇治の宮処の　仮廬し思ほゆ

　『日本文藝史』(小西甚一)によると万3327に五行における金を西にあてるという知識を前提とした歌があるという。

【万3327】百小竹之　三野王　金厩　立而飼駒　角厩　立而飼駒　草社者
　　　　取而飼〈日戸〉　水社者　は而飼〈日戸〉　何然　大分青馬之　鳴立鶴
　　訓読　百小竹の　三野の王
　　　　西の馬屋に　立てて飼ふ駒　東の馬屋に　立てて飼ふ駒
　　　　草こそば　取りて飼ふと言へ　水こそば　汲みて飼ふと言へ
　　　　何しかも　葦毛の馬の　いなき立てつる

現在の我々は、まず十二支を思い起こすので、「秋」に「8月・西」をあてる。だが、「九曜」では「7・金」をあてるので「金・秋」というあて方もありえる。というのは古事記の解析をした人達はそこでは1ケ月59日の倍暦が用いられたと考えているが、そうすると月数は6までしかないわけで「7月」はありえない数だった。だから万葉集でも倍暦数ではないことを明示するために「春三月」とか「秋七月」などと、わざわざ断っている場合が多い。そこで、十二支を普及するために、「七月・七夕」を重ねていくことが文飾の流行になっていったのであろう。七夕は現在の八月に置かれている秋の節句。

九曜			十二支図				
				10	11	12	
8	1	2	9	乾	北	艮	1
7金	9	3角	8	西		東	2
6	5	4	7七夕	坤	南	巽	3
				6	5	4	
3*3の升目			5*5の升目				

　万14は三山歌に入っているが、この1首だけを取り出すと、「三山と国原」となり現在つとに知られる三鱗（みつうろこ）紋の形象であることが分かる。そして四番目の存在は傍観者で、いわば物見の原型で、物事の帰趨を見極めたいという野次馬であり、これが朱雀門の形象になっていく。ところが、これを万16と合わせると、勝負というのは二項対立と判定者の三者によって運営されることも確認できる。

歌の内容は「春と秋のどっちが優れているか」というソフィスト張りの論争ではあるけど、文術の本領発揮とはそういう

万14		万16
三山と国原	三方を見渡す高殿	春秋の判定
	朱雀門	判定者
	西——南——東	秋=====春

五章●万葉集を「語法書」としてよむ　147

もので、題詞には「天智天皇・藤原内大臣・額田王」の三名が明記されているから、これは大化の改新の新風の一つと考えることができる。ここでは大海人皇子（後の天武天皇）も参画している宮廷生活ということになる。

だがそのすぐ後の万17から近江京への遷都がはじまり額田王と大海人皇子は分かれわかれになる。

万42（＝21・2）は二章でふれた万24の逆序数で、用字「伊良虞」の訓「五十等児」がでてくる。さらに次の万43は「隠の山」を「なばり」と読ませる政治的な対歌。

【万24】空蟬の　命を惜しみ　浪にむれ　伊良虞の嶋の　玉藻苅り食す

【万42】潮さいに　五十等児（い ら ご）の嶋べ　こぐ船に　妹も乗るらむか　荒き嶋廻（しま み）を

【万43】吾が勢子は　いずこ行くらむ　己津物（おき つ もの）　隠乃山（なばり）を　今日か越ゆらむ

両歌を合わせるならば地名も万24の読み人も名張りされていて、実名ではなく数章50に関連するある人物を指示すると考えることができ、皇太弟として粉骨砕身されていた若き日の天武天皇ご夫妻を指事すると考えるのが妥当なところ。

万49は軽皇子の安騎野での覊旅の宿寝にかんする5首の最後で、仏教的にいえば49日の法要に関連付けることができる。当然同行者が柿本人麻呂のみということはありえず、直後の万50が藤原宮役民の歌である以上、その造営責任者であった亡き日並皇子とその補佐役の筆頭の阿閇皇女その人を除くべきではない。

【万49】日並の　皇子の命の　馬並めて　み狩り立たしし　時は来向ふ

柿本人麻呂

万45〜49の5首を読むと日並皇子尊を失った当時の宮廷人の落胆ぶりがよく伝わってくる。その上で、しかたなく持統天皇の指揮で遷都した藤原京で即位した文武天皇を再び失った宮廷人の落胆ぶりに言及している書物が少ないのはとても残念だ。

　次の、<u>万56</u>は万54、55との連番歌になっていて、27、28の2倍の数で、万54、万56は「巨勢」「春野」「椿」を共有するのはこれまた意図的な排列であり、よみ手の名もいわくありげになっている。

【万54】巨勢山の　<ruby>列々椿<rt>つらつら</rt></ruby>　つらつらに　見れどもあかず　<ruby>許湍<rt>巨勢</rt></ruby>の春野を

坂門人足

【万55】朝もよし　<ruby>木人<rt>きひと</rt></ruby>ともしも　<ruby>赤打山<rt>まつちやま</rt></ruby>　行き<ruby>来<rt>く</rt></ruby>とみらむ　<ruby>樹人<rt>きひと</rt></ruby>ともしも

調首淡海

【万56】河上の　<ruby>列々椿<rt>つらつら</rt></ruby>　つらつらに　見れどもあかず　巨勢の春野は

春日蔵首老

　まず、万54、56の歌っている風景は同じものと考えることができる。すなわち「巨勢能春野」の河上に椿がつらつらと、たくさんたくさん咲いている風景を取り上げている。だが、万54は回想しているので対格助詞「を」を用いるのに対し万56は「現前の風景」で係助詞「は」を用いる題説文となっている。

　このように頭韻をくりかえした印象の強い両歌に挟まれた万55こそが、もっとも重要な歌で、歌の中核には「木人・樹人」があるが、多くの解説書はこれを「紀」の一字で名張してしまった。だが音義「き・じゅ」と形義「木・樹」の対比をもとに歌意を理解したい。

　そうすると唐音の「<ruby>七<rt>qi</rt></ruby>・<ruby>十<rt>shi</rt></ruby>」を援用し、これにより六面一体の7進法と大数集合を基にした十進法の弁別を表章していると考えられる。7進法というのは正立方体を基準として6面の次に0として内面とか実質質実の概念を1

五章●万葉集を「語法書」としてよむ　149

としてたてるもので、伊勢物語の7段に「伊勢、尾張のあはひの海」とあるような考え方で、海は陸地ではないとして生産財としては考えなかった時代から、交易の基盤として位置づけを明確にしていけば通行料や港湾整備料などの国税の立派な財源になっていく時代への変遷を指事する。だから「木」から「樹」への変更には類従概念の導入・確立を読み取るべきで、それがそのまま天武天皇の狙いの一つだった。

　一方、十干ともいわれる10進法は、月齢暦の基数6とその2倍数の十二支との関連付けは簡単ではない。五行で季節の間に土用を4回も入れているのはその苦心の後と見ることができる。だから数10の確立は相当後世の事といわれている。代わりに3*3の升目を使った九曜図が頻用されてきた。これに10ではなく0を加えて実体としては10進法を使いこなしてきたと考えることができる。その苦心の後が算盤の玉数で「5＋4」と「5＋5」の両方式が

現行のそろばん	昔のそろばん

知られている。実行してでてきた計算結果に違いはないわけだから何らかの操作を基準化して併用していたのであろう。

　また十二支といっても、当時は暦の12月にはかならず「閏月」がともなう実質は13ケ月体系なのだが、その先に出てくる10進法というのはそういう幾何的位相と無関係に代数世界で数量を扱っていく体系で、これによって類従というものが概念操作の中核に来るようになってきた。四季も初春を別に立てれば5季になるし、そういう考え方から五行をとらえることもできる。

　あるいは学校の算数では10進法を中心に習うが、古事記・万葉集では倍暦といって1ケ月を月の満ち欠け観測日数29.5日をもとに倍暦59日として1年を6ケ月とする数え方もあった。この場合は総数60となる。現在では干支について1〜60と番号を振るが、ある時期までは0〜59という数え方もあった。

　また、万葉集では「完」の訓に「しし=16」を与えるものがある。これなどは現在でも、ランニング練習の数え方「1234、2-234、3-234、4-234」に残っているわけで数詞は4まででも月齢の半分までは数えられる世界があったこと

を示している。また、この16進法は世界中で痕跡が認められている。尺貫法では1斤＝16両になるし、ポンド・ヤード法では1ポンド＝16オンスとなっている。あるいは指算というものが南太平洋地域で認められるが、これは親指を除いた4本指をつかって九九算を行う方法である。

【万3885】途中省略……「梓弓　八つ多鋏（はさみ）　ひめ鏑（かぶら）　八つ多鋏（はさみ）　完待（しし）つと吾居時に　さお鹿の　来立ち嘆かく」……後ろ省略

乞食者詠二首の一（鹿の述痛を作りし乞食者の歌）

表24；数術における仮令法（かりにれい）；最大数に1を加える												
1234			2-234			3-234			4-234			子供の数え
0						1						2進法
1		2		3		4		5		6		六面・一体
1	2	3	4	5	6	7	8		9			10進法
1	2	3	4	5	6	7	8	9	10	11	12	十三ケ月体制
倍暦における1ケ月の日数59												60進法

　さらに数55が数27と数28の2倍の数の間にあるということにも注目しておきたい。これは角度55と考えると角度35の補角になって万35を指事している。とすれば歌語の「亦打山」は「勢の山」の別名であることが分かる。原字「亦」からは人々が繰り返し往来する大切な山の義が出てくるが、類書では「亦土山→赤山→mat赤土山；真土山」と訓じている。北斎の二枚目はこちらを採用して「赤い山」として描いている。しかし赤を前面に出すことで「朱雀の山」すなわち「南山」でもあることを指事している。それに用字に注意すると「行来」となっているから、あきらかに繰り返し、つまり往来の義を伴っている。

　もう一つ加えると35＝5＊7と考えると半分の三角形の角度は正確には54.57度なので先の35-55以外に36-54という組み合わせも妥当になり、そうすると360/5＝72という正五角形と重なるので、五行の表章としても妥当となる。結局、数27、28、35はそれぞれ正方形、正三角形、正五角形の数章であったことに気がつく。そうすると、それぞれが構成できる正立体図形も決まってくる。

五章●万葉集を「語法書」としてよむ　151

表25；天武天皇ご夫妻と嫁の数章と形象			
万葉集のよみ手	歌番	平面図形（内角）	正立体図形
天武天皇	27（3*3*3）	正方形(90)	六面八隅体
持統天皇	28（7*4）	略・正三角形(60)	六面六隅体、ほか
阿閇皇女	35（7*5）	略・正五角形(72)	正十二面体

　<u>万63</u>には用字「日本」が登場するが、これは大唐で読まれたから落ち着くのであって、現在のように国名にまでなっているのは紆余曲折があったはずで、ましてや地球は丸いことを知っている21世紀になってもこういう国名は変だと思う。でも当時にあって「東夷」への名張としての新しい用字「日本」だったとすれば、新風として歓迎されたのも分かる。聖徳太子の「日出国」を出雲に割り当てて、それよりももっと東の国の義を導いたのであろうか。次に歌本文をみてみる。

【万63】山上臣憶良在大唐時憶本郷作歌
　　　いざ子ども　早く日本へ　大伴の　御津の浜松　待ち恋ひぬらむ

　これも雅文には似つかわしくない「呼びかけ＋命令＋命令の根拠」という俗語体の基本中の基本の共時態文。これと万8の「今者許藝乞菜」を対比すると、命令の根拠が万8と語序を入れ替えて後ろにおいてある。代わりに「呼びかけた場所」を冒頭に入れている。こちらが宣旨で雅文の見本となる。

【万8】熟田津に　船乗りせむと　月待てば　潮もかなひぬ　今は漕ぎいでな
　　　　　　　　　　　　　　　　　　　　　　　　　　　　　　　　額田王

　万8の「今は」と万葉63「いざ」を対比すると、「今は」では号令がかかったことまでは伝わっても一人一人の舟子が動き出す感じは伝わらない宣旨文で、「いざ」の方は後ろに動機づけの文言をいれて、各人が動き出すことを求めていく具体的な命令文である。

万葉集編纂の時期とは、この二つの命令文を必要とした官僚システムに成熟していたと考えることができる。

	冒頭	述語	本文	時間語	文の種類
万8	呼びかけた場所	動詞＋な	根拠＋命令	今は	宣旨文(雅)
万63	呼びかけた相手	地名＋へ	命令＋根拠	いざ	命令文(俗)

<u>万70</u>の歌語「呼児鳥」はすでに詳述。

<u>万77</u>は元明天皇御製の万76に和賛した対歌で、歌意は難しくない。和銅元年に即位した妹天皇の不安な心中をおもんばかって、「須賣神につらなる皇子皇女の我らがついていますよ」、と励ましている。多くの書物では皇女一人の気持ちを前面にだした解釈が多いが、公衆の面前での発声だとするならば「我ら」と複数に考えるのがふさわしい。現在でも小学生の運動会での宣誓文は「われわれ」とか「私たち」とかになっているわけで、代表者の発声は複数形を用いているのは、個人としての発声ではないから。

【万77】吾大王　物莫御念　須賣神乃　嗣而賜流　吾莫勿久尔
(現代文) 我等が大王よ　心配なさるな
　　　　皇祖神のつぎて賜へる　我等がいるのですもの

5-4 ● 万葉集巻一のハイライトは83番の「沖つ白波 立田山」

最後の万84 (=7・12) は天智系の志貴皇子と天武系の長皇子の佐紀宮での宴会における長皇子の歌で、単独では歌意を理解するのはむずかしい。まず万83の歌の迫力と歴史的重要性に理解が及ぶ必要がある。その為には2011年3月の東北を襲った大津波の経験が必須で、テレビであの大津波をみてしばらくして、百人一首抄42の「末の松山」も大津波に関連した記憶を土台にしていることがわかって、さらに万葉集を読んできて、この万83に出会ったので、ようやく万葉集の編纂意図がわかった。

つまり、巻一の万80で本文がおわり、万81〜84はその要約、あるいは縮約であることが理解できたわけである。

そう考えるためには古今和歌集の長歌の構成がわかっていないと難しいが、

五章 ● 万葉集を「語法書」としてよむ　153

文書	公式文書	指令文書・条約文書
書文	私的な書と文	文言、文句、数字、図

古今集の長唄の最後に31文字の短歌がおかれていて、縮約になっている。それが「公式の文書」となる要件で、要約のないものは「私的な書文」にすぎない。このことの重要性については因習的な日本語文法論に辟易してきた経験がないと難しいが、要約を先におくか、後ろにおくかの問題は確かに万葉集と古今和歌集の形式からは日本式は後ろを正式とする考え方は根強いものがある。だが、共時態である万8と万63は結論と根拠が逆順になっていて俗語体では結論を先におく方が効率的なことは当時も知られていたと考えることができる。あるいは巻一が万葉集全体の要約で、巻二十までの全体で日本書紀撰進を寿ぐ、という見方をすれば、巻一が要約であって、それが最初に来ていることになる。まさに喜撰評の「初め終わり確かならず」ということになる。

　そして最後が4首であるから、漢文法の「起承転結」をあてはめれば万83は「転調」に相当する急所。だから歌本文は大津波を取り上げているが、指事する内容は舒明天皇から始まって、元明・元正天皇でおわった蘇我倉田麻呂系列の舒明王朝の激動動乱の物語のクライマックスとなる。結局まとめれば万葉集20巻全体は巻一84首によって要約されていて、巻一の全体は万81〜万84までの4首によって縮約されている入れ子あるいは襷がけ構造をとる。

　万81は和銅五年四月というから一月の古事記完成、撰上の報告と考えるのが妥当。それは文武天皇の急逝を受けて即位した元明天皇が、首皇子のために蘇我王権の禅譲による藤原王権誕生の道筋をつける方策だった。多くの解説書はふれないが今回自分で古事記を読んで驚いたのは推古天皇の外祖父の「蘇我稲目」について「宗賀稲目」と用字している。これにより古事記は、蘇我本家の祖である「蘇我稲目」の実名を伏せたうえで、一貫性をもつ物語として仕上げられている。とすれば用字「宗」について踏み込んだ考察を行うべきであろう。まず想起すべきは古事記における用字「胸形」と日本書紀における「宗像」の差異であろう。学校では高市皇子の母親が宗像一族出身だと習うが、蘇

表26；万葉集　全4516首の構成；縮約の入れ子構造		
巻一　84首		巻二〜巻二十　4432首
万1〜万80	万81〜万84	万85〜万4516
本文	起承転結	雑歌・相聞・挽歌、ほか

我氏の父祖「宗賀稲目」もまた九州の宗像一族と強いかかわりを持っていたと考える事ができる。

最後に、万84は奈良京の北とされる佐紀宮で終わる。しかも登場人物は天武系の長皇子と天智系の志貴皇子とで、志貴皇子の子は光仁天皇となったため、春日宮御宇天皇の追尊を受ける。とはいっても両皇子とも母系までたどれば天智・天武両系の御子。そして両皇子が相携えて年ごとにくる妻恋の秋を寿いでいる。

これによって紀伊半島に定着した神武天皇以来の歴代王権の悲劇を、繰り返される大津波によって表章させ、それを人為の悲喜劇へとかけていく。それでも伊勢には変わらずいつも、いつも神風がふき、處女(ところおとめ)等が相見まみえて、また新しい王権の統治が始まると万81に戻している。

表27；万葉集・巻一の縮約としての4首			
歌番	訓読	よみ手	背景
81	山辺の御井を見がてり神風の伊勢の處女等あひ見つるかも	長田王	和銅五年四月 (古事記撰進年)
82	うらさぶる心さまねしひさかたの天のしぐれの流らふ見れば		
83	海の底沖つ白波立田山いつか越えなむ妹があたり見む		
84	秋さらば今も見るごと妻恋ひに鹿鳴かむ山ぞ高野原の上	長皇子 (志貴皇子)	佐紀宮倶宴歌

この万83の歌意と、巻一の編纂に意図がわかって初めて、藤原俊成の抄83の歌意も明瞭になってくる。

【抄83】世の中よ　道こそなけれ　思ひ入る　山の奥にも　鹿ぞ鳴くなる

皇太后宮大夫俊成

細長い日本列島にあっては山の奥に分け入った先は海岸となる。奈良から東へ行けば伊勢の海へでるし、西へ行けば大阪湾となる。そしてあまりに字謎かけ遊びがひどいと云えばいえなくもない技巧だが、まさに「鹿；しか；シ皮；波」だから「波しか鹿」なのである。そして、奈良から山奥へと分け

五章 ● 万葉集を「語法書」としてよむ ｜ 155

いってすすんだら、伊勢の海に出て、万83のような波の唸り声が聞こえましたということになる。ここまで考えて「道こそなけれ」という熟語が奈良京完成への道筋の大変さをいっていることが分かってくる。

なお、伊勢物語の83段には、突然隠棲した惟喬親王が比叡山山麓で正月を寂しく過ごす様が取り上げられ「八三」の数喩によって和讃している。次の八十四段には在原業平と老いた母親の伊都内親王が都のはずれの長岡で互いの身を案じあう様子が出てきて、宮中の華やかさを離れてもそれになりの人生の満足があることを示し「八十四」の段にふさわしい内容となっている。

さらにいうと抄84には、やがて定家・為家の御子左家と張り合うことになる六条藤家の祖といわれる藤原清輔の歌があり、「恋」の文字によって万84の「妻恋」にかけてある。

【抄84】長らへば　またこのごろや　しのばれむ
　　　　　憂しと見し世ぞ　今は恋しき　　　　　　　　　　　　　藤原清輔朝臣

【万84】秋さらば　今に見るごと　妻戀に
　　　　　鹿なかむ山ぞ　高野原の上　　　　　　　　　　　　　　　　長皇子

六章
万葉集を「道義論」としてよむ
——漢字の形義をよくみる

　ここでいう「道義」は「道理・義理」を詰屈したもので、「道理」は納得したときに「どうりで」というように和語になっているし、「義理」は『菊と刀』（ルース・ベネディクト）が米軍の日本進駐にあたって「義理堅い・義理をかく」という庶民の価値観に注意深く沿うようにと取り上げた概念であり、進駐の成否を担っているために、逆らってはいけない庶民の価値観だと米国が重視した概念である。

　五章で、体言について「直示語・固有名詞」の問題として整理をした以上、つぎに国民教化の課題としては用言である「いい・わるい」が射程に入ってくる。そこに吉野の土地褒め歌とされる天武天皇の万27の用字「淑・良・好・芳」がかかわっていると考えることができる。つまり、少ない和語に異なる漢字をあてることで語彙、特に述語語彙を増やしていった倭王権の工夫の代表例とみることができる。また、すでに見たように古今集の六歌仙は「六書」の「転注」と「仮令」をふまえた人物造形であったわけだが、それは突然生じたものではなく万葉集からすでに修辞法として採用されてきたのではないかと考えるようになった。そのことを理解するためには原字の一つ一つを解字して語義をとっていく方法を試みるべきだと考えた。そうすると万1の用字「我・吾」が「義・語」の部品であることに気がつく。つまり「われ」という音に対して両義「我・吾」を与えることおで、異なる場面や意思に対応する自己を弁別することにあったことに気が付く。さらに用字「義」は熟語「蟻通、光儀、礒城、王義之」として体系的に用いられていることが分かる。

　であれば羊と反対に獰猛であるべき虎構えを用いた万1の倭国の褒め語

羊	義；我（吾）、蟻通、礒城、光儀、王義之
虎	虚空（日並皇子）、處女（常處女）、慮（思考）

「虚見津」にも積極的な用字の意図を見ておくべきかもしれないと考えた。そうすると、日並皇子の用字「並」は「虚」の部品であることに気が付く。であれば漢字部品の「虎構え」は3章の「合わせ絵⑨」で見たように「配慮・思慮・考慮」などのの官僚業務の要諦を指事する熟語に含まれ、用字「處女」は「伊勢處女・常處女」という重要な熟語対を担うことに気づかされた。

さらに、「原字」を中心にみていくと「木花の佐久夜毘賣と石長比賣」についても「変化・不変」の対比ではなく「散る・集める」という転注イメージが見えてきて、国歌「君が代」の初出歌である古今343の歌語「さざれ石」のイメージにまでつながっていく。それは和歌の道の根底にあるものは、一瞬、一瞬の断続こそが時間の本質だという見方で、そのことが分かると古事記の「イザナギ・イザナミ」の誓約である「日に千人死、日に千五百人生」を桜の花の散り際へと表章していたことが見えてくる。つまり、「咲くそばから散っていく・散るそばから咲いていく」のが桜花なのである。このイメージは第二次大戦で広まった「潔く散っていく」というソメイヨシノでは分かりにくく、山桜や紅白梅のようにある期間咲き続ける花の方がイメージをとりやすい。

加えて、すでに見たように万葉集巻一の解釈では女性歌人の壬申の乱への積極的貢献をみとめない女性蔑視を前提とした儒教思想に染まりきった通念的なものが多いが、有名な「勝鹿の真間娘子」や「葦屋の菟名負處女」などの歌群も「末の珠名という女」の歌と対照して、さらに歌番に注意して大きな絵柄へと構成すると、儒教導入以前の倫理観が見えてくる。

まとめると、本章では原字と歌番号に着目することで、平安から中世をとおして儒教的な、あるいは教導仏教とも相まった通俗的な「べし、べからず」、宣長のいう「漢心」に塗りつぶされてしまった、和歌資料の背後にある庶民の素朴な価値観やものの見方を取り出していく。

6-1 ●万1をよむ；語る吾と義をになう我

【万1】「籠よ、……われこそは　告らめ　家をも　名をも」　　　　　　雄略天皇

万葉集の冒頭は、雄略天皇自身の「名のり」が取り上げられてある。これで、対等とはいわないまでも、subject同士として「人君臣民」の交わりをするようになったことを指事している。もちろん、この歌の意味を理解するためには古事記を諳んじていなければならない。これは古事記のスサノヲの命の「八雲たつ」の歌の後に出てくる以下の記述が重要で、「また名を負わせて、稲田宮主須賀の八耳神と名づけたまいき」とある。つまり「稲田宮主須賀之八耳神」は宣告された名、すなわち「given name」で、稲田宮主はあくまでスサノヲからみたらobjectにすぎない。

　つまり、雄略天皇からやっと個人としての「名告 proper name」が始まったとなって、ここから天皇も「特定の相手に対して語る吾」となった。逆にいえば、君も臣も共に人格をもったsubjectになったわけである。つまり、神の末裔たる天皇自身が名のりをするには雄略天皇の時代を待たなければならなかった、と倭王朝の人々は考えたのである。

　それが万葉集の冒頭の歌の意図で、これこそが第一回目の人間天皇宣言。そして、ここから「主君」のobjectに過ぎなかった「臣下」もsubjectである「臣民」に昇格した。漢字でいえば「物と者」の分離で、このことを逆からいうと、「主君」も絶対君主から相対subjectとなり、ここから天皇も求婚することが定めとなる。

　この時に登場したのが「われ」で、万1では二度「吾」ときて、最後に「我」と用字している。読み下し文をみてみよう。

【万1】篭も與　美篭もち　ふ串も與　美ふ串持ち　此の岳に　菜採ます兒　家きかな　告らさね　虚見津　山跡の國は　押しなべて　<u>吾れ</u>こそ居れ　敷きなべて　<u>吾れ</u>こそ座せ　<u>我</u>にこそは　告らめ　家をも名をも

　これを日本語文の祖としてみると命令形では不自然だから「吾こそ居れる」「吾こそ座ませる」とした方が現代文として理解しやすい。ただし、それでは天皇も一兵卒も同じ「者」ではまずいだろう、ということで殿上人には「人」が導入されたのであろうが、犬にも餌を「やる」、のではなく、「あげる」

六章●万葉集を「道義論」としてよむ　159

ようになった現代日本語では、弁別は行われえない。それでも昭和天皇は明確に「人間宣言」をされたのだから構わない。文末の敬意表現によって、敬意の有無の弁別は十分に機能していく。上のことを、論理的に明瞭に表現するならば、それまでの天皇は名のりも求婚もせずに、力ずくでことに及ぶことがしばしばあったということで、それを許してきた社会であったということになる。

さらに古事記の雄略天皇の条においては「天皇に求婚されたので正式の使いが来るのをずっと待まっていて白髪になってしまった赤猪子という女人」の逸話が加えられ、天皇の言葉には時間を超えて二言がないことも強調される。と同時にこのことは天皇の統治が時間と空間を貫いて貫徹すべきものであることを規範として受け入れることを、下々にも要求するということでもある。これこそが「八隅知之」の本来の義となる。このような新しい考えを推進しようとすれば、当然、名のりなしにことに及んだ男を断罪するということになる。そうでなければ天皇の権威に傷がついてしまう。こういう革新的な天皇の周囲との軋轢は相当のものになるはずで、だから雄略天皇は武断天皇の名を冠せられてきている。

以上をふまえて、万1と古事記と音調をそろえて、対語を生かして現代語訳してみる。それにより籠と掘り串は「成り足りない・成り余る」の義へとかかっていく。それと公開の場での発声だから全てが「菜採ます児」に向けられている必要ないと考えて、対象を観衆と娘子とにわけてまず、発語体と発声体とに訳しわけてみたが、結局この歴史段階では、天皇が直接娘子に語りかけるのは、不自然だと気がついた。よく視ると、中核の文も「語末な」であるから、周辺に聞こえるように行われた発語体の発声であったと考える方が歴史的文脈にかなうと考えた。また、当時は持ち物も自前なのだから持ち物を誉めることが、それを作る能力としての器量を誉めることに直結していたことも想起したい。

さらに古事記冒頭の国生み唄も本歌として同調させたい。それで二度目の本文を見ると「伊邪那岐命先言「阿那迩夜志愛袁登賣袁。」後妹伊邪那美命言「阿那迩夜志愛袁登古袁」」とある。これを関東弁で読み下すと「あんなによし、いいおとこを。」となるから、現代の東京語で文意を取れるように重複

訳することにすると「あんなにも、いい乙女を見つけたよ。あんなにもいい乙女をほしいよ」となる。とくに現在の国語学は日本語の基本文型から「は・を文」を排斥する傾向があるから、ここで「は・を文」が導入されていることを明確にした。それで、以下に。

現代語への翻訳；
　あんなにも愛らしい、使いやすそうで、それでいて美事な篭と掘り串をもった器量よしのお嬢さんを見つけたよ。
　この岳に菜摘にきたお嬢さん、愛らしいお嬢さんに、家を聞いて、名前を告げてもらいたいな。
　この吾はそらみつ山跡の国を隅々までおさめて居るのだもの。次々と波の押しかけてくるこの磯城島に動ずることなく座り続けているのだもの。そのために、我は義を諮っていく大変な仕事をしているのだもの。
　その我からまずは名のりをするよ。家の名字から字名まで、全てを明かしたら、あの子はその家と名をおしえてくれないかな。
　あんなにも愛らしいお嬢さんをほしいものだ。

　なお、この歌は万葉集の冒頭に置かれた歌であるから歌本文の味読だけでなく、もっと多面的な読解が求められる。これは声で伝承されてきた唄を書記したのであるから、形声と形象と形義の三つを抽出しておきたい。すでに「吾・我」については翻訳文に入れこんだ。万葉集では、男性は「吾我」を「公私」で使い分けるが、女性も稀に「我吾」を使い分けている。
　ここまで頭を整理すると、「吾；語」「我；義」の形義についても分析する必要を感じる。そういう考えがないのは、万葉集を抒情歌集としてしか受容しないという大前提があるからで、ここでは明晰な俗語体の確立に奮闘した倭朝廷の実際的精神を発見しようとするのであるから、漢字の語法にも踏み込んだ解析を行う。
　まず「語る」の天皇に関連した初出は仁徳天皇と磐姫皇后の相聞歌万85〜90に関する題詞の中で天皇が八田皇女を妃とする許しを天皇が乞うたとあるから、男尊女卑に凝り固まった儒学者・道学者には容認できない解釈では

六章●万葉集を「道義論」としてよむ　161

あるが、対等の関係での交渉事と位置付ける。現代日本語でいえば「話し合い；討論・議論」ということだが、万葉集には用字「話」はないので、部建て「相聞」を男女の求愛だけでなく、一般的な交渉事に関する部建てと拡大解釈した。

次が持統天皇と志斐嫗との雑歌の万236、237で、傍からはジャレアイ歌としか思えないが、逆にいえば両歌からはどちらの主張が正しいかは判断できない見本としておかれている。つまり転注語「語り・騙り」を持統天皇の名で公言したということで、これは言語哲学的にはすごいことをいっている。現代では物語とは虚構だと誰でも知っているが、古事記はともかく正史である日本書紀は異なると思っている人も多いし、そうでないと大学の史学科などは崩壊してしまうように思い込んでいる人も多い。だが、事実といったところで何人かの人間の証言で構成しているわけだから、無関係な第三者からみれば、嘘と真実の見分けは難しい。そういうことを、帝紀の編纂を始めた倭朝廷の中枢の人物の歌にことよせていってしまった万葉集はすごい歌集ということになる。

【万236】志斐嫗に　天皇の　賜　御歌一首
不聴と云えど　強流志斐のが　強語　比者不聞て　朕恋いにけり

【万237】志斐嫗の奉和歌一首　嫗名未詳
不聴と云えど　語礼かたれと　詔こそ　志斐伊は奏せ　強語と言う

次に目につくのが万317の赤人の富士の歌に出てくる「語告　言継」の四字熟語で、これが宮廷で繰り返し語られた倭朝廷をほめたたえる歴史物語であろう。

【万317】山部宿祢赤人の不盡山を望んでの歌一首　并短歌
天地の　分れし時従　神さびて　高く貴とき　駿河なる　布士の高嶺を　天の原　振り放け見れば　度日の　陰も隠らい　照月の　光も見えず　白雲も　い去きはばかり　時じくぞ　雪は落りける　語

162　第二部●原字でよむ万葉集

り告ぎ　言い継ぎゆかむ　不盡の高嶺は

【万318】反歌

田兒の浦從（ゆ）　打ち出でて見れば　真白にぞ

不盡の高嶺に　雪は零（ふ）りける

　上のようなほめ歌をじっくりと味わっておくと、これとは反対の困難にみ
ちた戦闘史というものも朝廷では語られたはずだと気がつく。とすれば万
236、237の「強語」は二人の間での「無理強い合戦」の義だけでなく「強く勇
ましい戦闘譚」を指事していたことまで読み込むべきだったことに気がつく。
そのような歌としてすぐ想起するのは古事記のヤマトタケルの英雄譚である
が、万葉集には取り上げられていない。むしろ名もなき人々、英雄になる
以前に敗者となった人々の物語を取り上げている。それは大伴氏もまた歴史
の敗者としてやがては語られるようになることを家持が自覚していたから
ではないだろうか。

　そもそも万236は読み手が「志斐嫗」だから「強語しいかたり」と訓ずるこ
とに誰も異議を挟まないだけで、読み手がもし「木葉嫗」という名だったら
訓は「こわがたり」になっていても誰も不思議におもわないはず。

　次に「我・義」について考えていく。「義」の形につながる熟語の中で、現
代日本語で頻用されるのは「議論」だが万葉集の歌本文では「蟻通（ありかよい）」「百礒（ももし）
城（こ）（おみな）」「光儀（き）（すがた）」の三語がみつかる。

　「蟻通」を含む歌は3首でそれぞれの歌意をとると、3首全体で、下記の表
「「蟻通」3首をふくむ歌群」のように一つの主題を扱っていることが分かっ
てくる。なぜならば、それぞれに出てくる歌語が「遠・高・多」となってい
るから「長さ・嵩・量」という徴税の基礎となる語彙「度量・衡重；measures
and weights」へとかかっていくからである。

　その上で万304はロムルス暦の年周日数304そのものであることより、歌
意は距離の長さでだけではなく時間の永さも指事していると考えることが
できる。したがって本書では「遠の朝庭」について辞書にある「遠い處；大
宰府など」という空間認識だけでなく、ロムルス暦時代の「遠い昔」という

六章●万葉集を「道義論」としてよむ　　163

時間認識の両義を読みとる。

　3首をまとめると、これは度量衡の管掌が王権の大事であることをふまえた構成と見られる。中国の始皇帝の事績の一つに度量衡の厳正化が上がっていたように国家財政の基礎を固めるための度量衡の統一ということは王権の実効性の基盤であるからこの3首の重要性は強調しても強調しすぎることはない。

表28；「蟻通」3首をふくむ歌群	
柿本朝臣人麻呂、筑紫國に下りし時の海路での作歌二首 【万303】名細寸（なぐわしき）　稲見の海の　奥津浪（おきつ）　千重に隠りぬ　山跡嶋根は（しまね） 【万304】大王の（おおきみ）　遠の朝庭と（みかど）　蟻通う（かよ）　嶋門を見れば　神代し念ほゆ（おも）	遠 とほ
八年丙子夏六月芳野離宮に行幸し時に山邊宿祢赤人を詔して作らせた歌一首　并短歌 【万1005】八隅しし　我が大王の　見し給う　芳野宮は　山高み　雲ぞたなびく　河速み 　　瀧の聲ぞ清き（せとおと）　神さびて　見れば貴とし　宜名べ（よろしな）　見れば清けし（さや）　この山の 　　盡ばのみこそ（つき）　この河の　絶えばのみこそ　百師紀の（ももしき）　大宮所　止む時もあらめ 【万1006】神代より　芳野宮に　蟻通い（がよ）　高知らせるは　山河をよみ	高 たか
万3103〜万3110；人目が多くて恋の邪魔になっている嘆き歌 【万3104】相わむとは　千遍念えども（ちたびおも）　蟻通ふ　人眼を多み（おほ）　戀いつつぞ居る	多 おほ

　次に、「百礒城」が入っている歌は万葉集に全部で8首あり、結び語は「大宮人」だから、巻一の「百礒城」との弁別を考えなくてはならない。それは「義・幾」の弁別を試みるということで、城は幾つもの石を積んで大きくすれば、頑丈で威容も高くなるが、そこにいて実務を担う人々に求められるのは威容でも富の多寡でもなく義を担う賢明さや高潔さが大切ということになる。つまり、「大宮處・大宮人」の対義を導くことができる。次の歌をよむとイメージがわかる。

礒城	義の城	義の正しい	担うのは官人
磯城	幾の城	数量の大きい	城の威容

【万3234】八隅しし　和期大皇（わが）　高照らす　日の皇子の　聞こし食す（を）　御食つ（みけ）
　　國　神風の　伊勢の國は　國見ればしも　山見れば　高く貴うとし
　　河見れば　さやけく清し　水門成す（みなと）　海も廣けし（ゆた）　見渡す　嶋も名

高し　ここをしも　間細しみかも　掛巻も　文に恐こき　山辺の
五十師の原に　内日刺す　大宮つかえ　朝日なす　目細しも　暮日
なす　浦細しも　春山の　しなひ盛えて　秋山の　色なつかしき
百礒城の　大宮人は　天地と　日月とともに　万代にもか

【万3235】山辺の　五十師の御井は　自然　成れる錦を　張れる山かも

　次に形象「我」について考える。「義」の部品の「我」は『漢字源』（藤堂明保）
によれば「会意形声文字」で、「ギザギザとカドメのたった鉾」の義だから、
延伸解釈すれば納税のための刈り入れであり、刈りとった稲は小束にゆわ
え、さらに大束をつくり、北斎の百人一首抄の絵の一枚目にあったような稲
架にかけていく。これで、管理者はおおよその収穫をあらかじめ計算できる
ようになる。
　だからここでは単なる数えではなく転注語「くくり・わけ」に基づく正確
な数量を指事する。それが「義」ということで、現代日本語でも「義理」とい
うのは貸し借りを厳密に調整していくことだから「義理がたい」は「融通が
利かない」の卑義を伴っている。あるいは21世紀の今日では死語と化して
いるが「かどめく」は「才気ある・角があって付き合いづらい」の転注語。

　最後は「光儀」で万葉集には11ケ所にでてくる。大方は「容貌・容姿」と
「面影」の対句なので例を二つあげておく。

【万229】難波方　塩干なありそね　沈みにし　妹が光儀を　見まく苦るしも
　　　　　　　　　　　　　　　　　　　　　　　　　　　　河邊宮人

【万3137】遠あれば　光儀は見えず　常のごと　妹が咲は　面影にして
　　　　　　　　　　　　　　　　　　　　　　　　羈旅發思53首の一

　全体としていえるのは万葉集では「儀」の原義「威儀・儀式」が失われて、
あるいはわざとずらして「美しいもの・あこがれの対象」の意味で使われて

六章●万葉集を「道義論」としてよむ　165

いる。聖徳太子の冠位十二階制から始まる宮廷の身分秩序の表章は多くの人々にとっては不愉快で窮屈な仕組みだったわけで、それでもそれを普及しようとすれば、「憧れ」と結び付けるのが上策であった。人々の上昇志向をくすぐる華やかな演出は、それなりに人々を魅了していったはず。だから逆にいえば、有名な「松浦河」の連番歌は、いやしい漁師の娘でも美しいものは美しいという反語となっている。

　ここまでをまとめると万1の「我」は万葉集において「蟻通」「百礒城」「光儀」の三語に延伸されている。それぞれは「民草の労働とその成果」「官人の義にもとづく政治」「女官のあこがれを誘う威儀・儀礼」の義へと延伸されるべきもので、さらに「蟻通」3首は古からの正統な王朝とその王朝が元締めている度量権衡の重要性を指事する。

　さて、実はもう一つの熟語「義之」が万葉集には7首みつかる。しかも訓は「てし」とあるから超有名な「手師すなわち王義之」と関連づけられないと見落としてしまう。初出歌は万394で、歌意は住の江の小松を注連縄でかこんで自分の物だと宣言したのは自分だから、時間がたって、小松がどんなに立派な枝ぶりになって他の人が欲しいといっても、あくまで自分のものだといって先見の明を自慢している。

余明軍歌一首
【万394】印結い而　我が定義之　住吉の　濱の小松は　後も吾が松

　あきらかに「而・義之」を並比しているわけで、「我・義」の形象も意識していると考えることができる。つまり万1の我を意識するならば「印結而」の主格は実際に動作をした身分の低い者であっても構わないが、「我定義之」の方は「責任をもつ主体である我」なのだという弁別を行わなければならない。だからこそ書聖人といわれる「王義之」からの用字を採用している。そもそも熟語「王義之」であるならば「王、之を義す」となるから「その義の重み」には並々ならぬものがある。通り一片の視察や、机上の空論で議決したのではなく、全身の感覚を行使しての決断ということである。

166　第二部●原字でよむ万葉集

ここまで、義を「王羲之・光儀・百礒・蟻通」と4つの熟語に延伸してきて、用字「義」の語彙の全体が見えてくる。「王羲之」は文書の事だとすれば「羊」を部品にもう一つの「善；言羊言」の連が見えてくる。つまり「義」の中心義が「刈り入れの正しい数量」であって実務者の管掌であるのに対し、「善」は二者の言のバランスあるいは一致を形象しているからどちらかといえば文官の管掌にふさわしい。

部品「羊」	
義	善
禾＋戈	言＋言

6-2 ● 天武天皇御製歌27をよむ；良と好との弁別

一部二章では万27を連番歌の一つとして読んだので、「芳野」の検討しかできなかったので、ここでは一字、一字検討していく。

【万27】淑人乃　良跡吉見而　好常言師　芳野吉見〈与〉　良人四来三

天武天皇御製

まず、冒頭の「淑」は現代日本語では「紳士淑女」の四字熟語として伝えられているから宮廷に出入りする官人を想起して、この文脈での指示対象を考えると、持統天皇や額田王が相当する。才色兼備で家柄もよく、そして義の為に決意を固めた夫君のために決然として従軍するなり、火照りの城で果てる準備を行う勇猛果敢な女人たちのことで大夫に相当する紳士にみあう淑女のこと。

次に検討しなければならないのは和銅六年の「風土記撰録」にあたっての詔勅にあった「好字」の義解。現代日本語では「嗜好」「良好」「好悪」の二字熟語が頻用される。風土記での義は「良好」「好悪」のどちらを指示しているのか、きちんと検討すべきと考えた。手がかりはなかなか得られなかったのだが、『日本語練習帳』（大野晋）の中に「最良・最善」の弁別が大切とあったのをみて割り振りが可能になった。そして文脈から考えると以下の割り当て

表29；良好と好悪の弁別

良好	最良	行為の結果	体調、できばえ、状態、品質	良否・可否
好悪	最善	行為の内容	努力、方策、処置、道、	善悪

六章 ● 万葉集を「道義論」としてよむ　167

が妥当なので、風土記の用字は「良好」の義となる。

　また、「嗜好」と「良好」の差異は、「良好」には基準に合格している義が伴っていることで、この時代には税を物品で納入するわけだから品質というものが政治において重要になっていたわけで、駄目な物品は役人につっかえされてやり直さなければならなかった。後世になって古今和歌集では「霧」がよく取り上げられて、だから何気なく「良好な視界」とつぶやいても、そのすぐ隣には航海には不向きな濃霧の視界があって、どこかで人々はすでに脳内で「良否・可否」の基準を共有していた。万葉集の時代でも庶民にとっては航海の可否が重要な関心事だったわけで、これを上から目線でいえば「不良品」「不許可」などの三字語が派生する。

　最後に検討するのは「吉見而」の音と義。これは文末の「四来三」と併せて考えないと読み解くのは難しい。両方とも「よく」と読んでいるからオノマトペの「よくよく；重々」という量の副詞と考えることができる。というのも、現在では、縄文時代にはすでに縄文尺というものの存在していたことが、多くの人に支持されている。とすれば数量に関する音義に新しい音義を結び付けて民衆教化をはかることはきわめて合理的、かつ効果的なので、そのために【し・四・よ】という訓もここで宣告した。さらに【見；三】によって転注語【さん・三・み】も見えてくる。その上で【きち・吉・よし・重】を導入し、「吉野」に親しみやすく、かつ好ましい重の義にもかけた。なぜならば「吉；周週調」であるばかりでなく「吉；告」であるから「王国・王権」の両義を表章できる優れ字である。そして「淑」は「氵＋叔父」だから「しを」と訓じていたと考えて、以上の考えを下表に整理した。もちろん多くの書物では藤原京の造営では「周礼記」に大きな影響を受けていると指摘しているから、そのことも念頭におくが、それをどのように国民に了解してもらうかという工夫も大事と考える。

　さらに、ここから「母音交替」に基づく「四隅・八隅」「四つ・八つ」も導入され、この造語法の認知も図られていく。

　ここまでくわしく検討してきて、現在の我々から見ればダジャレ歌としか見えない万27が天皇御製であることによって万葉人の優れた言語観・教育

音訓	用字	新訓	現代日本語の語義
さん	三	み	「み」は数義だけでなく美称でもある
し	四	よん	2*2であり、最小の平方数
らー・こー	良好好良	よしよし	基準によって良否・可否を弁別
じゅうじゅう	重々	よくよく	重さこそが真の実質
きち	吉	よし	周；古代の理想の王国
			告；王権による布告
しを	淑	よき	威儀があり秩序をわきまえている
はう	芳	よし	嗅覚に代表される触覚実在の褒め（嗜好）

観が伝わってくる。
なぜならば官僚制下
においては言語での
正確なやりとりが不

母音交替		や・あ行での母音交替		
八隅	やつ	邪やし悪あし	夜や	餘（あまり）
四隅	よつ	善よし	夜よ	餘（よ）

可欠なのだから、耳からは同じに聞こえても語義を弁別していかなければな
らないとすれば、人々に「おもしろがって」学習してもらわなければならな
いので、とくに庶民の教化にはさまざまな工夫が求められる。そういう努力
を天皇自らが率先して行ってきた天武朝の大きな特色をこの1首は指事して
いる。だからこの1首は万葉集の譬喩歌の中核にあり、古今和歌集中の誹諧
歌の元祖として日本語史に位置づけられるべきである。それゆえにこそ百人
一首では抄27に誹諧歌をよくした紀貫之らのパトロン的存在だった紫式部
の曾祖父である藤原兼輔の歌を配したのである。

　このことは現在のように飴と鞭で叱咤激励して学習成果を達成していくシス
テムに慣れているとわからなくなるが、当時の学習は義務ではなく、上司
の努力によって到達すべきだったことを思い起こしておきたい。大唐に負け
たくない、対抗したいと真剣に考えていたのは庶民ではなく王朝の上層部だ
ったのである。そのためには庶民にも賢くなってもらうしかなかった。

6-3 ●勝鹿の真間娘子と葦屋の菟名負處女から伊勢物語24段へ

　この二人についての俗語りは有名だが、私自身は何がいいのか皆目わから
なかった。若い男性ならば両方の男性にいい顔して、どちらも立ててくれれ

ばいい思い出にしておきたいのも分からないでもないが、それにしても自分が死んでしまうというのは、馬鹿馬鹿しい結末としか受け取れなかった。

だが、万27の「良好」の古層には「嗜好」が横たわっていることを読み取ってからは「勝鹿の真間娘子」の気持ちが少しわかるようなった。嗜好ならば、二者択一する必要はないわけで二人の若者のそれぞれの良さを評価して、ピクニックに行きたいときは車をもっている金持ち息子を誘って、じっくり仕事をしたい時には手先の器用な若者を誘えばいいだけの事。

ところが、若者を良好の基準で見る時代になると、そういういい加減な判別ではなく子供が生まれたらいい父親になってくれそうな若者を選択するのが、賢明ということになってくる。つまり「良好」の時代というのは時間を越えて不変な価値観とともにやってきたわけである。去年は合格だった品質のものが、今年は不合格とされたら徴税現場は大混乱になってしまうから民草にも分かる基準を徴税現場は維持する必要があるのは当然の事で、そこに儒教の教えがはいってくれば貞節の大事がいわれるようになって、まずまずどちらかの若者を択一しなければならなくなっていく。どちらかが「in」ならば、反対は「out」という論理の出番となる。そういう論理に馴染めなければ大変心苦しくなるのは当然と思えてくる。

高橋連蟲麻呂の歌集からとられた万1807〜1811は気がふれて履もはかず髪も梳かさずさすらいながらも「望月の　たれる面輪に　花のごと　咲て立て」のように美しかった「勝壮鹿の真間の手兒奈」が入水したと歌っている。そして、奥城（墓所）をたてて、この悲しい俗語りを幾世にまで伝えるという。

【万1807】鶏の鳴く　吾妻の國に　古昔に　有りける事と　今までに　絶えず言いける　勝壮鹿の　真間の手兒奈が　麻衣に　青衿つけ　直さおを　裳には織りきて　髪だにも　掻は梳らず　履をだに　はかず行けども　錦綾の　中につつめる　齋兒も　妹にしかめや　望月の　たれる面輪に　花のごと　咲て立てれば　夏蟲の　火に入るがごとく　水門入りに　船こぐごとくに　歸きかぐれ　人の言う時　幾時も　生けらじ物を　何すとか　身をたな知りて　浪音の　騒ぐ湊の　奥津城に　妹が臥やせる　遠き代に　有りける事

を　昨日しも　見けむがごとも　念ほゆるかも

【万1808】反歌；省略

　そして、実は巻九の雑歌にはそういう「in/out」の論理に馴染めなかった女の歌もあるのである。「末の珠名」という女のことで、反歌をみるとその理由も判然する、求めてきた男の誰彼といつでも寝たというのである。こちらも笑顔が素晴らしいと形容されているが、さらに身体についても「胸別」で「腰細の須軽娘子」と最上級の絶賛。つまりボインちゃんでそれでいてスガルハチのように腰がくびれていてセクシーだと絶賛している。地名には「安房」がみえるから、海路ならば勝壮鹿よりも京に近いが、陸路が発達した平安時代にはもっと辺鄙な場所と受け取られた地名。

【万1738】水長鳥　安房に継ぎたる　梓弓　末の珠名は　胸別の　廣き吾ぎ妹　腰細の　須軽娘子の　其の姿の　端しに　花のごと　咲た立たば　玉桙の　道徍く人は　己が行く　道は去かずて　召なくに尒　門に至りぬ　指し並ぶ　隣の君は　預　己が妻離れて　乞わなくに　鑰さえ奉つる　人皆の　かう迷えれば　容艶きに　縁りてぞ妹は　たばれて有りける

　この歌の入っている巻9の冒頭は有名な雄略天皇の「小倉山」の歌だから、天皇の「言」は時間を越えて不変で、天皇自身でさえも取り消しはできないという「赤猪子の譚」をふまえて、この歌を解釈するとすれば、この時に儒教的な貞操観も導入され、「末の珠名」のような女は徹底的に貶しめられていったのである。なお、古事記によれば仁徳天皇の前の15代の応神天皇時に百済から論語が伝わったとあるから、21代の雄略天皇にいたり論語が広範に浸透した時代を迎えたのであろう。
　だとすれば「勝壮鹿の真間の手兒奈」の葛藤は、男の択一をしなければ娼婦と軽蔑され、社会的落伍者になってしまうという心理的圧力が大きかったと今は納得できる。この択一は桃太郎をひろった時のような「直覚択一」で

六章●万葉集を「道義論」としてよむ　171

はなく、二者を比較対照して、さらに将来性を予見するという両方を勘案する「選択択一」ということなのである。在地の、目に一丁字もない人々にとってはかなりの困難な択一であった。それが可能なのは知力だけでなく胆力もなみなみならぬ女性に限定されるだろう。そしてそれが万27のいう「淑女」なのだと今は考えることができる。

　古事記に出てくる沙本毘古命の妹こと佐波遅比賣命だって、垂仁天皇と実兄との間で心を揺り動かされながら、最後は兄とともに火照りの城で果てることを選択択一したのである。でも傍から見れば自殺行為ともとれたであろう悲劇の一つ。

　次に「葦屋の菟名負處女」について考えるが、「菟名負處女」の歌群は複雑に構成されている。大きくいうと三つあり、万1801 ～ 1803は田辺福麻呂の歌集からの歌で前後も挽歌となっている。万1809、1810は有名な高橋連蟲麻呂によるもので、三番目は大伴家持の万4211、4212となっている。そして高橋連蟲麻呂の歌は直前に「吾妻の國の真間の手兒奈」の歌があるので、どちらも似たような記憶をたどっているように感じる。それぞれの題詞をよむと同じ言継を指しているように感じるが用字にも微妙な違いがあるので、詳しく見ておく。赤人の万431には二人男とは書いていなくて「廬屋をたてて」妻問いが行われたとある。一方、家持の歌には地名はないが二人の男の名が「知努乎登古　宇奈比壮」とでてくるので、「葦屋處女」と分かるようになっていて、挽歌ではなく「處女の墓の歌への唱和歌」となっている。そして歌番からは因数27を共有する万432へと返しているとも考えることもできる。

表30；真間の手兒名と菟名負處女に関連する歌番一覧				
万431 ～ 433	廬屋を立てた勝壮鹿の真間之手兒名	山部宿祢赤人	3巻挽歌	27・16
万1801 ～ 1803	葦屋の菟名日處女	田邊福麻呂	9巻挽歌	
万1807、1808	吾妻の國の勝壮鹿の真間乃手兒奈	高橋連蟲麻呂	9巻挽歌	
万1809 ～ 1811	葦屋の菟名負處女	高橋連蟲麻呂	9巻挽歌	27・67
万4211、4212	(追同處女墓歌)	大伴家持	19巻	27・156

　まず、大伴家持の歌を原字で読んでから現代語訳を考えてみた。原字で目につくのは「言継・聞継」の転注語が用いられていることと、「宇都勢美の

名・節間も惜しき命」のような表現が並置されている。現代語訳で工夫した
ところは「うつせみの（身を顧みずにその）名を争って」と、「うつせみの身」
を延伸した点で、これによって「身の名」という熟語が導かれる。つまりこ
こで争われたのは「氏名」ではなく、あくまで個々人の誉名になる。次に問
題となるのは「姫嬬等」は複数だが、死んだ姫嬬は一人と考えられることで、
そうするとこの事蹟は多くの姫嬬の共感を呼んだ事蹟として聞継ぎされて
きていることが強調されていることになる。そういう一般化が行われて、山
部赤人の勝壮鹿の真間之手児名の故事とも共役していくし、さらには万13
の中大兄皇子の「虚蟬も嬬を相挌良思吉」とも耳からつながっていく。なお、
奥城は墓標の事だが、四国から九州、沖縄にかけて残っている家形の墳墓を
イメージした方が立派さが目に浮かぶ。

【万4211】古尓　有家流和射乃　久須婆之伎　事跡言継　知努乎登古　宇奈
　　　比壮乃　宇都勢美能　名乎競争登　玉剣　壽毛須底弓　相争尓
　　　嬬問為家留　姫嬬等之　聞者悲左　春花乃　尓太要盛而　秋葉之
　　　尓保比尓照有　惜　身之壮尚　大夫之　語勢美　父母尓　啓別而
　　　離家　海邊尓出立　朝暮尓　満来潮之　八隔浪尓　靡珠藻乃　節
　　　間毛　惜命乎　露霜之　過麻之尓家礼　奥墓乎　此間定而　後代
　　　之　聞継人毛　伊也遠尓　思努比尓勢餘等　黄楊小櫛　之賀左志
　　　家良之　生而靡有

現代語訳　昔々にあったという業の委しい事績の言い継のことです。知努乎登
　　　古と宇奈比壮子という二人の若者がうつせみの（身を顧みずにその）
　　　名を争って、妻問いした。これを聞いた姫嬬等は悲しんだ。なぜな
　　　らば、春の花のように匂やかで秋の葉のように匂い立つこれからが
　　　人生という素晴らしいその中の一人の姫嬬は、心苦しさのあまりに、
　　　父母とも別れ、家を離れ海辺まで来て朝な夕なと満ち干をくりかえ
　　　す八重波に身をなびかせたのです。節の間（ほどの短き命とはいえ、）
　　　一瞬で命を落としました。悲しんだ人たちは奥城をたてて、後の世
　　　の人たちが聞き継ぐことをできるようにしたのです。それで人々は
　　　そこに生えてきた柘植の木から作った小櫛をさして今にいたるまで

偲んでいるのです。

【万4212】乎等女等之　後乃表跡　黄楊小櫛　生更生而　靡家良思母
現代語訳　處女らが後の標と、（植えし）黄楊。その黄楊は代々生え代わって、
　　　　　小櫛をたくさん作ることができるほどに枝を広げて風に揺れるこ
　　　　　とだろう。　　　　　　　　　　　右五月六日依興大伴宿祢家持作之

　そして、ここまで、深読みしてはじめて、直後におかれた「丹比家への贈
歌」である万4213の意味も分かってくる。たぶん、その家の娘が若くして
入水自殺をしたのだろうと、おぼろに見えてくる。

【万4213】あゆを疾み　奈呉の浦廻に　寄する浪
　　　　　いや千重敷きに　戀ひ度るかも　　　　　　　右一首贈　京の丹比家

深読みのヒント	
赤人	431、432、433
家持	4211、4212、4213

　そのことに気がついてもう一度歌番をみると家
持の番号と赤人の番号の末尾は揃い番号になって
いるから蘆屋をたてて同棲した果てに捨てられた
娘子のことだとわかる。

　心の傷をともなう失恋が原因だろうが、それを言ってしまえば身もふたも
ないわけで、「心の優しい娘さんがもてすぎて、悩んだ末の身の処し方」とい
えば誰も傷つかずに、美しい思い出の中に生き続けることができる。

　多くの解説書では「處女」を「未通女」に矮小化しているが、本書の立場は
「處女・娘子」の対比を担っていて、巻1で登場する皇統に連なる女性たち
を「處女」の中心義と考えている。それが家持の時代には官人の娘子一般に
美称として流通していたのだろう。だからこそ、「處女」に「葦屋」をつけく
わえてパッとしないイメージを付与している。事実、山部赤人の万431には
地名は出てこず、妻問いの「蘆屋」が立てられたとあって、わざと紛らわし
く用字されている。訓詁文では関係のない「伏屋」となっていて、まさに「伏
せ字」扱いだ。さらに、蛇足で付け加えるならば現代では「外部からの力が
未だ」という義を見る人が多いと考えられるが、当時は幼児死亡率が高かっ

174　第二部●原字でよむ万葉集

たから「内部からの通りは未だ」を脱した二次性徴の到来には喜ばしさが伴っていたはず。事実、少し前まではお赤飯を焚いて家族の中でその事実を共有していた家庭も多かった。

　さて、上のような読解でも初学者向けには十分だが、上級者向けには物足りない。やはり27の連として構成されていることにもう少しこだわってみたい。そのために高橋連蟲麻呂の万1809〜1811を詳しくみていく。

　これはまず「菟名負處女」を「うない髪」というオカッパ頭のおさない女の子のことと、つまり個人名ではないと理解する。小さい時から大事にされて世間の風には当たっていない娘であることが書かれ、その娘をめぐって二人の若者が争ったわけだけど一方は「宇奈比壮士」と同音だから同じように幼くて、あるいは異母兄と考えられる。そうであれば「智弩壮士」は外から来たもっと大人の男と考えることになる。その二人が太刀や白檀弓を振り回しての大立ち回りをしたのだから娘が仰天するのも当然で、父母とも相談して隠れることにしたけれども、結果入水して死んでしまった。それを聞いた二人の若者も本当に愛していたのは自分だと主張して、争うようにして娘の後を追って死んでしまったので親族が三人を手厚く葬っていつまでも語り継ぐことにしたというのが粗筋になる。

【万1809】葦屋の　菟名負處女の　八と年兒の　片生ひも時ゆ　小放りに　髪たくまでに　並び居る　家にも見えず　虚木綿の　こもりて居れば　見てしかと　悒憤む時の　垣廬成す　人の誂う時　智弩壮士　宇奈比壮士の　廬八焚き　須酒し競そい　相い結婚　為ける時には　焼大刀の　手穎押しねり　白檀弓　靫取り負いて　水に入り火にも入らむと　立ち向かい　競おいし時に　吾ぎ妹子が　母に語らく　倭文手纏　賎しき吾が故に　大夫の荒争う見れば　生けりとも　合うべくも有れや　宍串呂　黄泉に待たむと　隠沼の　下延え置きて　打ち歎き　妹が去ぬれば　血沼壮士　其の夜夢に見　取りつつき　追い去きければ　後れたる　菟原壮士い　仰天し　さけび追らい　土をふみ　牙喫建怒りて　おころ男に　負ては有らじと　懸け佩きの　小剱取り佩き　處蕷　尋めき去けれ

六章●万葉集を「道義論」としてよむ　175

ば　親族どち　射歸き集い　永き代に　標にせむと　遠き代に　語り継がむと　處女墓　中に造り置き　壮士墓　此方彼方に　造り置ける　故縁聞きて　知らねども　新喪の如く　哭泣きつるかも

【万1810】葦屋の　宇奈比處女の　奥城を　徃き来と見れば　音のみし泣かゆ

【万1811】墓上の　木の枝靡けり　聞けるごと　陳努壮士にし　依りけらしも

　20世紀に生まれた人間には、どうしてこういう物語が人々の共感を呼ぶのか全く理解できない。分かったのは大伴家持の歌に「宇都勢美の名を競争と」の用字を見つけてからで、儒学者や道学者がいう「父母の名を辱めない」とか「氏族の名前を辱めないように」ではなく「自分自身の名を立てる」ということが当時すでに一般的だった。儒教が入ってくるまでは若い男たちにとって大事なのは「自分の名を立てる」すなわち功名を得ることだった。もっといえば、今でも中下層の男子にとっては一攫千金、上流階級入りすることが夢なのはまちがいない。

　だから、争いの中心は「娘の心」をつかむことではなく、「娘をものにした」という功名だった。そして娘をうしなった失敗をごまかすために争って死んでいった、という馬鹿馬鹿しいほどの民話にすぎない。そのことが、「祖先の名を背負っている」名門出の大伴家持には見えていた。そのことを強調するためにここでは「益荒夫」と用字され、「大夫」とか「健男」とは異なっている。

　だからこの民話が俗語りとなって成功するためには「廬屋立てて妻問いしけむ」の「勝壮鹿の真間の手兒名」の語りとだぶらせる必要があった。さらには男の虚栄心の犠牲となって捨てられて自殺した娘たちを合葬する物語をも必要としていた。つまり同棲同然になって後に捨てられれば、村中の笑いものになることがこの一連の歌の背景にある。

　万葉集の巻1から巻3では「恋」は「生きる力の源泉」なのであって、「死への誘因」とはならないが、儒教が入ってきてからは恥辱や汚辱を晴らすための名誉の死というものがかなりの程度広まっていたと考えることができる。娘の死もそういう死に方の系譜にある。

さらに反歌の2首目の万1811には娘の墓からの枝は「智弩壮士」の方に靡いたとあって、本心では外来者にひかれていたことをほのめかしている。これによって古事記の沙本毘古命の妹こと佐波遅比賣命の故事へと返している。

　ところで、伊勢物語には昔の男から手ひどい辱めを受けて遁走する女の挿話が三つある。60段と62段では女は遁走するだけだが、24段の女は自殺とは書かれていないが逃げた男を追っていって、水のほとりで「いたづら」になって「およびの歌」を血書して力尽きた、とあるから万葉集のこれらの處女や娘子の俗語りの解釈譚と受け取れる。

【伊勢24-3】あひ思はで　離れぬる人を　とゞめかね
　　　　　わが身は今ぞ　消えはてぬめる

　さらに24段は男二人と女の物語だが、直前の23段は女二人と男の物語で、女の一人は幼馴染で、もう一方は外地の女。

「本説」取りにおける襷がけの例	
伊勢物語	万葉集 432 (2・3・8・9)
23段；女2人と男	27の倍数；男2人と女
24段；男2人と女	24の倍数；勝壮鹿の真間之手兒名

偶然にしてはよくできた「襷がけ」の連関と私は考えるがそういう指摘をみかけない。だが、万432は24の倍数でもある。

　最後に、では大伴家持にとっての功名とは何かと考えていくと、山上憶良の歌への和讃歌として出てくる万4163、4164で最後に「後の代の　語り継ぐべく　名をたつべし」ときて、反歌で「後の代に　聞き継ぐ人も　語り継ぐ（ような立派な名を）」と受けているのが見つかる。そして題詞から家持が大夫の条件を勇士と考えていたことと、山上憶良を大変に尊敬していたことがわかる。

慕振勇士之名歌一首　并短歌
【万4164】ちちの實の　父の命　波播蘇葉の　母の命　おほろかに　情盡くして　念うらむ　其の子ななれやも　大夫や　むなしくあるべき　梓弓　末ふりおこし　投矢もち　千尋射わたし　劔刀　腰に取り佩き

六章●万葉集を「道義論」としてよむ　177

あしひきの　八峯踏み越え　さしまくる　情障らず　後の代の　語
り継ぐべく　名を立つべしも

【万4165】大夫は　名を立つべし　後の代に　聞き継ぐ人も　語り継ぐがね
　　　　　　　　　　　　　　　右二首山上憶良臣作歌への追和

　ここでは「言い継ぐ・語り継ぐ」が弁別され、いったんは「聞き継ぐ」に集
約されて、再度「言い継ぐ・語り継ぐ」と弁別され、「名を立てる」というこ
とは「語り継ぐ」事とともにあることがわかる。であれば、そうでないのは
浮名とか徒名ということになる。
　なお、山上憶良の本歌は有名な「子を思う歌」（万803）の次の万804、805
ではないかと考えている。『旅に棲む』（中西進）では、ここには万葉集にはめ
ずらしく若い男が伊達遊びに興じていた奔放な若者像が見えていて、その歌
語から古事記の「八千矛神の求婚譚」を想起するのは容易だと指摘している。
　なお、もう一つ重要な点は万1738における珠名子の形容詞「胸分け」が
「胸形」と同一の形象をもち、さらに2-4で抽出した万19の歌語「へそ形」と
同じであること。このことがわかると古事記における用字「胸形の三女神」

耳形	M	胸分け
へそ形		胸形

と用字「宗像社」の位相差が明瞭になる。これは
元明天皇の「好き二字」をふまえて露骨な身体表
現を隠したのである。

6-4 ●日並皇子尊と「虚見津」

　万葉集には天武天皇と持統天皇の愛息の「草壁皇子」の用字は見当たらな
い。代わりに題詞では、日並皇子尊と用字されている。万葉集では「高市皇
子」に「尊」をつける場合とつけない場合があるので、当初死者への尊称と
して「尊」と用字したのかとも考えたが、万110は明らかに生前の皇子の作
歌であるから、突出した尊称と解すべきと考えた。

【万110】日並皇子尊　石川女郎に贈賜した御歌一首　女郎の字は大名兒なり
　　　　　大名兒を　彼方野邊に　苅る草の　束の間も　吾れ忘すれめや

一般的にはこれを「日並」と訓ずるが、「くさかべ」と訓ずるべきではないだろうか。

　事実、「日下」という訓が普及していることから考えて「草」を復元して「日並」の訓を保持すべきである。こういう方法は現在でも相撲取りの「日馬富士」

日下	くさか	草下
日馬	はるま	春馬

を「はるまふじ」と呼ぶことからそれほど突飛な方法ではない。あるいは、「日下」という訓は古事記序文に「於姓日下謂玖沙訶」と出てくるポピュラーな訓であり、雄略天皇の最初の太后は三河の「若日下部王」だった。

　次に、異体字「並・竝」を経て「竝；壁」へとかければいい。次にもう一つ解会字法を用いて、「並⇔虚」とおく。これにより、「日並」という用字と万1の「虚見津」という歌語を

日並	草並	草虚	草壁

用字「草壁」によって結ぶことができる。

【万1】籠毛與　美籠母乳　布久思毛與　美夫君志持　此岳尓　菜採須兒　家
　　吉閑名　告〈紗〉根
　　虚見津　山跡乃國者　押奈戸手　吾許曽居　師〈吉〉名倍手　吾己曽
　　座　我〈許〉背歯　告目　家呼毛名雄母

　さらにいうと、熟語としては逆序語の「空虚」も流通しているから、何にもない空っぽの「空虚」と、密度のある「虚空」を弁別したことが見えてくる。現代でいえば真空と、空気のひろがる空間の対比だが、当時だって富士山の山頂では空気が薄くて呼吸効率が落ちることや、海面深く潜れば水圧が増大して身体不調につながることは知られていたはずだから、このような弁別は当然のこと。

　事実、「虚そら」の訓は万3004にも見えて、「空虚」の代わりに「水虚」と用字しているから、空気の内実は水蒸気だというのは、当時もわかる人にはわかっていたのではないか。

虚空	空間	空気の疎密
空虚	真空	空っぽ
水虚	—	水蒸気

【万3004】ひさかたの　天つ水虚に　照る月の
　　　　　失せむ日こそ　吾が戀いやめめ

　しかしこういう説明では当時の庶民には伝わらないから一般的には、密度
概念は「草の密集度」の形象によって教化が図られてきたと考えることがで
きる。万葉集には「草壁」の用字はないが、「壁草」は11巻冒頭の施頭歌に用
字されている。

【万2351】新室の　壁草苅りに　御座たまわね
　　　　　草のごと　依り逢う未通女は　公がまにまに

【万2352】新室を　踏み静ずむ子が　手玉し鳴らすも
　　　　　玉のごと　照らせる公を　内にとま申せ

| 壁草 | 壁のための草 |
| 草壁 | 草でできた壁 |

　解説書での説明では招婿婚時代の名残の風景で、
新居の完成とその手伝いの男子と家の娘の結婚を祝
福する歌だという。用字「壁草」の逆序「草壁」は皇
子の名前であると同時に名詞は「壁」であり立派な名前にみえる。
　この草刈りと婚姻の関係を指事するのが万11冒頭歌で、これ単独で読ん
でも感興は薄いが11番と11巻冒頭と合わせてみるといろいろの解釈が可能
になってくる。一つの考えとしては労働力としての婿取りという概念の衰退
を表章していることで、皆で一緒に新室を作るのではなく娘の実家がなにも
かもを用意して、新婚を祝うようになっていったのであろう。それでも草な
ど生えているはずのない小松の下の数本を取ってきての婚姻堅めの儀式は
行われていたことを指事していると考える。

【万11】吾勢子は　借盧作らす　草無くば　小松が下の　草を苅らさね

　そして実は万49の原字には用字「日雙」が出てくる。この歌は藤原宮役民
の歌万50のまえにおかれた1首で、仏教の正数を49を持つので軽皇子の亡

き父である草壁皇子を指事すると考えられる。両用字の部品の差異に注目すると前者は形象をもたない空間に、後者は形象をもつ双体であることが見えてくる。その最高の対象が「日月・月日」であることに異論はないであろう。

表31；用字「日並」の漢字語彙					
万110、167	日並皇子尊	並ぶ	竝	空虚・虚空	草壁・壁草
万49	日雙斯皇子	雙ぶ	双	双対・対比	日月・月日

6-5 ● 木花之佐久夜毘賣と石長比賣

万葉集を読んできて、漢字部品「虎構え」の用字の大切さに気がつくと、万81の伊勢處女から万22の常處女へと返すことができるようになる。

【万81】和銅五年壬子夏四月、長田王を伊勢齋宮に遣した時の山邊の御井での作歌
　　　山邊の　御井を見がてり　神風の　**伊勢處女**ら　相い見つるかも

【万22】十市皇女、伊勢神宮に参赴し時に見し波多横山の巌を見ての吹芡刀自の作歌
　　　河上の　ゆつ**盤村**に　草むさず　常にもがもな　**常處女**にて
吹芡刀自未詳也　但紀曰　天皇四年乙亥春二月乙亥朔丁亥十市皇女と阿閇皇女と参赴於伊勢神宮

　　万81の「伊勢處女等」というのは、古事記に登場する娘子たちのことで、古事記を諳んじていれば第一に木花之佐久夜毘賣と石長比賣とが相当し、ここから死ぬことを前提とする、つまり人間を祖とする天皇による統治が始まったことを指事する。そして万22に「盤村」を読み込むことで再度もう一方の、初見では、醜くて、無用な存在と、受け取りを拒否されたのも無理からぬ石長比賣へともどす。そしてこの用字によってその形象が「磐の村村であるさざれ石」であったことも知れる。対比されるべき木花之佐久夜毘賣の形象も百合のような大輪の花ではなく細かい花の集まりである八重桜である

六章 ● 万葉集を「道義論」としてよむ　181

から、単位の集合体であることになる。その差は「盤村」が数十年単位では移ろわずに存続するが、桜の花は移ろうどころか、咲いたそばから散っていくのだから「生と死の断続」の典型になる。つまり花の移ろいの極限は断続だということなのである。つまり「木花之佐久夜毘賣と石長比賣」の説話によって倭王権は「継続」よりも「断続」に価値をおくことを宣言している。そのことが分かると人生は一瞬、一瞬の断続であると歌う万24の歌意があらためて胸に迫ってくる。

【万24】空蟬の　命を惜しみ　浪に濡れ
　　　　伊良虞の嶋の　玉藻苅り食す　　　　　　　　　　　麻續王

　そういう点集合としての空間、虚見津を拒絶した天皇自身が自らの生の一回性を思い知るようになったのは当然の事だが、不死身の天皇は死んでも、その皇女の處女たちは、川の流れに洗われて草の生えない不毛な岩盤の上を通って、いつ、いつまでも、くりかえし伊勢へと参拝し、皇統の末永い繁栄を祈願していく。
　現在の我々は具体的な十市皇女と阿閇皇女のそれぞれの命運を知っているので、一層の悲劇性を感じるが、それでも皇統は続いていくと寿いでいる。ただし、「常々・永遠」の弁別ができていないと歌意をとることができない。前者は日常生活がそうであるように生活は季節ごとの、あるいは御代ごとの繰り返しであるが、後者は四字熟語「永久久遠」と延伸すると明瞭になるが、時間の永続性を前提とするので序数である順番を量数と考えて年月の「長さ・永さ」に価値を見ていく。
　なお、万490、491に吹芡刀自の2首が載っていて、2首目には「何時」の繰り返しが含まれているから「常々」を指示する。それが「不死身」に代わって事象の次々と起きる世界である。

吹芡刀自歌二首
【万490】真野の浦の　よどの継橋　情ゆも　思えか妹が　夢にし見ゆる
【万491】河上の　伊都藻の花の　何時〃〃　来ませ我が背子　時自異めやも

182　第二部●原字でよむ万葉集

6-6 ● 古今和歌集343番から探る和歌集の一貫性

　国歌「きみが代」の「きみ」が天皇だけに限定されるのか、一般的な敬意表現なのかをめぐって左右両派の政治的見解が分かれてきている。だが、初出の古今343を見る限り、一般的な敬意表現とみる方が自然。

【古今343】わが君は　千世にやちよに　さざれ石の
　　　　　　巌となりて　苔のむすまで　　　　　　　　　　よみ人しらず

　というのは、これは343＝7*7*7であり、三乗数であることから、喜＝七七七に掛けることができ、辞書では喜寿の説明に草書体「七七七」とあるが、齢には「77」を当てるというのも「七七」では平方数「49」を導くのが一般的だからで数章7の重要性を指事している。
　事実、抄73でも長寿を寿ぐ「高砂」が歌い込まれている。抄73の歌意は近郊の外山の桜は散ってしまったが、遠くの嶺の上には桜が満開になって、まるで雲居のように見える。その景色を損なわないように近くの外山には霞がかかってほしくない、ということで、遠近を対比してそれを季節の進行にかさねた上で、ぼったと量感のある雲居と、かすかに山らしさの見える雲彙のような霞を対比した理にまさる歌。

【抄73】高砂の　尾の上の桜　咲きにけり
　　　　　外山のかすみ　立たずもあらなむ　　　　　　　　前中納言匡房

　さらに343→73を導くことで「37・73」の語呂合わせを導くことができる。またさらにいうと、「343」は上から読んでも下からよんでも同数になる回文数。だからこその「さざれ石・巌」の対句であることまで学習しておきたい。つまり逆も真だといっている。日常接する自然界では大きな岩が川を下るうちに小さくなって、さらに磨かれて真砂になっていくことを近代物理学ではエントロピー増大の法則というが、この歌の歌意は、エントロピー減少の事例を取り上げているわけだから変なのだが、地質学の知識があれば何十万年の地球の造山活動から見れば当然のこととなる。だから、そういう概念を平

安時代の先端知識人がものにしていたということで、江戸時代になって多く
の神社に「さざれ石」の見本がおかれるようになった。それは「石長比賣」の
形象が一枚岩の岩盤ではなく火山列島である日本のいたるところでみられ
る火山性凝灰岩であることに思い至ったからなのである。

　そうなれば明治維新を担った官僚たちはこれを「国歌」として取り上げて、
外国に対して威張りたくなったのも当然のことだが、古今和歌集や源氏物語
ましてや伊勢物語などを当時の皇国史観派が嫌っていったのも事実。だが、
その嵐が本格的に吹き荒れるのは昭和に入ってからのことで、「海からの上
昇気流→上風→神風」に頼ってこの国は無謀な玉砕戦に突っ込んでいった。
　これはそもそも百人一首の仕掛けも急所も分かっていなかった人たちが国
学・国文学を仕切っていったからわからなかった。古今和歌集73には桜が
読まれているから、抄73はこれもふまえている。こちらはエントロピー増
大の法則を素直に歌っている。「咲くそばから散る」のだから「生まれるそば
から死んでいく」という中世の用語ならば無常観を表明しているわけだが、
西洋修辞学用語で云えば「断続」であり、古事記のような神の視点からいえ
ばイザナミ・イザナギの誓約「一日に1000人殺すそばから1500人を生む」
ということをふまえた歌。

【古今73】うつせみの　世にも似たるか　花桜
　　　　　さくと見しまに　かつちりにけり　　　　　　　　　よみ人知らず

　もう一つ、万10の「君が代」は対等な相手の義であることも想起しておく。
この10は十干の基数である5と5を合わせて結ぶと10になることをふまえ
ている。

【万10】君が代も　わが代も知るや　磐代の
　　　　岡の草根を　いざ結びてな　　　　　　　　　　　　　　中皇命

　実際問題として考えるならば宮廷で人臣の交わりをしていれば「一対多」

184 第二部 ●原字でよむ万葉集

の関係よりも「おれ・おのれ」の関係での会話も多くなるし、賀歌にも個人的に共有されている思い出や事績を読み込んでの交際内容が中心にくるのは当然の事で、天皇自身にしても、這いつくばるばかりの群臣相手では面白くない。だから万葉集は冒頭の一番歌に「名のりをする天皇の御製歌」をおいている。だったらこの古今343の歌は万葉集一番歌への奉和歌として「きみ・ぼく」関係を前提として読解をしていくのがまっとう解と考える。

　最後に万葉集4516首、古今和歌集1111首、新古今和歌集1997首という歌集のそれぞれの総歌数の一貫性も確認しておきたい。万葉集の4516首は4で割ると二つの平方数の和として因数構成できる。すなわち、4516=4*(20*20+27*27)。さらに、27*27=364+365なので年周日数の変化を織り込んだうえでの二乗数の和をもちいた数章と考えることができる。係数4については4年に一度の「閏年」と関連付けるのが妥当と考える。
　古今和歌集は全1111首であるが、これも11*(100+1)の因数構成をもつから平方数の和という共通性をもつ。最近発見された通称、清輔本でも全1100首であるので11*(64+36)の因数構成でやはり平方数の和であり共通する。
　一方で、新古今和歌集は全部で1979首だから因数は分かりやすく、1600+361+18あるいは1600+360+19と考えることができる。前者はすなおに361をだしている。だが、360の平方根は18.97となり小数点二桁目を四捨五入すると19を得るので、時代は幾何数的秩序を必要としなくなっていたと考えるならば後者の方が明解といえる。

表32；万葉集・古今和歌集・新古今和歌集の歌数の一貫性			
	因数	二次因数	説明
万葉集4516首	4*1129	1129=20*20+27*27	二乗数の和（27*27=364+365）
古今和歌集1111首	11*101	101=10*10+1*1	二乗数の和
（清輔本）1100首	11*100	10*10=8*8+6*6	二乗数の和（百式）
新古今和歌集1979首	1*1979	1600+361+18	19*19を抽出する
		1600+360+19	幾何学の全周数360を抽出する

　もう一つ、新古今和歌集は巻18の雑歌最後の蝉丸の2首によって「これやこの」の万35を隠したと考えることができる。それは蝉丸の「これやこの」

六章●万葉集を「道義論」としてよむ　185

が古今和歌集には採用されなかったとの同じ理由で、あまりに俗語っぽいので表に出すのははばかられたと考える。だから新しく2首を選んで、衣となして、内包に「これやこの」のあることを分かる人には分かるようにした。

こういう方法を「顕す・隠す」といって、デカルトの得意の方法だった。ガリレオと同じように地動説を唱えながら彼がかろうじて宗教裁判を免れたのはそういう修辞のテクニックをひるまず採用したからで、デカルトは自身の墓碑銘に「うまく隠れたものが、うまく暮らした」と刻むように言っていたといわれる。

【新古今1850】秋風に　なびく浅茅の　すゑごとに
　　　　　　置く白露の　あはれ世の中　　　　　　　　　　　　　蟬丸

【新古今1851】世の中は　とてもかくても　同じこと
　　　　　　宮も藁屋も　はてしなければ　　　　　　　　　　　　蟬丸

さらに、羈旅歌から雑歌下までの歌の総数を求めると956首なので、万956も参照すると以下の歌が見えて、歌意は新古今1851と共役していることがわかる。

【万956】八隅しし　吾が大王の　御食國は
　　　　　日本も　此間も　同とぞ念う　　　　　　　　　　　　帥大伴卿

なお、百人一首の蟬丸の歌は後撰集1089（=11・11・9）からの歌となっている。

表33；俗語「これやこの」の顕し方・隠し方		
新古今羈旅歌冒頭896；万78	万35；背の山	―
895+956=1851	これやこの	万956；同じとぞ念ふ
新古今1851、蟬丸	後撰1089；蟬丸	新古今1850；蟬丸

さらに云うと、後撰集（七部・二十巻）は総歌1425首なので、古今和歌集1111首と併せると総数2536を得て、数25と36とを表に出している。

また、古今和歌集の古今997（=83・12+1）も万葉集からの連続性をしめす
重要な歌である。因数83をふくむだけでなく歌語「名におふ」「これ」を含み、
よみ手は例の文屋氏の一人、文屋ありすゑ。

【古今997】神な月　時雨ふりおける　楢の葉の
　　　　　　名におふ宮の　ふることぞ　これ　　　　　　　　文屋ありすゑ

【万35】これやこの　大和にしては　我が恋ふる
　　　　　紀路にありといふ　名に負ふ勢の山　　　　　　　　阿閇皇女

　両歌をあらためて読んでみると、今度は歌語「名におふ」の語義が胸に迫
ってくる。万葉時代には「名を明かすこと」が「逢うこと」であって、古代の
姫君にとっては「逢うことが」そのまま「契り」を意味していたことが分かっ
ているとよく理解できるし、「逢うこと」はそのまま、よほどのことがない限
り「背負っていく」ことだった。
　少し前の日本でも写真1枚で遠方のブラジルや満州開拓民のところに渡る
花嫁はそれほど稀な事柄ではなかった。まさに「逢うことはそのまま負う」
ことだった。あるいは終身雇用などというのも数回の面接で入社を決めて、
簡単には辞めない、辞めさせない制度だったと考えると、双方にとって「逢
うことは負うこと」だった。しかも、この転注語「逢う・負う」は「母音交
替」による。
　そして、この規範こそが庶民における徳目の第一に来た。祝言をあげて夫
婦になった以上は簡単に離縁するなどありえなかった。だから光源氏も一度
の契りであったとしても陰口をたたきながらも、困窮した「末摘花の君」の
面倒を生涯みていく。律儀であることは庶民から好感を持たれるための徳目
であったといえる。
　当然、子作りのための側女をもつ必要もなく、金銭的にも二号さんをもつ
余裕がない庶民にとっては本妻第一とならざるを得なかった。もちろん、江
戸期の有力町人となれば本妻と長男を残して自分が出家して若い二号さん
と新しい所帯をもつことも行われていった。つまり、離縁となれば結婚と同

六章●万葉集を「道義論」としてよむ　187

様の仲介人をたてて金銭的なけじめをつけなければならなかった。そういう義務をきちんと果たす男性を「律義者」といって評価してきた。これは「義理」の逆序語であり、庶民の男性への誉め言葉ではあって、決して支配層への誉め言葉ではなかった。

だが、庶民の日々の生活では糧食をささえる金銭の問題が一番切実だったのだから、貸し借りにおける納得の問題が最大の関心事だったのは当然のことで、その時のやり取りにおける納得にかかわる鉤語として「道理」というものが用いられてきた。借金を返せなくても、相手が納得して返済期限を延ばしてくれれば関係は円滑に回っていく。納得してくれなければいろいろ大変になっていく。だから相手に「どうりで、納得しました」と言ってもらえるように交渉、言葉のやり取りが頻繁に行われてきた。

道理	
万800	ことわり
日常語	どうりで
学術用語	reason 理由

だが、じつは山上憶良の万800には「ことわり」がでてきていて、多くの場合、これに用字「道理」をあてている。つまり、手をつくしても了解を得られないときの「お断り」という弁明として「道理」は長らく機能してきた。この「了解・拒絶」という転注義をもつ用字「道理」について、明治期になって、学術用語「道理」は中性的な「reason 理由」の語義を与えられた。これは価値中立であるから、学術用語としてはなかなかの工夫であったが、結果は用語「理由」の日常生活での運用は両義的となっている。実際に会社が労働者に対して賃金を上げられない理由を説明したとして多くの人が納得しないのは、それが「立派な説明」であって、「本当の理由」ではないと受け取るからである。

なお、万605には用字「神理」がでてきて「かみのことわり」という訓が与えられている。これは11の倍数で、神の名に懸けて、逢いたい。逆にいえば逢えないならば神仏も信じられない、というオーバーな歌意である。

【万605】天地の　神の理《ことわり》　無くばこそ　吾が念う君に　相わず死にせめ

七章
万葉集を「物語論」としてよむ

　現代の我々は物語というとストーリーを追いかけて楽しむが、古くは学校で習う正しい日本語を学ぶ教材でもあった。中でも時代時代に多くの人々に愛され、記憶された物語の冒頭はそのまま文章のお手本となって人々に共有されてきた。すこし列挙してみよう。

- 古事記　；天地初めてひらけし時
- 竹取物語；今は昔。竹取の翁といふものありけり。
- 伊勢物語；昔、男、初冠して、平城の京、春日の里に……往（い）にけり。
- 源氏物語；いずれの御時にか、……、すぐれてときめき給ふ、ありけり。
- 平家物語；祇園精舎の鐘の声、諸行無常の響きあり。

もちろん支配層の子弟は漢文で論語などの手ほどきをうけるから、その文型が文章の第一規範となるのだが、識字教育を受けない庶民や女性にとっては模範となる日本語は耳からの物語によって習得される語句であり、語と語のつなぎ方であった。

　さて、『旅に棲む』（中西進）における高橋虫麻呂論をはじめとして、万葉集の背景には当時の歌物語があるのではないかという考えはいろいろな書物で取り上げられている。竹取の翁の由縁歌も巻16中の万3791～3802に登場する。

　筆者は、万葉集を歌物語として考えていく鉤が、「生存に直結する嗅覚」刺激に基づく歌の多い19の倍数連の歌ではないかと考えてきた。事実、冒頭の19番は額田王によると考えられ、元明天皇の万76（=19*4）では、嗅覚ではないが、非言語的聴覚による覚醒を基にする直感的な記述歌である。さらに巻二まで延長して万95（=19*5）の歌語に「安見」が入っているのを確認し

て自分の仮説がそれほど見当違いではないと確信した。なぜならば、「安見」は万3の歌語「八隅知之」のもう一つの用字で万38（=19＊2）に採用されているからである。万1、2は天皇の御製歌で、万3は天皇を称賛する最初の歌なのであるから、万葉集を「天皇物語」ではなく「王朝の歌物語」として考えていく中核になる歌であり、しかも数19は万304（=19＊16）によって万304の「遠の朝廷」にまでつながっている。

　そこで巻1から巻2にかけての歌番19の連をひろってみた。まず、二章で行ったように万19と万57とを対歌として読むと、嗅覚的実在を特権的に重視する内容で、その途中にある万38もそういう目で読んでいくとその重要性が浮かび上がる。

歌番	よみ手	歌語
万19	額田王	榛の衣に着くなす
万38	柿本朝臣人麿	安見知之
万57	持統天皇行幸時	榛原・衣にほほせ
万76	元明天皇	鞆之音為奈利
万95	藤原鎌足	安見児
万114〜116	但馬皇女・穂積皇子	事痛有登母・朝川渡
万133	柿本人麻呂	小竹の葉・高角山

最後の万133は万131から始まる柿本朝臣人麻呂の妻と別れた時の歌3首の最後で、しかも同様の歌が相聞の最後の万140まで7首、繰り返されておかれてある。万133の歌意は聴覚実在であるが、言語覚未満の刺激であるから19の連として考えても強引ではないであろう。だが133＝19＊7でもあり、万葉集を貫いている数7ももっており、歌語の高角山は石見から出雲にかけての地理図ともかかわるので8-2節で別の角度から検討する。

　この7章では、物語といっても、勇ましい戦闘物語や英雄譚ではなく、懐かしさを基調とする抒情的な歌の連、儒教的な徳目「孝・忠」にからめとられる以前の素朴な、君臣の信頼関係、若い女性の覇気への賛嘆、死者への哀悼、古への懐旧といった内容をとりあげる。

7-1 ●内大臣藤原卿（鎌足）の万95の重要性；八隅と安見

【万95】われはもや　安見児得たり　皆人の　得難てにすとふ　安見児得たり

190　第二部●原字でよむ万葉集

歌意は、新妻をえた喜びの歌ということであるが、ここでは用字「安見」に注目したい。というのは天皇にかかる「やすみしし」について「八隅・安見」の用字が巻一で用いられているので、その義を弁別すべきと考えるからで、まず一覧表を作る。「安見」は一例だけであるが、これが19の倍数なので、無

表34；巻1における「八隅・安見」			
歌番	歌語	体言	行事
3	八隅	我大王	遊猟
36	八隅	吾大王	行幸
38	安見	吾大王	国見
45	八隅	吾大王	旅宿
50	八隅	吾大王	藤原宮
52	八隅	和期大王	

視できない。この歌を他の4首と比べると、「国見」ということが取り上げられていることが特徴になる。つまり実際にご自身でご覧になる、あるいは民草の眼前に出現して民草からも安見される存在だということで、他方の「八隅知之」は、統治に必要な広範な知識・知力へとかかる誉め言葉であることがわかる。だから、それに対して「安見」は「国見における民との安らかな会見」の義になる。

【万38】安見知之　吾が大君　神ながら　神さびせすと　吉野川　たぎつ河内に　高殿を　高知りまして　登り立ち　国見をせせば　たたなはる　青垣山　山神の　奉る御調と　春へは　花かざし持ち　秋立てば　黄葉かざせり行き沿ふ　川の神も　大御食に　仕へ奉ると　上つ瀬に　鵜川を立ち　下つ瀬に　小網さし渡す　山川も　依りて仕ふる　神の御代かも

　上のように整理したときに、数章19の原義は、非視覚的実在を土台にした人間関係の類型を指事していたことがわかってくる。そして万95が万35と同様に、一句目を「也」で切る万35と揃う俗語体であることも意識にのぼってくる。

【万95】吾者毛也　安見兒得有　皆人乃　得難尓為云　安見兒衣多利（にすといふ）

　また、万57（=19・3）は直接に「におい」を歌いこんだ留守妻への感謝の念

を表現している。歌意は天皇の行幸に随行する夫のために妻が新調してくれた衣と同じ匂いの榛原という地名を寿ぐもの。つまり万19の歌が嗅覚的実在をもとにしていることを強調するためにおかれている。(二章参照)

【万57】引間野に　にほふ榛原　入り乱れ　衣にほはせ　旅のしるしに

長忌寸意吉麻呂

表35；19の連の歌語				
	19	38	57	76	95
歌語	衣尓着成	安見知之	衣尓保波勢	楯立良思母	吾者毛也
関係性	妹・背	君と民	羇旅の夫家居妻	元首大夫・大臣	新婚の喜び

7-2 ● 元明天皇御製歌万76(=19・4)

【万76】ますらをの　鞆(とも)の音すなり　もののべの　大臣(おおまえつきみ)　盾立つらしも

　この歌も19の倍数の歌番を持つことを踏まえて読むと歌意は簡単で、聴覚的実在「鞆の音すなり」を根拠に「大臣盾立つらしも」と同時に生起するはずの形象を後半に加えている。元首として求められる「慮断の思」でもなく、大臣たちが業務とする「考慮の思」でもなく、亡き夫を「偲ぶ」のでもなく、過去の経験を思い起こしての推論の形式である。しかし同時に先にも述べたように目には見えなくとも、眼前には存在しなくても、元首着任の儀式を無事終えたことを喜ぶ大臣たちとその部下への、元明天皇(阿閇皇女)の信頼と親愛の表明でもある。

　これは英語でいうexist・insistの世界。「insist」の第一義は「頑強に主張する」ということで理性的な主張ではなく、情に訴えてくる世界だから19の連にふさわしい。最初に登場した額田王の万19は、敵となって遠くの大津宮にいくのだから、理性では思い切らなくてはいけないのに、忘れられないという歌意だった。この万76はこちらが積極的に大臣たちの姿を求めたと

いうよりは遠くから聞こえてきたざわめきから大臣たちの祝意を感じて、御自身が無上の喜びを感じたことを歌っている。

さらに、少し後の万79では多くの民草が奈良京完成に向けて元明天皇のための労をいとわなかったことを歌っている。もはや、「八隅・安見」の挿頭も不要なほどに奈良京の主は民草から慕われていることがよく伝わってくる。

【万79】天皇の命　畏み　柔びにし　家を置き　こもりくの　泊瀬の川に　舟浮けて　吾が行く川の　川隈の　八十隈おちず　万たび　かへり見しつつ　玉桙の　道行き暮らし　あをによし　楢の都の　佐保川にい行き至りて　我が寝たる　衣の上ゆ　朝月夜　さやかに見れば栲の穂に　夜の霜降り　岩床と　川の水凝り　寒き夜を　息むことなく　通ひつつ　作れる家に　千代までに　来ませ多公与　吾れも通はむ

7-3 ● 但馬皇女作歌３首；万114〜116

19の倍数である歌番114（19＊6）について、解説書によっては、高市皇子の屋敷にありながら異母背の穂積皇子を慕った相聞歌で、不倫の歌とかの説明があるが、政争の道具でしかない皇女にとっての、己の初恋の喜びと惑いを歌ったものと考えたい。万116までの連番歌の1首目は穂積と穂向きが音喩をつくり楽しさがつたわり、2首目のはげしい身もだえの表現をへて、3首目で「朝川わたる」と典型的な「序破急」を構成している。

とくに3首目は「決断の時」の表現としては素晴らしい歌だとおもう。だが、明治維新後の皇国史観派にとっては女性が自ら決断して実行に移すなどは到底容認できなかっただろう。それでも斉藤茂吉はこの万116を『万葉秀歌』の中で絶賛している。女性が男性を追いかけて川を渡るというのは当時の世上からはありえない思い切った行動と。

しかし「朝川」は「浅川」でもあることに留意したい。この川は女性が一人でもなんとか渡れる川だったということで、きわめて現実感覚に富んだ方と考えることができる。額田王があきらめることで大海人皇子の決断を促し

七章 ● 万葉集を「物語論」としてよむ　193

たのだとすれば、皇女はみずから決断して恋人のところに飛び込んでいった。これが飛鳥時代の女子のありようだった。決めるのは女性。用字的には「吾・己」の対字の訓に「あ・お」の母音交替法が用いられていることに注意したい。

【万114】秋の田の　穂向きの寄れる　片寄りに　君に寄りなな　言痛くありとも

【万115】後れ居て　恋ひつつあらずは　追ひ及かむ　道の隈廻に　標結へ吾が背

【万116】人言を　繁み言痛み　己が世に　いまだ渡らぬ　朝川渡る

　さて、学校で和歌のお勉強だけをしてきた人間には、これ以上の蘊蓄は出てこないが、歴史や民俗を学んできた人間ならば、古事記・允恭天皇の条に出てくる別の女性、軽大郎女こと衣通郎女の決断も想起できるだろう。いわば辞世の句に相当する決断の歌で万85、90と2回採録されている肯定文と否定文の対歌を思い出さずにはいられない。

【万85】君之行　氣長くなりぬ　山たずね　迎えか行かむ　待にか待たむ
　　　　　　　　　　　　　　　　　　　　　　　　磐姫皇后；肯定文

【万90】君之行　氣長くなりぬ　山たづの　迎えを行かむ　待には待たず
　　　　　　　　　　　　　　　　　　　　　　　　衣通郎女；否定文

　あえて、作者を替えて2首を併記したのは、これが桃太郎のおばあさんが桃を取り上げたときのような分析的な根拠なしに好いと判断する「直覚択一」に関する対句になっているからで、有名な悲恋譚にかけることで女子教育の効果を狙ったと考えることができる。
　それにしても磐姫皇后の万86、87、88、89の4首は、仁徳天皇の愛妃の位置を八田若郎女に奪われた悲しみに執着して、大后の地位を実質的に放り投げてしまった一人の女性の慰めようのない大きな悲しみが伝わってくる。

でもそれが恋慕ということで、「一瞬の念」における一回限りの決断の絶対性を歌っている。その結果を一生かけて引き受けていくことが大夫とならぶ紳士にふさわしい淑女の条件なのだ。だからここでは用字「我・吾」を併用している。

【万86】かくばかり　恋つつあらずは　高山の　磐根しまきて　死なましものを

【万87】ありつつも　君をばまたむ　うちなびく　<u>吾黒髪</u>に　霜の置くまでに

【万88】秋田の　穂上に霧らふ　朝霞　何時への方に　<u>我戀</u>やまむ

【万89】居あかして　君をば待たむ　ぬばたまの　<u>吾黒髪</u>に　霜は零るとも

7-4 ●石見における柿本朝臣人麿歌10首（その1）

　巻2の人麻呂の相聞歌の最後の10首は大変重要な歌だから万140には相手の名を「依羅娘子」と明示して額田 王 に次ぐヒロインとして遇している。ただし、多くの解説書では「依羅」の訓をあたえているが、本章では万23の「射等篭」と揃えた音「依羅」を与える。

　歌意は人麻呂の未練を一蹴して、字面の上では「今まではいつも会いたいと念じてきたけど、それは会えると考えていたからよ」とあり、字面には出せない仄めかしが続く。すなわち「会えないと決まっているのに、夫恋なんてしても仕方ないでしょ」が続く。この「恋」は「生きる活力」の意味であって、「死への希求」とは全く無縁のものだから当然、依羅娘子も死ぬことなど考えないで別の手立てを考えていくといっている。万葉集に出てくる他の「戀乍不有者」の13首は「死にたいほどつらいけど絶対に死なない」といっている。1部3章4節の「合わせ絵⑦」で分析したが、古事記・万葉集におけるこの「恋」の中心義が分からないと、2部6章5節でとりあげた「勝鹿の真間娘子と葦屋の菟名負處女」の真意も分からないまま終わってしまう大変重要な鉤語。

【万140】な念ひと　君は言へども　相はむ時
　　　　いつと知りてか　吾が恋ひずあらむ　　　　　　　　依羅娘子

　ところが人麻呂の方は未練たっぷりで、表現の技巧もすぐれた仕上がりになっている。19の連の万133（＝19・7）は重要な歌語は一つもないが、全体として口すさびたくなる秀歌でこれによって10首全体が巻2のハイライトとして記憶されていくことになるのは編纂者たちの才能の証左。さらに訓読文は4句目が結論で、5句目が已然形の理由だから俗語体の基本文型。これは事実上二人の関係が終わったことをふまえた句である。

【万133】笹の葉は　み山もさやに　乱げども　吾は妹思ふ　別れ来ぬれば

吾と君	念、恋、
己と外界	思

　次に、見ておかなければならないのは万133と万140には「吾」が使われていることだが、万1の「我・吾」の違いが頭にはいっていないと見落としてしまう。だが、ここでさらに「吾」の対語として「君」が導入されていることは俗語体にとって重要なことで、これによって「語る吾」という共同体の中の個人から、それぞれが外界と対峙する、あるいは特定の相手の君と対峙する、つまり「息する自分；己」という概念が確立していく。これを、19の倍数である133におくことで聴覚実在「さやに乱げ」よりも自分の中にある「恋しい」という気持ち、万19において嗅覚実在として取り出された存在を根本的な認識として確定している。これが万114（19・6）の読み手である但馬皇女の万116における用字「己」の語義。
　さらにこの己は万266（19・14）では「古を思う己」として時間の中の個人へと転義している。こちらは聴覚実在ではあるけれども、分節された人間の言葉ではないので、非言語的触聴覚実在と考えて触覚的実在の一部として考えておく。

【万266】淡海の海　夕浪千鳥　汝が鳴けば
　　　　情も思のに　古　念ほゆ　　　　　　　　　　　柿本朝臣人麿

一方の万140では「君と吾」が対立するものとして取り出されている。それが現代日本語の女子詞の典型となって引き継がれている。日本語では普段は主語を省くのに「私」を必ず入れる文型が反実仮想（もしも私だったら）で以下が典型。これは実は後ろに「でもあなたはいかない」とか、もっと強ければ「行かないあなたは許しがたい」という仄めかしの言外が付随している。

　　• 私なら、行くわ。（あなたは行かないでしょけど）
さらに過去形の反実仮想も、立派な現代日本語。

　　• 私なら、行かなかったわ。（行ったあなたは大馬鹿者よ）

こういう点に注意して万140を読めば言外にある恨めしさが、喜々として都に帰っていく自分勝手な男に対する恨み節が立ち上ってくるはず。はっきりいえば次の歌意になる。

　　• 私ならば思い残しの未練はもたないわ。

　　　（平気で未練をもつあなたは脳天気なのよ）
ところが現在の陳述文型では「なら」を脱落させた「取り立てのハ」として概念化されている。これは「吾・君」の対義を延伸して「A・A以外」の対義を本然と考えるからで、そこには「一・多」対応がある。それが、「吾・君」のような「一・一」対応とは異なっていることが、現代日本語からはわからなくなっている。

さらに、連番歌では大事な歌語は万132に置かれている。ここの重要性が分からないと人麻呂の現地妻との離別の連番歌を単なる抒情詩と理解してしまう。

【万132】石見のや　高角山の　木の間より　我が振る袖を　妹見つらむか

まず、「吾が振る袖」で万20の「君が振る袖」を想起させ、状況、あるいは立場を対比させる。要するに男は未練たらたらだが、すでに分析したように、連の最

女の決断		男の未練	
万140	万20	万132	万21
吾不恋	君袖	吾袖	吾恋

七章 ● 万葉集を「物語論」としてよむ　197

後の万140には女性のもっと冷めた判断が読み取れる。もっとも万葉集は、千年以上、男たちの勝手な思い込みで読み継がれてきているから、誰もわからなかったようである。それは万20の歌意が額田王からの決然とした訣別の歌であることが分からなかったのと同様のことで、両歌とも女性からの引導を渡した歌なのである。

　実際問題としてみれば都に連れて行ってと泣きつかれたら男は困るに決まっているので、そこは言わないのが身分違いの恋のルールだったということで、額田王にしても、もはや決裂が避けられないのであれば、自分の死を受け入れるしかないわけで、だからこそ、女子歌の特徴は仄めかしにあることを繰り返し強調しておきたい。現代日本語でも、反実仮想というのは仄めかしのための文型として厳然として生き続けているので、そのことが分からないと万葉集も古今和歌集も理解するのはむずかしい。つまり「反実仮想」のもっている「仄めかし」という機能を意識すると万21と万133は揃歌ということになる。その未練に嘘偽りはないとしても、身分違いを乗り越えることはないという前提がつよく立ちふさがっている。

　なお、本心で人麻呂が娘子と別れたくなかったといっているのは万496〜499の4首。だが、その直前におかれた万492〜495の4首の冒頭歌も官人の娘子への未練をよく表現している。冒頭は、相手の女性が袖を離そうとしないので困惑しながらも自分の方がもっとつらいのだという愁嘆場を歌っている。その後ろに出てくる万496〜499の人麻呂の歌は愁嘆場のドタバタはでてこない。

【万492】衣手に　取りとどこおり　哭く兒にも
　　　　　まされる吾を　置きていかにせむ　　　　　　　　　田部忌寸櫟子

【万496】三熊野の　浦の濱木綿(はまゆう)　百重なす
　　　　　心は念えども　直(ただに)は　あわぬかも　　　　柿本朝臣人麻呂

　ただし、ここまでくれば、依羅娘子の本心についての記録もあるから参照しておく。その心は、「とうとうお会いすることはかないませんでしたね。

貝の中にでもいてほしいと思って探し回ったこともありましたけど、本当に亡くなられたのなら、これからは雲だけをみて偲ぶことにします」これならば人麻呂の本宅の遺族も、人麻呂と依羅娘子の関係を美しい思い出の中に収めることができるから、弔問歌の手本の一つとして女子教育に生かしたいもの。

柿本朝臣人麻呂死時妻依羅娘子作歌二首
【万224】今日、今日と　吾が待つ君は　石水(いしかわ)の
　　　　　貝に交じりて　ありと言わずやも
【万225】直(あい)の相は　相かつましじ　石水(いしかわ)に
　　　　　雲立ちわたれ　見つつ偲ばむ

　さらにいうと、万葉集の編纂者たちは、この依羅娘子を額田王の後継者と考えていたことを万2463に見ているはず。

【万2463】久方の　天照る月の　隠りなば
　　　　　何に名副へて　妹を偲はむ　　　　　　　　　　　柿本朝臣人麻呂

　この歌と対歌にすると、女性は月、男性は雲という、月並みだからこそ訴求力の強い準えが出来上がる。この月並みさは月の運行が太陽とつかず離れずの規則正しいもので、雲は風のまにまにどこへ流れていくかわからないという本然がわからないと理解するのはむずかしい。だからこそ「風流士」というのがその後の列島の文芸史において連綿と美称として引き継がれていく。そして、二つとも「直接には抱擁できない、逢引できない」という存在の、「見かけるだけの相手」という義だからこそ「想う」ことになる。
　また、解説書によっては万741（19・39）を代表とする大伴家持が石川大嬢(おおいらつめ)に贈った5首の一に言及するが、重要な指摘で、本書ではさらに、視覚実在への不信と触角実在の絶対性に言及するものと考える。

七章 ● 万葉集を「物語論」としてよむ　199

【万741】夢の相は　苦しかりけり　おどろきて

　　　搔き探れども　手にも触れねば　　　　　　　　　大伴宿祢家持

　この「夢の相」は万葉集依羅娘子の万225の中の「直相」と対句を作るが、意訳して用字「逢」を使うと対義が見えなくなる。

　こういう読解ができなくなっているのは偏に現行の訓読文が両歌の「石水・石川」を「石川」と名張り(ひとえ)してしまっているからで、石見と併せて三字を併記すれば現地妻のいる石見と人麻呂の眠る奈良近在の石川を雲によって結ぶ、の歌意が明確になる。さらには「石水」を万23の「白水郎」にかけると、麻續王もまた「数章25の神あがりする風流士」であったことが分かる。そして実は用字が違うけど耳からは「射等篭・伊良虞・依羅娘子」(いらこ)は同音なのである。名前「依羅娘子」は万23、24へと返すことを指示していたと考える。

風流・雲		
石見	石水	石川
	白水	白川

麻續王の伊勢國伊良虞嶋に流された時の哀傷作歌
【万23】打つ麻(そみ)を　麻續王(あづみ)は　白水郎(あま)なれや　射等篭(いらこ)の島の　珠藻苅ります
【万24】空蟬(うつせみ)の　命をおしみ　浪にぬれ　伊良虞(いらご)の嶋の　玉藻苅りをす

　もちろん、こういう解釈に対する反論は、直前におかれた万223の題詞からもでてくる。だが、万131で現地妻を残して都に帰任しているのに、石見で臨死するというのはつじつまがあわない。むしろ岩の中に屍を発見した時の歌万220の反歌3首の1と解する方がずっと筋がとおる。鉤語は万220の文末の「愛伎妻等者」(はしきつまらは)で、複数妻を前提とした人麻呂の家族観がよく出ている。とすれば万223は屍となった故人になり替わっての表現として、つまり仮構された辞世の歌と取るのが自然だが、これが妾(めかけ)と本妻の差は画然としてあるべきと考える中世の道学者や儒学者にとって、許しがたい表現となっていた可能性を頭の隅に入れておきたい。

讃岐狭岑嶋視石中死人柿本朝臣人麻呂作歌一首　并短歌

【万220】玉藻よし　讃岐國は　國柄か　見れども飽かず　神柄か　ここだ貴
　　　　と　天地　日月ともに　満りゆかむ　神の御面と　継ぎきたる　中
　　　　の水門ゆ　船うけて　わが榜来れば　時つ風　雲居に吹くに　奥見
　　　　れば　跡位浪立ち　邊見れば　白浪さわぐ　鯨魚取り　海を恐こみ
　　　　行く船の　梶引き折りて　彼此の　嶋は多けど　名細し　狭岑の嶋
　　　　の　荒磯面に　盧作て見れば　浪音の　茂き濱邊を　敷妙の　枕に
　　　　なして　荒床に　自伏す君が　家知らば　徃きても告げむ　妻知ら
　　　　ば　来も問わましを　玉桙の　道だに知らず　欝悒しく　待ちか戀
　　　　らむ　愛しき妻らは

【万221】　　省略
【万222】　　省略

柿本朝臣人麻呂在石見國臨死時自傷作歌一首

【万223】鴨山の　磐根し巻きける　吾をかも　知らにと妹が　待ちつつあるらむ

　あるいは『万葉読本その一』（中西進）で取り上げられているような有馬皇
子の自傷歌（辞世の歌）万142と万132を共役させる解釈が伝統的だとするな
らば、それはそれで可能であるが、択一しなくてもいいと考える。なにしろ
題詞に「自傷」を持つ例はこの二例だけなのであるから。

有間皇子自傷結松枝歌二首

【万141】磐白の　濱松が枝を　引き結び　真さきくあらば　また還りみむ
【万142】家にあれば　笥に盛る飯を　草枕　旅にしあれば　椎の葉に盛る

　むしろ万132と対比すべきは万23のような他者からの記述歌ではないこ
と。死んだ人に身をおくことは不可能だとしても、自死に臨んだ高貴な人の
辞世の歌によせて歌を作ることで、路傍の無名の死人の生を引き上げていこ
うとしていると考える。

　皇子の代作をするような宮廷歌人が名もない行きだおれの代作をすること
はありえないと考えたのだろう。だがこの歌を万415（83・7）と併せるならば

七章●万葉集を「物語論」としてよむ　201

上宮聖徳皇子（聖徳太子）による客観記述に対する代作自傷歌となる。それでこそ、有名な聖徳太子の作歌が一首だけ取り上げられていた理由も見えてくる。太子没後に起きたその息子の山背大兄（やませおおえ）一家の自死事件を、奈良京で起きた長屋王一家の自死事件へとかけていたのである。もちろんその後ろに置かれた万416も政治の暗転劇における自傷歌である。古事記では木梨皇子（きなし）と衣通王（そとおりおう）の心中歌は「讀歌（よみうた）」となっているが、これを万3263〜3265では「自死の時」と題詞に明記しているから、人麻呂歌は病気や老衰ではなく、広義の役務による死、つまり根底にある恨みを伴う無念さによって木梨皇子と衣通王の自傷死とを合わせて祈念しようとしたと考える。

　時代が移り、武士の切腹における読み歌を「辞世の句」というようになったのは、用字「辞」は音声を出す舌と、記号である辛の会意文字だからであろう。つまり「舌による声」と「入れ墨ともいわれる辛の文字」とがそろって

辞	舌	声
	辛	入れ墨の文（あや）

いる場合のみ本人の歌だと確認できるという意味で、これによっていかなる確執が本人の内面にあったとしても、公儀の下で賜った死を自ら受容容認したことになる。

　だからどんなに重大な謀反人の刑罰死であっても、正史に記載がかなう。なぜならば恨み言だけを並べる自己中心的な人間でなく、皇子皇女たちであれば残された家族や帝国の行く末への配慮が第一に来るべきだし、そのような思想的な訓練を積んでいるべきだからである。だから後世に語り継がれる辞世の歌には優れたものが多い。たとえば民間では怨霊と化したとまでおもしろおかしく語り継がれる崇徳院の歌も百人一首抄ではやさしい和解の歌となっている。

【抄77】瀬をはやみ　岩にせかるる　滝川の　われても末に　逢はむとぞ思ふ
崇徳院

　だから、人麻呂歌には自傷歌を残せなかった客死者たちを鎮魂し、家族が国家を恨んで反乱を起こさずに郷土の一員として暮らしていくために正史に記載させる手続きという側面もあったと考える。なお辞世の逆序は世辞で

もあることも想起しておきたい。辞世の歌というの
はあくまで当人が残された知人家族に記憶してもら
いたい自分の姿であることを理解すれば、ここで延
伸した解釈が成り立つ。

辞世	臨死時自傷作歌
世辞	おべんちゃら

上宮聖徳皇子出遊竹原井之時見龍田山死人悲傷御作歌一首
【万415】家にあらば　妹が手まかむ　草枕　旅に臥せる　この旅人あはれ

大津皇子被死之時磐余池陂流涕御作歌一首
【万416】百つたう　磐余(いわれ)の池に　鳴く鴨を　今日のみ見てや　雲隠りなむ

そう考えると、万
223の末尾の23は万
23と「襷(たすき)がけ」になっ
ていることに気が
つく。内容をみても

万416；大津皇子被死時歌（内容は自傷歌）	
上宮聖徳皇子の悲傷御作歌 万415；龍田山死人悲傷御作歌	麻續王の対歌 万23；島人の客観的記述
万223；人麻呂による代作の自傷歌	万24；当人の歌
万142；有馬皇子自傷歌	

対歌として十分にとおる歌語を用いている。

　さらに付け加えると「磐根之巻」というのは磐姫皇后の万86と共役して、
家持の万722（19・38）にまでかかる歌語。この歌から「死にたい」の義を引き
出す書物もあるが、本書では磐姫の万86も、人麻呂の万133も、7-4節でと
りあげた万266と同様の言語覚に優先する聴覚実在に結び付いた「己」の表
出と見る。だから万86も、家持の万722（19・38）も、その歌意は「死んだら
恋に苦しむことも、物思いすることもできない。ああ可哀そうだ。」という
ことになる。

大伴宿祢家持歌一首
【万722】かくばかり　戀いつつあらずば　石木にも
　　　　成らましものを　物思わずして

　これは言語論的転回（コラム2参照）の訓育を経ていないとなかなか理解で

七章●万葉集を「物語論」としてよむ　203

きないが、ポストモダンとも共役する表裏の転回にもとづく解釈で、近代的価値である「恋の成就」よりも、「すばらしい対象をみつけた喜び」や「恋のときめき」そのものを優位におくことを意味する。このことが分からないと巻一の最後の歌84の歌語「妻恋」と巻二の冒頭歌万85の「夫恋」を対比した文飾の価値も見えてこない。というよりも冒頭の万1が求愛の歌であったことも失念してしまう。万葉集はこのつながりによって倭国の臣民や王である以前に生を生きる個々人であることの絶対性を歌っている。

7-5 ● いくつもの「ももしき」

　百人一首抄の最後の歌は「ももしきや」で始まる。そして古今集には一回だけ「ももしき」が歌われている。

【抄100】ももしきや　古き軒端の　しのぶにも
　　　　　なほ余りある　昔なりけり　　　　　　　　　　　　　　順徳院

【古今1000】山川の　音にのみ聞く　ももしきを
　　　　　　身をはやながら　見るよしもがな　　　　　　　　　伊勢

　この両歌は、長い時間の経過を100番目ではなく、量1000としてとらえることをいっている。これを万100と併せると、その形象が浮かび上がってくる。こちらは万96から始まる久米禅師と石川郎女の間の相聞歌五首（4-3節参照）の最後で、ここには荷箱の正面の形象、荷箱全体の形象、そして長い紐と小さな結び目が歌い込まれている。
　したがって、ここでは抄100の歌語から「四の部分」の形象を取り出す。そうすると一枡には5*5が入り、それを立体にすると125*8=1000となることが分かってくる。つまり数1000は立体数125の8倍体の形象をもち、天皇の美称である「八隅しし」を整数で実現できる最小の数なのである。

数	27	100	1000
立体数	3*3*3	—	125*8
一面の大きさ	3*3	10*10	10*10
外衣／内部	26／1	—	291／729

つまり万27で導入した立体数27を整数系に転写しているのである。整数体系における27と1000について100を基準にして整理をすると次のようになる。さらに実用的には具物ついては裸では扱わないので外衣と内部にわけて計数処理を行う場合も多かったので比率を求めておく。

　以上のような知識を基にして万葉集中の「ももしき」を総覧する。巻一には「百磯城の大宮處；万29」「百磯城の大宮人；万36」が出てくる。残りの巻では「百式の大宮人；万260」「百石木の大宮人；万923」「百師紀の大宮所；万1005」「百師木の大宮人；万1076」「毛母之綺能　於保美夜比等；万4040」など全部で18首がある。まとめると結び語は「大宮人・大宮處」の二つだから「都人・京師」の美称と考えることができる。

　とくに回文数の万323（＝19＊17）は、万322への反歌で、悠久の歴史をとうとうと歌いあげた見事な作品で、歌語「飽田津」によって万8へと返すことになるので引用しておく。

山部宿祢赤人至伊豫温泉作歌一首　并短歌
【万322】皇神祖の　神の御言の敷ませる　國の盡　湯はしも　多にあれども　嶋山の　宜しき國と　こどしき　伊豫の高嶺の　射狹庭の　崗に立たして　うち思い　辭思せし　三湯の上の　樹村を見れば　臣木も生い継ぎにけり　鳴く鳥の　音も更ず　退代に　神さびゆかむ　行幸の處
【万323】百式紀の　大宮人の　飽田津に　船乗せむと　年の知らなく

　この「百式紀」はそのまま現代の「年紀」の語義を重ねられるから、それは100年、1000年の単位をさすことがわかってくる。しかも整数論からは100＝64＋36となって三平方の定理の表象としても妥当なので、本書では「百式」にはこれをあてる。

　さて、「百磯城の大宮人」であればそれは指撝者の事で、現在のように女性蔑視の人々がメディアを占有していると、この指撝者に女人を含ませることなど考えもつかないとは思うが、持統天皇だって、阿閇皇女だって若いころは大勢いる皇女官人の一人として宮廷生活の運営を担っていたのだから、こ

七章 ● 万葉集を「物語論」としてよむ　205

表36；歌語「ももしき」の結びと歌番からの形象・数義の弁別		
ももしき	むすび語	形象・数義
百磯城	万29；大宮處	外壁の単位煉瓦
百磯城	万36；大宮人	珠裳（動き）
数100	万100；荷向・匝・荷之緒	平面・立面
百式紀	万260、323；大宮人	竿梶母無而・飽田津
百式	（三平方の定理）	（100=64+36）
百師紀	万1005、1076；大宮人	芳野宮、月清左
ももしき緒	古今1000；音にのみきく	125＊8
ももしき屋	抄100；軒端のしのぶ	100=19+9＊9

の指撝者には裳裾をなびかせる女人が大勢いたことをきちんと思い起こしておきたい。

さらに、万葉集の全体をよく読めば百指撝へとかかる大宮人の三つ目の義も身につくはず。「指撝」は「説文解字・六書」の四に出てくる用字で、官僚の業務全般を指事し、中核には類従概念がある。現場で、特に戦陣で指揮・指麾をとるのは、男性だとしても、宮中にあって指示・指図をだす女人の指撝者あっての日本の歴史であることをよくよく理解したいもの。さらに、二つの転注語「指撝・指揮」「指事・指示」によって万端の類従概念をまちがいなく使えるようになりたい（4-2・説文解字；六書）。

六書の一	六書の四
指事	指撝
指示・指図	指揮・指麾

7-6 ●遊士は勇士；遊士・風流士とは何か

自分で万葉集の原文を読みだすとまず疑問になるのが用字法を踏まえていない訓詁が多いことで、いくら耳からの音が大切だといっても、そうやって伝承されてきた歌を書記するにあたって、語義の異なる漢字のどれを使って記述するのかに関心をもたない人間がいるだろうか。【芳野・吉野】【隠・名張】については、すでに論じてきた。中でも一番驚いたのは万127の「遊士・風流士」の訓読が「みやびを」で統一されていたことで、これでは耳から聞いてもまったく面白くない。

【万127】遊士に　我れはありけり　やど貸さず
　　　　　帰しし我れぞ　風流士にはある　　　　　　　　大伴田主

　一方で、それに関連する歌として万721にも「風流」の用字がみえる。こちらは、「風流；かざる」と読めば歌意ははっきりする。ところがこちらの訓も「みやび」となっていて字音との関連が全く理解できない。

【万721】足引乃　山二四居者　風流無三　吾為類和射乎　害目賜名
　　　　　　　　　　　　　　　　　　　　　　　　大伴坂上郎女也
現代語訳；あしひきの山暮らしなので　何のかざりもないおもてなししかで
　　　　きませんが　お許しを！

　「風流；かざる」の反対義ならば「見えも外聞も気にしない野暮天」の義になる。だとすれば「遊士」はむしろ「勇士」と読めば反対義は「意気地なし」がでてくる。そもそも「遊士」は兵士に当てはめるならば「遊軍」ということで隊列を離れて臨機応変に動く人たちのことで、いわゆる兵卒とはことなるエリートのことを指事している。僧侶ならば遊行僧で、寺院にこもって座禅だけをしていればいい人たちとは異なっていて、世情にも通じている人たちのことになる。また、古事記には「遊行」は4回出てくるが一人前の男性を主語とするのは、雄略天皇が赤猪子に出会った場面のみで、行幸とは異なり目的をもった外出ではなかったことをいっている。用字「遊」は平安鎌倉を通じて重要な歌語に成長していくのだから万葉集の中でもていねいに扱ってもいいのではないかと考えた。現在の訳は中世以来の「遊びは悪、あるいは子供専用」という儒教的な価値観をもとにしたものと考え、本章では「遊び」を卑俗義から転回させて、積極的に評価する現代語訳を考えた。

【万127】遊士尓　吾者有家里　屋戸不借　令還吾曽　風流士者有　大伴宿祢田主
現代語訳；おれは間違いなく勇士だ。家を貸さなかったくらいで、見えも外

七章●万葉集を「物語論」としてよむ　207

聞も気にしない意気地なしと決めつけるな。おれよりも立派な遊士などいるわけない。

　それでは「みやびを」の訓読はどこからきたのか、と考えていくと、万葉集では「官人；みやひと」は多く見かけるものの、万825に「みやびたる」があるだけである。

【万852】烏梅の花　夢に語らく　美也備たる　花とあれ思う　酒に浮かべこそ

　「みやび」は古今集には出てこないし、有名になったのは、伊勢物語の1段で導入された左大臣の歌への評価「みやび」の一か所からであろう。だから、「遊士・風流士」をきちんと弁別した新しい現代訳を確立すべき時期にあると思う。万721をふまえれば「風流」を「かざる・おしゃれ」の語義を生かして「みやこびと」から「みやびを」とし、「遊士」は道学者や儒学者の神経を逆なでするかもしれないが「あそびを」と弁別したい。
　とりわけ万127が万27と揃い数字になっていることを軽々しく考えるべきではない。両歌を対歌にすることとでダジャレやオチョクリなど、後世に誹諧としてくくられる「口遊」こそが、非説明的なある人物がもっている本来の性格（本然）を顕わにするという逆説的な言語哲学の根幹へと人々を誘導する。
　万葉集では題詞に「遊覧」の用字の入った10首もみられるが、これらは事実上の公務であろう。万3の題詞の「遊猟」も公務に間違いない。現在は遊びといえば子供の遊びとか遊女との遊びなどの卑義がまず想起されるが、現代日本語の「遊軍」とか「遊水池」とか「機械の遊び」などから分かるように「余裕」が第一義。人格に当てはめれば「懐が大きい」とか「度量が広い」などで、なんとなくは分かるが否定形をつくれば、要するに「非仁・不義・無礼・無智・不信ではないこと」の語義が近い。だから説明の難しい本然こそが重要ということになる。
　これが江戸期になると良寛とか一茶のような子供と無心に遊ぶことのできる形象として広く知られるようになる。彼らは決して赤貧の出でもないし、

都の栄華を見たこともない人たちではない。でもそれに未練をもたなかった人たち。そして一党一派に拘泥するよりは、それを抜け出ていくことで独自の世界をつくっていく。その手法が仏道にいう遊行なのである。

【万27】淑き人の　良しと吉く見て　好しと言ひし
　　　芳野吉く見よ　良き人よく見つ　　　　　　　　　　口遊（言葉遊）

【万127】遊男に　吾はありけり　屋戸貸さず
　　　還しし吾ぞ　風流士にはある　　　　　　　　　非説明的な本然表現

　さらに、「風のながれ→風流←かざり」という訓読による語義の転注を考えると、個体の能力に基づく当該行事にかかわる役割分担をさしていることが見えてくる。それを風流に関連付けたということは、「空気を見る」というその場の人間の序列にもとづく同調圧力とは異なる能力を指していることも押さえておきたい。

　そしてそれは宮廷外の行事において発揮される能力で、その飾りを表章するものとして「挿頭」が導入されたが、多くの解説書ではなにやら五月に菖蒲をかざして行う行事にのみ矮小化されてしまっているのは残念。万葉集では遊猟が取り上げられているが、困難な行幸や野戦一般を指事し、そこでは当該行幸における「役割分担の目印として挿頭」をつけたと考える。つまり「位階をになう冠」に対する対語と考える。

　『日本文芸史5；小西甚一』では、江戸期の「すい・いき」の原字として「推・生き」をあてているが、それでこそ風流、すなわち風を読むという義が生きてくる。そして、ここまで見てくればそれはルース・ベネディクトの「アポロ・ディオニソス」の対義とも共役していく。日神と月神がついたり離れたりしながらも天道を規則正しく回っていく、あるいは回っていってもらわなければ困るのに対し、雷神と風神に対してはいろいろな形の雲とその動きを注意深く観察して先へ先へと手

かざり	かぜのながれ
飾り	風流
衣冠	挿頭
空気をよむ能力	風を読む能力
純粋（同調圧力）	すい（推・生き）

を打っていくいわゆる臨機応変の人的能力を必要とするというあたりまえを指事する。

　さらにいうと、万128を加えた三連番歌としてよむともっと大切なことが見えてくる。これは、万128の「葦・足」は耳から聞くと音が似ているということから「葦ひく・足ひく」の転注語を導ける。これによって、万26、27、28の3首への補注であったことに気がつく。すなわち「耳我嶺・耳我山・あしひき山」の。

【万126】遊士と　吾は聞けるを　屋戸借さず　吾を還えせり　於曽（をそ）の風流士

【万127】遊士に　吾は有りけり　屋戸借さず　令還しし吾ぞ　風流士には有る

【万128】吾聞きし　耳に好く似る　葦の末（うれ）の　足痛（ひく）吾が勢　勤めたぶべし

　これは、勇士とか風流士というのが個別的な失政や、ある立場からの評価によっているのではなく、本然的な存在のありようから決まるという、現代社会のような格差重視の風潮とは異なる人間観を表明している。歌番127は当然歌番27へと連想をさそう。だから壬申の乱の勝利者となった大海人皇子にかかると考えた。それをふまえて考えると、万128は、万26の「耳我山」が実際に皇子たちの軍隊が駆けずり回った山塊であって、きれいごとの秀麗な山嶺ではなかったことを指事する。まさに「於曽；軽率者」のごとき風体で駆けずり回ったに違いない。「足痛」のために「あしヲひきひき」駆けずり回ったのである。

　つまりここで万28と万128を対歌とすると、結果の晴れがましさの表とその裏の代償としての「足ひき」の対歌となる。こういう読解が唯一の正解だと主張するつもりはないが、多くの解説書のように連番歌としての訓詁をまったく避けているよりはましと考える。

【万28】春過ぎて　夏来るらし　白妙の
　　　　衣乾したり　天の香来山
　　　　　　　　　　　　　　　　　　　　　　　　　　　　　　勝利宣言

210　第二部 ● 原字でよむ万葉集

【万128】我が聞きし　耳によく似る　葦の末の

　　　　　足ひく我が背　つとめ給ぶべし　　　　　　　　　勝利の代償

　なお、「遊士」は万1016にも出てくるが、「あそびを」と読んだほうが現代
日本語として意味がとおる。というよりも中世以来の道学者・儒学者のひろ
めた「遊びは卑賤」という通念を払拭できる積極的で前向きな訓となる。補
註には「風流秀才之士」の義解があるから「よく遊んだものが臨機応変の能
力を備える」という処世訓もそえることができる。

【万1016】海原の　遠き渡りを　遊士(あそびを)の　遊びを見むと　なづさひぞ来し

　　　　　右一首書白紙懸著屋壁也　題云　蓬萊仙媛所化蘰　為風流秀才之

　　　　　士矣　斯凡客不所望見哉

　そして万葉集には風流娘子は出てくるのに遊女とか遊娘子は出てこない
（ただし、遊行女婦は数回登場する）。風流娘子は古今集の仮名序にも取り上げ
られた安積香山(あさか)の采女の事で現代の我々には、訓読文をよんでも歌意がはっ
きりするわけではないが、ここで大切なのは「やりとり歌」では、第三者に
わかることではなく、賓客である対手の葛城王の機嫌が即座によくなったこ
とである。実際に状況を改善できた当意即妙さが評価のポイントとなる。そ
れこそが「風をよむ能力」なのである。

【万3807】安積香山　影さえ見ゆる　山の井の　淺き心を　吾(あ)が念(おも)はなくに

　　　　　右歌傳云　葛城王遣于陸奥國之時國司祗承緩怠異甚　於時王意不

　　　　　悦怒色顕面　雖設飲饌不肯宴樂　於是有前采女　風流娘子　左手

　　　　　捧觴右手持水撃之王膝而詠此歌　尓乃王意解悦樂飲終日

　一方、用字「遊」を日本語史に位置付けるならば、第一に源為憲の著述『口
遊』を想起する。これは児童向けの手習い書であり、当時は復唱・暗唱から
入門するのが大方であったから、その義は「言技(ことわざ)」であり、一般人の望まし

七章●万葉集を「物語論」としてよむ　211

い成人のイメージも臨機応変の対応だったわけで、書名の意図を「言葉の遊びを通して、風流遊士になってほしい」と考えるのがまっとう解。

コラム2　和歌伝承における言語論的転回について

　「言語論的転回」という学術用語（terms）は、第二次世界大戦後の思想潮流の中で大きな位置を占めているが、学派によってさまざまにとらえられてきているので整理をしておく。

　大方はソシュールの「言語が現実を構成するという考え方」を源流としているが、本書では同時期のフロイトの精神分析法、フランツ・ボアズの構造主義人類学、フレーゲの分析哲学も、従来の通念によっては見えなかった事象を、新しく記述する方法の開発だったと考えている。

　このことを意識すると、「コペルニクス転回」をカトリックに対する反旗の表象として「科学革命」の意義を強調した「パラダイム転換」よりは、「パラダイム・シフト」と名指すことによって「主役の交替」のイメージを強めてきたことがわかる。そのことを明確にするために認知意味論など情報科学の世界では、画像を使って「コペルニクス転回」における「転回 turn」の中心語義が「表裏の転回」であることを見せていくことが流行となった。

　つまり西欧でなじみ深い「コインの表裏」の表章にもとづく「一体不離だけど、同時にはみることのできない二つ」の表章に対応するべき固有名詞対が表裏関係ぬきに、それぞれ独立した存在として認識されている現実への異議の申立てだと広義に捉える。西欧では一体不可分であるべき表象として他にも「ウサギとアヒル」などの多数の図像が有名である。絵図にはウサギもアヒルも有名で、人間の眼は一つの焦点を結ぶと他方は図として認識できなくなることを表章している。ところが、実は「ウサギとアヒル」の図は視点移動という動作をともなっているので、p103でとりあげた「立

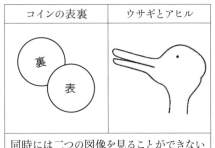

コインの表裏	ウサギとアヒル
裏　表	
同時には二つの図像を見ることができない	

体としての扇子とその開いた姿の表裏の両面」の表章とは結び付きにくい。したがって古今東西の書物を読むときには書き手がイメージしている図像と自分が想起しやすい図像の齟齬に注意する必要があるのである。さらにいうと西洋では「ウサギとアヒル」の図は類従問題にかけて、別に「老婆と若い女」の図に時間の可逆性問題にかけて使われる。

　このように捉えてみると、マルクスの「上部構想・下部構造」を相対化してみることが可能になると同時に、ローマ法王に対抗した絶対君主もそれにとってかわったブルジョワジーも、結果として見えてきた上部構造であるにすぎず、常により下部のみえない何か、未だ名指されていない何かが興ってきて上部構造は交替していくという歴史のイメージが得られる。

　20世紀を見るならば、大英帝国の凋落は、まず1905年の帝政ロシアの崩壊にはじまり、労働運動、女性参政権運動の興隆がひき続きおこって、第二次大戦後のアジア・アフリカ諸国の独立として結実した。哲学や言語学では綺羅星のごとく出現した研究者列伝でこの経過を語るが、ファッションの変化をみる方がこの転回のおおまかな性質がよくわかる。ファッションというのは万葉集の歌語でいうならば六章でとりあげた「光儀」ということになる。その転回は、ビクトリア朝のブルジョア層の婦人服からココ・シャネル、そしてイッセイ・ミヤケの服への変化によって変化の本質は一目瞭然となる。この間の大きな変化は身体表現の復権と、誰にでも手が届くという幻想の推進にある。しかし一方で光儀の転回は芭蕉のかかげた不易流行の流行であり、それは不易と不可分に結びついているというのは江戸の先端知識人の了解事項であった。日本史でも古代の髪形や服装から中国風の服装が導入され、やがて平安時代の十二単へと転回していったわけだけど、一貫して同じ日本人、日本文化だったといえる。

表37；光儀の転回			
人物	19世紀末のブルジョア	ココ・シャネル	イッセイ・ミヤケ
特徴	腰の括れ以外は身体を隠す	身体の線を隠さない	身体の動きを妨げない
製造・販売	伺候採寸制作	オートクチュール	プレタポルテ

そして、「百礒の転回」も同時進行してきた。つまり「類従概念の転回」で、俗語で「方法序説」を発表したデカルトが予言したラテン語による多くの註釈書が機能しなくなる事態が現実のものとなりつつあった。だが、学知の頂点にはドイツでもイギリスでもラテン語によって結束している王立科学協会がそびえたっていた。したがってラテン語ぬきのヨーロッパ諸語の統合の課題には解決の道筋が見えていなかった。その危機意識の萌芽は、北斎と同時代人でドイツの宰相を経験してきたカール・ヴィルヘルム・フォン・フンボルトの『双数について』(村岡晋一訳および解説)という著作によって、理解することができる。

フンボルトの言語観の根底には「聞き手優先」の立場があるという。言語は上司の命令が大事なのではなくて、命令を受け取った人間が、それをどのように解釈運用するかまで見届けなければならない。つまりどのように聞き取られたかが大切だった。万葉集でも、5-2で論じた家持の葦屋の菟名負處女の墓歌(万4211、4212)の「言い継ぎ・聞き継ぎ」によって弁別され、「言いっぱなし」ではなく「人々が確かに聞いたこと」の大切さをいっている。

また、宰相を務めたフンボルトにとっては、「話し手」だけを見るのではなく、誰が誰に向かって言ったのかが重要だった。言語学ではこれを間接文脈というが、これは三章でみたように、日本では「イロハ47文字」の中に「ト書きがなくて死」として埋め込まれてきた原理であった。

さらに、フンボルトは、当時確立しつつあったインド・ヨーロッパ諸語という概念を乗り越えていくには、アジアなどの全く違う言語との間に見つかるに何らかの共通性(未知の類縁性)をも加えた分析が必要だとして、その切り口として「双数概念」を取り上げている。ギリシャ語で文法化されている「単複概念」以外の「双数」を仮構してさらに双数の階層を3とおいて、「君と吾」の人称代名詞問題、身体の対称性や外界の「天地」からくる「対位概念」、それらを合わせた同一言語内をつらぬく一貫性を「二元性」とおいている。

フンボルトの双数概念		現代日本語への読み換え
人称代名詞問題	君と吾(その他)	直示語と自分中心の記述
対位概念	自然界の対称性	対称性と現象の記述
二元性	言語内一貫性	人間関係によって複雑化

それを現代日本語に読み換えるならば、直示語に支えられた自己中心の記述、現象の記述、それらを複合した文脈としての人間関係の理解を必要とする記述ということになる。

　そしてこれによって、四章の「六書の一〜三」とラッセルの「固有名詞の三つの階梯」を媒介にして言語学や修辞論の用語とも共役していく。北斎の図像も「具物の一面図・相対図・俯瞰図」の関係として見えてくる。ただし、日本語では一般固有名詞の前後に接辞を加えた「名指し固有名」は直示語の範疇に入り、一般固有名詞はどんなに長くても文または構文として扱うことができる。(4-2節；表14「ラッセルの固有名詞の三つの階梯」参照)

　ここで強調しておきたいのは、宰相といえども皇帝につかえる中間管理職は、皇帝の命令を実行に移すためには、部下に対して皇帝の命令をかみ砕いて部下たちが具体的作業を滞りなく遂行できるよう考慮してしかしなければならないということだ。その時には「語句全体の言い替え」を行うことで、これが共時態言語の中核をなす。その時にも六書の三で示された「左右関係」に基づく固有名詞の確定法が時代を超えて固有名詞の関係を理解する手掛かりになる。そして六書の二の「日月」を対体の運動の形象と読み換えることで現象の対位概念まで共役させることができることは「4-2・説文解字；六書」で詳しく検討した。同様にして六書の一、二、三も関連付けることができる。

表38；訓詁・訓読のための書文の要素語彙の読み換え			
ラッセルの定義	言語学	六書	フンボルトの双数概念
物の名	固有名詞	三；左右南北	人称代名詞(直示語)
事実の名	文	二；従前向後	現象の対位概念
関係の名	構文	一；天地起伏	二元性と一貫性

　もちろん皇帝からの命令の内容だって、それが宰相にとって簡単なのか困難なのかへの配慮・忖度をへての下命であることは当然で、そうなれば皇帝への奏上文も暗喩・隠喩を多用した文飾を用いることになる。

　また、フンボルトは日本語については處代名詞「こ・そ・あ」と語尾「の・れ」の組み合わせから人称代名詞が構成されることは確かだが、敬意表現が

様相を複雑にしていると考えた後に、3人の宣教師、ロドリゲス、コリャド、オヤングレンの名を挙げ、矛盾した記述もあるので更なる研究が必要としている。敬意表現というのは固有名詞ではその類従関係によって厳しく統制されているはずだが、7章6節でみたように、「冠による位階」と「遊猟における挿頭」は独立なわけで、両者を整理するとすれば俯瞰図を用いていくしかない。

　だが、万葉集にはそのような直示語と敬意表現の齟齬を取り上げた対歌が存在する。それが、2章でふれた天武天皇と藤原夫人の相聞歌（万103、104）で、「岡のおかみ・天皇・夫人」の敬意関係をふまえると「そこ」には「底・直示語そこ」の両義性が伴うことを指摘している。

【万103】吾が<u>里</u>に　大雪降れり　大原の　古りにし<u>郷</u>に　降らまくは後

天武天皇

【万104】吾が<u>岡</u>の　御神（おかみ）に言ひて　降らしめし　雪の砕けし　<u>そこ</u>に散りけむ

藤原夫人

　これは歌語から天武天皇と藤原夫人のジャレアイ歌を想起させるもので、さらに、天武天皇の皇子には藤原鎌足の係累もいたことを伝える。これも直示語「そこ」を含むから、天皇の在所を直示語「そこ」を使うことでを固有名詞「底」の義から切り離してもいいという言語規範の提示になっている。

　なぜならば前者には「ここ・底」の垂直軸の観念がくっついているから発話者が上位であることが前提になる。では臣下が自分や自分の近傍を指したい時にはどうすればいいのであろうか。そこで工夫されたのが「これ」で、これは漢文の「其れ・夫れ」への対応語である「それ」を、相手の説明の内容をさす一語として確定することで、「これ」には話し手の近傍にある具物を指すことに取り決められたのである。もちろん臣下であっても、家に帰れば郎党に対して上位であるから「ここ」を使う。この時にはその相手の近傍は「底」となる。もちろん夫人は「岡の大神・天皇の御座所・里」の対比によって自分の郷と御座所を直接対比し

岡の大神
底・そこ
藤原夫人

ないように工夫している。

　そして実は、万104は鎌足の娘の氷上娘（但馬皇女の母）の作歌と考えられている。妹には同じく天武天皇の妃になった五百重娘がいて皇子に新田部皇子がいる。そして儒学者・道学者が聞いたら卒倒するような忌まわしい事柄であるが、なんと天武天皇の死後、この五百重娘は異母従兄の不比等と再婚していて、不比等との間に藤原麻呂をもうけている。

　次に強調しておきたいのは、「言語論的転回」は、近代、あるいは19世紀以降の一回限りの運動と見ることはできないことである。それは、言語は実際の社会関係をより固定化する傾向があって、社会関係が大きく変動する時には、その時どきに劇的改変を必要とされてきたからである。

　歴史的に見れば、デカルトは俗語あるいは地口で「方法序説」を残し、ラテン語でなければ学問ができないわけではないこと主張し、自身の発見は、ラテン語で伝えられたアリストテレスの文献を、イスラム経由のギリシャ語文献に依拠して、新たな解釈に至ったことが中核にあるといっている。デカルトの時代とはローマ法王庁の権威が転回する時期にあたっている。学校では、この最初の大事件としてルターによるギリシャ語訳新約聖書の俗語であるドイツ語への翻訳があったことを習う。

　日本をみれば、本居宣長の「古今集遠眼鏡」は俗語の重要性を主張しているが、実は万葉集の35番の「これやこれ」は俗語中の俗語であったし、それを新古今和歌集でも隠しつつ大切にしてきている。そして宣長の時代は鎖国による国家防衛という国是の転回の時期にあたっている。

　そして「古今集遠眼鏡」では俗語について、雅言では二つにも三つにも分かれたることを合わせて一つにいうとしている。これを四字熟語でいえば「片言隻句」ということで、仮名序の「業平は、その心あまりて、言葉たらず」の言い替えになる。だから有名な折句「かきつばた」は、字余りが2つもある下手歌の見本でありながら秀句とされるのは、古今410が羇旅歌に置かれている以上、残してきた都の妻に是非とも聞かせたいという恋心を自明とする「しのぶ歌」であるといっている。ところが「伊勢物語」では古今集の題詞に加えて「皆人、乾飯のうえに涙おとしてほとびにけり」と共時態言語

としても秀逸だったと念を押している。

　とすれば四章で取り上げた百人一首の紫式部の歌番末尾1桁7の連も共時態言語の一としてとらえられることになる。ただし、「言葉足らず」であることを前提に、状況を説明する言葉を補わなければ現代の読者には伝わらない。そのことをふまえて抄57を読むと「夜半の月」は早々に帰っていった友人のことで、この歌を後朝に手紙で受け取った当人は「もっといろいろお話ししたかったのに」という哀悼を読み取る。だから、手紙を受け取った友人の様子を詞書として、書き添えれば、現代の我々にも、これがいかに秀句であるか伝わってくる。突き詰めれば、たった31文字の和歌はその背景にある文脈によっては陳述文にもやり取り文にもなることが分かる。

【抄57】めぐりあひて　見しやそれとも　分かぬ間に
　　　　雲かくれにし　夜半の月影　　　　　　　　　　　　　　　紫式部

　くりかえすが、現代の我々にとって大切なのは、和歌の中核にある「しのぶ歌」を理解するためには詞書が不可欠だということである。詞書には、作歌の時、所、事情などが書かれている。業平の歌は「言葉足らず」と評され、その歌の多くには詞書が添えられているが、それでも不十分と考えた人たちが「伊勢物語」という本格的な註釈書を作り出してきたのである。一方、阿閇皇女作歌の万35の日本語における重要性への認識は、大勢の共通理解にはいたらなかった。古典文書の中核に女性の活躍があったことを認めたくなかった権威をまとった人たちが一定程度存在したからであろう。

　だが、百人一首の歌番と歌語と読み手の網の目を注意深く見れば、蟬丸は女性歌人であることが分かる人にはわかる。なぜならば、「蟬の脱皮」は太安万侶の古事記序文においては大海人皇子の南山における皇位継承への決意を第一に指事していたのだが、「蟬丸」と、名字も敬称もなしに記載しているのは伊勢、右近、相模と合わせて4人の身分の高くない女人としてまとめるためと考えることができる。だから、蟬丸の歌番10を重ねた北斎の十枚目は奈良京の女性主を指していたのは北斎さんの慧眼だったわけである。また敵方の猿丸には、「大夫」という官位がついているのとは対照的な扱いであり、

「大夫」の肩書をもつ読み手は他に左京大夫道雅、左京大夫顕輔、皇太后宮大夫俊成の三人がいる。

表39；百人一首における蟬丸の連と猿丸大夫の連とを合わせて見えるもの			
敬称なしの4人	蟬丸 (抄10)	伊勢 (抄19)	右近 (抄38)	相模 (抄65)
敬称大夫の4人	猿丸大夫	左近大夫道雅	左近大夫顕輔	皇太后宮大夫俊成

　とすれば、これは戦乱続きの中世の世阿弥作と伝えられる盲目の皇子蟬丸をツレとする能「蟬丸」への抗議にもなっていて、儒教とその堕落した人たちの「犬畜生にも劣る女性」という女性蔑視史観の転回として解釈すべきである。

　さらに用字「蟬」が古事記の大切な表章として機能していたことが分かると元正天皇の万4293の「山人；仙」が音「せん」を介してつながってくる。そうすると舎人親王の返歌である万4294の「山妣等」は第一義では元正天皇の母親である元明天皇をさしていたことが自明になる。(5-2・元正天皇御製歌4293は万35への奉和御製歌を参照)

　さらに西欧でも日本語の雅語同様に、無前提的に地口や俗語よりもラテン語の特権性が維持さてきた。20世紀になってこの俗語の問題を正面から見据えたのは、ラッセルの「これの不在は認めない」というテーゼだった。これを継承したアメリカの分析哲学は、ラテン語由来のbig wordsと格闘して学術用語の俗語化に大いに貢献している。

　本書の「7-4・石見における柿本朝臣人麿歌10首（その1）」では万葉集の解釈は「恋の成就」を喜ぶ結果重視の通念に対し、もともとの動機である「恋い乞うこと」こそが人間の本然であるという転回を主張している。これは現象学の中の「物語論の転回」と軌を一にしている。

　もう一つ、力学問題もある。これは静力学系と動力学系の術語語彙の読み換え問題であり、これについては、4-6節で、北斎の「西瓜図」をもとに「俯瞰図・相対図」の問題としてとりあげた。

　本書の中心テーマである、壬申の乱の指撝者である天武天皇とその一家の事績を正当に評価しようとするのは「政治史学的転回」であり、古事記、風

土記。日本書紀を一体と考えてその指撝の第一人者は阿閇皇女こと元明天皇であって、内大臣として陣頭指揮にあたった文官の藤原不比等ではないという主張は、文官を無前提的に上位におく「儒教的秩序論」に対して「女性と文官以外を上位におく転回」である。

　この転回の重要性はそれが「道理概念」の転回を伴っていることにある。6章冒頭で「道理」を「どうりで」と読み訓じたが、6章6節で議論したよう、万800では「道理ことわり」と考えられている。それが近世に入って人間関係を阻害する概念となってしまったのに対抗して、人間関係を切り結ぶものとしての「どうりで、」が機能して定着していたのである。これは和歌などで教育を受けた支配層の用いる一般語彙と庶民の日常の語彙が乖離していたことも示している。この乖離は、立場と状況に依存するからどこまでいっても埋まらない。だから、転注語「どうりで・ことわり」は、二字熟語の「了解・拒絶」を従えたまま、現代日本語では「本当の理由・立派な説明」へと両義のまま引き継がれている。

　また、万葉集の歌番を一つ一つ拾っていく読解法は、現代心理学でいう「質的研究」に属していて、広大な情報通信システムによって中国の古典籍を含む大量のデータを取得して新しい着眼点を見つける昨今の「量的研究」に対抗する、「方法論的転回」である。

　従って、本書では「言語論的転回」について、本書を通して実践してきた術語語彙（terms）の読み換えを中核にもつ訓読・読解による「語彙秩序の転回」を中心にもった作業であると考えている。

　さらに20世紀になってフンボルトの思想は「聞き手と話し手の間の相互の対話的言語観」として再評価されるようになったが、これは「陳述文」に対する「やり取り文」の優越あるいは本源性の指摘と読み換えることができる。

　だが、江戸末期には、31文字で、文脈までも理解できる新しい和歌創出の動きが登場している。幕末の歌学者である橘曙覧の『独楽吟』では、「たのしみは」で始まる50首あまりの歌によって日常生活の一瞬の驚きをとりあげて、和歌の中心にあってきた「相聞」や「しのぶ恋歌」などの価値を、庶民が共有できるありふれた感動を価値とする新しい和歌観を創出した。この中の一首は天皇皇后両陛下の訪米時におけるクリントン大統領の歓迎スピー

コラム2 ●和歌伝承における言語論的転回について｜221

チで引用されたほど、アメリカの知識層での評価は高い。

・たのしみは　朝おきいでて　昨日まで　無かりし花の　咲ける見る時
橘曙覧

　つまり芭蕉の「不易流行」は、幕末になって当時の庶民にとっての文脈である「日常茶飯事」を場とする創意によって継承されて、何気ない日々の一瞬の感動を和歌の大きな鉱脈として浮上させた。正岡子規が橘曙覧を高く評価したのは、これが「短歌・俳句」の原点といえるからであろう。それは対人関係における相聞ではなく、個人と外界との相聞、という人文自然科学の世界へと和歌を開いていくものであった。これによって、たかだか31文字、あるいは17文字だけで、文脈を提示されることなく、日常生活を共有する話し手と聞き手とが感動を分かち合うことを目指す世界がひらかれてきた。

表40；和歌に関する類聚概念の転回			
芭蕉(橘曙覧)	不易	流行	
文脈	話し手優先	聞き手優先	(一瞬の覚醒)
和歌の道	雅語重視	俗語重視	(短歌・俳句)
現代生活	教養	やりとり	(たのしみ)

八章
万葉集を「正統論」としてよむ

　本書ではすでに述べてきたように「正嫡 legitimacy」、つまり現在の保守的な歴史学が関心をよせる「皇統」、とくに天智系か天武系かということを重要視してこなかった。かわりに関心を集中してきたのが「正統 orthodoxy」の問題であった。それは大化の改新よりもずっと以前から王権の関心が中国大陸との交流における確固たる地位の確立にあったからで大化の改新は具体的に律令制の確立という大きな目標を掲げた政治行為だったと考えるからである。それは実効性も大切ではあったとしても、大唐から、統治者として正当に評価されえる体制ということが前提にあったからである。したがって、実効性の問題としては徴税の基盤である度量権衡と、国土の版図と、各地の生産力の把握が重要であったが、外交交渉を行う王権にとっては大唐からの評価に耐ええる歴史的正統性も大切であった。

　とくに外国との交易のおいては約束期限の厳守ということがあるわけで、共通の暦を使わなければ約束は不確かなものとなる。それゆえに中国皇帝は自国の発布した暦を使うことを朝貢の条件にしてきた。とはいっても、太古には年歴は確定していなかったから、王権が冬至なり春分の日なりを基準にして朔望をもとに年初を発布してきた。だが、持統天皇の代に採用されたとされる元嘉暦時代には、灯火の行き渡らない民生には月齢暦を第一とせざるを得なかったとしても、太陽年周を365日とした年歴を計算していく技術基盤が出来上がっていた。それで、年周に裏打ちされた暦年正史をもっているということが、中国との外交の歴史においては重要だった。日本では推古天皇の時代にはそのような太陽暦の導入を果たしていたが、それ以前の歴史についても中国の暦を確実に運用してきた実績が中国から見たときの当該国

223

家の永年の忠誠度と考えられていた。できれば漢の「史記」に匹敵する内容がぜひとも欲しいところだった。そのために元明天皇は即位と同時に古事記と風土記の編纂を命じ、それを土台に日本書紀編纂を開始したのである。

そのような事績を指事するのが万78で、明日香から飛ぶ鳥の藤原京を経ての奈良京までの道のりについて、感慨が述べられている。それはそのまま神武東征以来の幾多の政変と試練を乗り越えて、文治を確立してきた倭王権のすぐれた統治能力の由縁を指事する。数78というのが13の倍数であるのは元嘉暦の年周365日に1足りない太陽数364（＝4・7・13）がユリウス数365の幾何的土台であって、表に七曜を出しながら12ケ月に「閏月」を加えた実質13ケ月体制だったからである。それで本章では13の倍数連の歌を参照しながら、万葉人の歴史観や国土観を探っていく。

8-1 ● 元明天皇御製歌・万78（13・6）と13の倍数連

【万78】飛ぶ鳥の　明日香の里を　置きていなば
　　　　　君が当たりは　見えずかもあらむ　　　　　　　　　元明天皇

この歌は新古今和歌集巻十・羇旅の部に元明天皇御製として採録されていて、題詞「和銅三年庚戌春二月従藤原宮遷于寧楽宮時御輿停長屋原廻望古郷作歌」からは夫君の陵のある藤原宮から遠く寧楽宮まで遷都してしまった感慨を述べたものだが、問題は用字「飛鳥・明日香」の差異を無視してもいいのかで、事実、新古今集では「飛鳥」に揃えてある。

【新古今896】飛ぶ鳥の　飛鳥の里を　おきていなば
　　　　　　君が邊は　見えずかもあらむ　　　　　　　　巻十羇旅冒頭

これは第一に飛ぶ鳥の形象と明日香の形象の違いに注意しなかったからである。前者は日本画でよく見かける形象の飛んでいる鶴の図から思い浮ぶ十字形で東西南北を指事し、後者は今日から明日への太陽の動く東西軸の直線の形象を指事する。ただし、文屋氏の教訓「雪；白雪・雪面」を覚えている

224　第二部 ● 原字でよむ万葉集

ならば「飛鳥；十・M」の両形象
を引き出すことができるので、う
かつなことは口にすると恥をか
くが、実際に万167では「飛鳥之
浄之宮」の用字も見えるから、天
武朝の挿頭としては「飛鳥」と考
える事ができる。

飛ぶ鳥	明日香
北 ✈ 西　東 南	明日　　今日 （西）←（東）
後面図；∧∧	□

　つぎに歌番を見ると新古今集羇
旅歌冒頭は896＝14*64で万78は78＝13*6となって
いて四章で考えた太陽太陰数364（＝4*7*13）の7と
13を別々に引き受けていて、六曜と七曜が浮かんで
くる。さらに364の末尾も見えている。

	因数
万78	13*6
新古今896	14*64

　その上で、万葉集巻一の13の連を思い起こすと冒頭が中大兄皇子の三山歌
だったことに思いいたる。

【万13】高山は　雲根火を愛しと　耳梨と　相あらそいき　神代より　かく
　　　　にあるらし　古昔も　然にあれこそ　うつせみも　嬬を　あらそう
　　　　らしき

　歌意は神代より変わらず人々は妻争いを繰り返してきたというのだから、
飛鳥よりも、明日香よりも、もっと以前から13ケ月の暦法はこの列島に伝来
していたことになる。さらに四
章では、364、360は平方数の和
としての因数構成をもっている
ので、基壇イメージを有してい
ることも明らかにした。(4-4節)

数364の因数	13*4*7	―
太陽数364基壇	144+100+64+36+16+4	6段
太陰数360基壇	144+100+64+36+16	5段

　次に、巻一における13の連の歌の特徴を総覧してみよう。
　次の26は天武天皇御製歌。

八章 ● 万葉集を「正統論」としてよむ　225

【万26】三芳野の　耳我山に　時じくぞ　雪は落るといふ　間なくぞ　雨は
　　　　落るという　その雪の　時じくがごとく　その雨の　間なきがごと
　　　　く　隈も堕ちず　思いつつぞ来し　その山道を

　語義；「時じく・間なく・時なく」は「間断なく」の繰り返しで、「落るとい
う」によって伝聞であることをいっている。いうことは2-4節で検討したよ
う「耳我山」は全国の義に延伸できるから万13が時間軸を歌うものだとすれ
ば万26は倭の国という空間軸を歌っていることになる。
　万39（13・3）は、万36から続く幸于吉野宮之時柿本朝臣人麻呂作歌4首の
最後の反歌であるから、これも天皇の前での正唱導であることによって「正
式の言明」となる。

【万39】山川も　よりて奉える　神長柄　多藝津河内に　船出せすかも

　歌意は吉野が「神長柄」から素晴らしかったという壽歌である。つまり
神話・有史時代以来ということになる。さらに、次の歌語「河内」によって
仁徳天皇や雄略天皇陵のある難波を指事して、直前の万38の中の「青垣山」
によってつぎの万52の「青香具山」と結ばれる。

　万52（13・4）は、題詞より藤原宮の歌であり、形象は「飛ぶ鳥」であるが、
「青」つながりで万38の「青垣山」へと返す。

【万52】……日本の　青香具山……　　　　　　　　　　　　藤原宮役民の歌

【万38】……畳はる　青垣山……　　　　　　　　　　　　　　　よみ人知らず

　さらに、万52には次節で詳述するが、「日の経・日の緯」と「天の御影・日
の御蔭」がでてくる。後者が東西軸中心の「明日香」を指事し、前者が藤原
京で本格的に導入された「日の経・日の緯」を指事し、東西南北の十字形の
飛鳥へとかかる。

226　第二部 ● 原字でよむ万葉集

万65（13・5）は歌語「あられ打つ」をふくむが、万64とつなげれば「霜ふる・あられ降る」の義が前面にでて、初冬の景色が打つ音という聴覚実在によって胸に迫ってくる。

【万65】霰打つ　あられ松原　住吉の　弟日娘と　見れど飽かぬかも

【万64】葦邊行く　鴨の羽がいに　霜零りて　寒き暮夕は　倭し念おゆ

事実、題詞の説明によれば9月25日から10月12日までの羇旅（東国行幸）だったというから、月齢は朔の前後を含む初冬。歌語「霰」は、粉雪でもボタ雪でもなく形象のはっきりした「丸雪」であることが、柿本朝臣人麻呂之歌集からの歌訓によって知れる。つまり、「丸」という形象をもつのだから、「降ること」は「しんしんとふる」のではなく「ぱらぱらとふる」ので、聴覚実在と容易に結びつく。そして歌意は「降る・亦生う」の対語によって「繰り返しへの寿言」であることがわかる。

【万1293】丸雪降り　遠江の　吾跡川楊
　　　　　苅りぬとも　亦生うと云う　（余跡川柳）

そして万78（13・6）に「いなば」を読み込むことで、大国主命へとかえしている。

表41；巻1における歌番13の連の歌語					
万13	万26	万39	万52	万65	万78
神代より	時じくの	たぎつ河内	日の経・日の御蔭	あられ打つ	いなば
古事記	風土記	難波	明日香・藤原宮	初冬の朔夜	大国主命

8-2 ●石見における柿本朝臣人麿歌10首（その2）

万131～140が奈良京遷都をはたした天武天皇一家の物語の最後を飾るに

八章 ● 万葉集を「正統論」としてよむ　227

ふさわしいのは、その二つの歌語「石見」と「高角山」によっている。ただし、歌番133は7*19なので19の連として7章でも分析しておいた。ここでは太陽数364=4*7*13の対方の数7に着目した。数7は七夕の数章であり万葉集には多く歌われている。

柿本朝臣人麻呂従石見國別妻上来時歌二首　并短歌
【万131】省略
【万132】石見のや　高角山（たかつの）の　木の際（ま）より　我が振る袖を　妹（いも）見つらむか
【万133】小竹（ささ）の葉は　み山も清（さや）に　乱（さや）げとも　吾は妹思（わ）う　別れ来ぬれば

　まず「石見」の方からは、倭朝廷の「地理図；伊那佐之小濱から奈良京まで」の全体像がみえてくる（図解1）。現在の地図を見ると石見高原の南端に益田市がありその緯度は奈良京とほぼ同じ。これで昔からの国庁の因幡ではなく、当時の辺境の地、つまり鄙（ひな）の地の出雲に大国主が降りた理由がわかり、ここにきてさらにもっともっと辺境にある南西の石見という地名がなぜ取り上げられたのかも明解になる。

　そして伊勢→奈良→伊那佐の直線上にくるのは現在の岡山県津山市で伊奈美國原に該当する。これで伊那佐→伊奈美國原→奈良→名張→伊勢がほぼ一直線にならぶ。これは元明朝が従来の羈旅旅程をもとにした地形図ではなく、緯度経度を軸にした地理図を統治のツールとして採用したからなのである。

　つまり明日香が伊勢と東西にならんでめでたい配置だったのを奈良京は少し北上させたわけだから伊勢と伊那佐のラインを明確にして公布する必要があった。この時の鉤語が「名張＝隠」で、万43、60で明示されている。この時、伊勢から見ての伊那佐は夏至に近い初夏の日没の方向だし、伊那佐（いなさ）からみた伊勢は冬至に近い初冬の日の出の方向になる。『世界遺産　縄文遺跡』（小林行雄編著）ではそれぞれを東西軸に対して30度以内とおいているから、数喩1.73によって角度90-60-30の直角三角形によって「二至」であることへ外挿して強調していると考えることができる。

図解1；元明朝の地理図（地軸による確定と告知の為の分かりやすい地名）							
				E 135.5			E 136.4
釜山		伊那佐	因幡				
				近江湖			
	石見	伊奈美国原					
洛陽				奈良			
					名張		
				明日香			伊勢
				多武峰			

　上の図が新しく掲げられた王権の版図だとするならば、天武天皇以前の明日香京の時代には、具体的な「日の御蔭」と自然の地形図をもとに国土観をイメージしてきたのであろう。ひるがえって考えるならばが、万13、14、15はその一時代前の国土観を指事していた。それは地軸を基にするのではなく各地の高い山を軸にしたものだったと考えられるようになる。だが地軸、「経線緯度」とは抽象的な概念だからそれを周知するのは困難だったとすれば現実には二重の形象を用いていくしかなかった。それは太陽年周数を基礎とする太陽暦が技術的には確立したのちにも月齢暦が日本では19世紀まで人々の生活の中心にあったのと同様の二重規準である。

　当時の人々の国土観がどのようなものであったかを考えると、現在の伯耆大山と同じような高さの山は、九州の祖母山（阿蘇山の南）と大台ケ原山で西の三山を構成し、次に東征するために富士山を加えて四山としたと考えることができる。日本書紀には垂仁天皇の第4皇女である倭姫命が現在の伊勢神宮内宮の地を定めるために巡行した地として「近江國、東廻美濃、到伊勢國」が出てくる。この「美濃」は伊吹山のあるところであり、富士山と同緯度にある地である。

　そして、万葉集から古代における国見の行幸の重要性を学んだ我々は、ここでなぜ神武天皇が吉野山を経由して倭京にはいったかも理解できるようになる。九州では見ることのできなかった富士山を直接謁見するため、ある

いは「目欲り」するためだ。それほど視覚実在であるか否かは統治にあたって重要だった。ましてや「八隅知之大君」にとっては。だから阿閇皇女は、万35でそのことを歌っている。これによって阿閇皇女は「八隅知之大君」となる条件を獲得したのである。そのことをわかりにくくするために後世の訓詁は「背の山」と用字した。だが、吉野山塊の頂上にのぼって晴れていれば富士山を見ないということはありえない。原文の「勢能山」のままでは阿閇皇女が富士山を目欲りしたことを指事することになるので、夫君と関連付けるように訓詁では「背の山」と用字をずらした人たちがいたと考える。そのことにより元明天皇として即位した阿閇皇女を持統天皇に仕えるだけの嫁、無能でなんの事績も残さなかった、首皇子即位までの中継ぎの天皇という貶めを定着させてきた。

図解 2；大倭西域の地形図（四山による確定）						
E131	E132	E133	E135		E136	E138
	出雲	伯耆大山				冨士山
			(奈良)			
			明日香			
			多武峰		伊勢	
宗像大島両子山				大台原		
	石鎚山		那智			
阿蘇祖母山						

　さて、次に重要なのが「高角山」で、これを延伸して「高山・角山」を導くことで万13、14、15の三山歌をより精緻に理解することができるようになる。ただし現在の類書のように「高山」を「香久山・香具山」と訓じている人たちには無用の詮索とうつるだろう。

　まず、古事記を参照して「高山かうやま香山」を導き、次に「角山カクヤマ嗅ぐやま香具山」とすることができる。その上で「鼻・耳」とくれば「口」を加えて顔の形象に擬えて、ふさわしい量語（大・高・長・多）を組み合わせ

230　第二部●原字でよむ万葉集

れば、目に一丁字ももたない民草たちにも印象深い準えとなる。それでも、万13に落ち着くまでいろいろの考え方があったことが万52（13*4）から窺える。13の連を大事と考える所以である。

<table>
<tr><td colspan="8" align="center">図解3；顔への擬えを通した「三山」の読み換え</td></tr>
<tr><td>万132</td><td>古事記</td><td>万52</td><td>顔への擬え</td><td>量詞</td><td>万13の用字</td><td>外挿</td></tr>
<tr><td rowspan="4">高山
角山
石見</td><td>須賀宮</td><td>耳高之青菅山</td><td>両耳山</td><td>炊</td><td>耳梨山</td><td>比叡山</td></tr>
<tr><td>香山
（嗅ぐ山）</td><td>青香具山
春山</td><td>鼻筋山</td><td>高</td><td>高山
（東の角）</td><td>富士山</td></tr>
<tr><td>畝尾木本</td><td>畝火・瑞山・弥豆山</td><td rowspan="2">口吻山</td><td>長</td><td>（畝傍山）</td><td>神武陵</td></tr>
<tr><td></td><td>吉野山・日の御影</td><td>多</td><td>雲根火山</td><td>阿蘇山</td></tr>
</table>

　上のような理解を受け入れるためには三章で論じたように「天の香具山」を桜井市にあるちっぽけなボタ山に名寄せしているようでは無理で、北斎が考えたように衣を干すのは八枚目の絵にあった人里に近い場所とするのがまっとう解。

　こういう発想は畿内の人間には無理だし、下記の狂歌で江戸は牛込中町出身の太田南畝のいわんとするところを理解できないのも、無理からぬことである。だが、東京遷都から150年にもなろうとしているのだから畿内の人たちの方が時間的にも空間的にも視野狭窄であることに気づいてほしい。

【狂歌百人一首】いかほどの　洗濯なれば　かぐ山で　衣ほすてふ　持統天皇

太田南畝

　私自身は、神奈川県の逗子市と葉山町の間にある推定建造時期4世紀という前方後円墳の「長柄桜山古墳」を訪ねた時に、「江ノ島」の真上に富士山の山頂の雪峰の浮いているのを見たときに、確信した（口絵xvi頁）。ここ東国で生まれ育った人々が采女なり舎人になって、畿内なり越前なりにいって、高嶺を遠望したら、必ず近所の江ノ島の上に浮かぶ「久方の天の江の島」を想起し感動するだろうことを。それを、各地のもっとも高い山、高山にかけて「天の高山」あるいは「天の高角山」と呼べば、広い大倭の人々が共有でき

八章●万葉集を「正統論」としてよむ　231

る国体（国土・国史・国語）の象徴となりえる。つまり「天の香具山」は遠方に峰が浮かんで見える山容一般をさす。

　これにより全国から集まっている都人（みやこびと）は奈良盆地の山々だけでなく、故郷に残してきたそれぞれの「天の高山」にそのイメージを重ねるようになる。それこそが万2における諸国諸人統合の象徴としての「天の香具山」の原義のはずである。

　なお、三山歌の参考歌として三方沙弥（さんぼうさみ）という人の4首がある。これは万13、14、15の「3、4、5」という数字の重要性を強調するためにおかれたもので、結婚してまもない二人が三方沙弥の病死へとむかっていく時の相聞歌だから若い女性に好まれるように配慮された優れた教材。

【万123】たけばぬれ　たかねば長き　妹が髪このころ見ぬに　掻き入れつらむか
[三方沙弥]

【万124】人皆は　今は長しと　たけと言へど　君が見し髪　乱れたりとも
[娘子]

【万125】橘の　蔭踏む道の　八衢（やちまた）に　物をぞ思ふ　妹に逢はずして
[三方沙弥]

【万508】衣手の　別く今夜ゆ　妹も我れも　いたく恋ひむな　逢ふよしをなみ
[三方沙弥]

　4首目が離れておかれているのは、前の3首が三山歌との揃比であることを強調するためで、その上で重要な歌語をとると「たかねば長き」「乱れたり」「八衢」「衣手の別かる」がある。ここでようやく「八衢」が5＊5の升目であることに得心がいき、4章で導いた「表19；五行歳暦の配置（仮説）」の蓋然性にも確信が持てるようになる。というのはこの表では一見無駄なようでも土用を4回いれて外周を16とおくことで12月を配置した式図が太陽年周と月齢12月の差を調整するのに合理的だからである。

　そして万508の衣手に正三角形をあてて、その半分の「あしひきの直角三角形」をみちびくことができる。「たかねば長き」というのは学校で習う微分

232　第二部●原字でよむ万葉集

五行図			正三角形
万123	万124	万125	万508
たかねば長き	乱れたり	八衢；5*5	衣手の 別く
微積分の事 外周3+4+5=12の 直角三角形		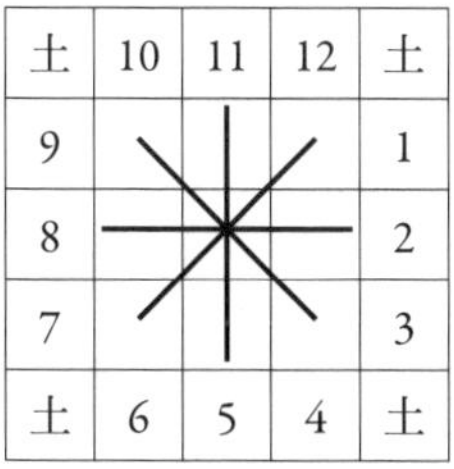 （下図）	正三角形の半分

万125の図：

土	10	11	12	土
9				1
8				2
7				3
土	6	5	4	土

のことで、髷のような立体も長い髪をたきあげて合成できるといっている。

　このように分析してみて、はじめて天武持統両天皇の目指した倭国の、理知的で冷たいほどにも整然としていながら、光輝くような威儀に満ちた倭王朝のありようが目にうかぶ。

　そして次の志貴皇子の歌によって、東西を軸とした「明日香」から東西南北を重視する「飛ぶ鳥」の「藤原宮」へと移ったことが確認される。

【万51】従明日香宮遷居藤原宮乃後志貴皇子御作歌
　　　采女の　　袖吹かえす　明日香風　京都を遠み　無用にふく

　さらに万52（13*4）、の歌本文によって「日の経・日の緯」が「天之御蔭・日之御影」とは異なることが説明される。短歌53では、そこを継ぐ處女たちのことをうらやましいと壽祝している。

【万52】藤原宮御井歌
　　　八隅知之　和期大王　高照　日之皇子　麁妙乃　藤井我原尓　大御
　　　門　始賜而　埴安乃　堤上尓　在立之　見之賜者　日本乃　青香具
　　　山者　日経乃　大御門尓　春山跡　之美佐備立有　畝火乃　此美豆
　　　山者　日緯能　大御門尓　弥豆山跡　山佐備伊座
　　　耳為之　青菅山者　背友乃　大御門尓　宜名倍　神佐備立有　名細

吉野乃山者

影友乃　大御門従　雲居尓曽　遠久有家留　高知也　天之御蔭　天
知也　日之御影乃　水許曽婆　常尓有米　御井之清水

【万53】藤原の　大宮仕え　生れつぐや　處女の友は　乏きろかも

　天智天皇の後を受け継いで、飛鳥清御原から藤井我原へと遷都した王朝は、
地形図ではなく地理図をもとに国土を考えるべきと考えた。そのためにはも
っと緻密な国土観を導入する必要があった。それをよく表現しているのが万
52で、ここで出てくる「青香具山」と万2の「天の香来山」を弁別した記述を
見かけないが、すこし丁寧にみていきたい。

[万52訓読] やすみしし　わご大君　高照らす　日の御子　荒栲の　藤井が原
に　大御門　始め給いて　埴安の　堤の上に　あり立たし　見し給
えば　大和の　青香具山は　日の経の　大御門に　春山と　茂みさ
び立てり　畝傍の　この美豆山（瑞山）は　日の緯の　大御門に　弥
豆山（瑞山）と　山さびいます　耳高（耳成）の　青菅山は　背面の
大御門に　宣しなべ　神さび立てり　名くはし　吉野の山は　影面
の　大御門ゆ　雲居にぞ　遠くありける　高知るや　天の御蔭　天
知るや　日の御蔭の　水こそば　とこしえにあらめ　御井の清水

　この歌の鉤は「日の経・日の緯」で、これは日本地図を学校でならう地溝
帯の概念で見ていくと見えてくる。そうすると「日の経」は青香具山から名
張をとおって、青山峠で鈴鹿山脈にぶつかり、ここから北上すると伊吹山を
経て白山に至る道が見えてくる。そして青菅山の真北に比叡山があることは
古今集の時代には知識人にとっては常識だったはずだから天武朝でも、エリ
ート中のエリートならば構想できていたと考える。
　「日の緯」は神武天皇陵のある畝火の瑞山を通って和泉山脈にぶつかって
そこから四国山地をとおって高千穂のある阿蘇山に至る道で、和泉山脈の南
側には「吉野山」からくる「紀野川」が大阪湾のすぐ外に注いでいる。そして

対岸には伊予富士からきた「吉野川」の河口がみえている。

　一方、耳梨ではなく耳高と用字された青菅山は、藤原京の北にあるから北面を正とすれば天の御蔭、つまり背面、すなわち日当たり面を見せていることになる。だから「山背国」というのは用字「高」によって高い山のイメージが強調されて滋賀の方にまで延伸されている。さらに5章の5-3でも取り上げた万3327の「金厩・角厩」の対句から「角＝東＝春」と転注していけば、万13の「高山」を東方に外挿して「富士山」へとかけることができる。これにより中大兄皇子の三山歌の「高山」を、北に転写して東の青山に新しい高山、すなわち神武天皇が吉野の山塊から国見をした時に目欲りした秀麗で気高い列島随一の山を迎え入れた。

		比叡山		
		耳高		
九州の山	西火	金⇔角	東青	富士山
		南土		
		吉野山塊		

　当然、南にある吉野山は日の御影を映していることになる。そして万27にあるように天武天皇によって名前を誉められた名ぐはしき吉野の山は日の御影なす広大な山岳であることがはっきりする。

　最後に、とはいってもそれらの価値の源泉は、とこしえに豊かな井戸からだと結ぶ。吉野山が、いかに水のゆたかさの源泉であるかについては、万38、39で人麻呂が吉野からの川をたぎつ河内と揃比にしてとうとうと歌い上げている。藤原京や奈良京がどんなに秀麗美麗であってもそれは末でしかないと釘を刺している。

　これで藤井我原京を中心とする盆地を国のまほろば、「畳有　青垣山」とする国土像が明瞭になる。春山については当時の人が第一に想起したのは三輪山と考えられる。というよりもそのために、額田王の歌17とその返歌が置かれている。あまりに急激な国土観の変更を強要するのは得策ではない。そして、用字「三輪」は正三角形錐体、具体的には底面78、総

		高知るや　天の御蔭		
		耳高		伊吹山
		青菅山		
畝火	この美豆山	藤井が原	青香具山	春山
	（弥豆山）	吉野山		
		天知るや　日の御蔭		

数364の形象にかけられていると考える。

さらに、類書で、用字「日の経・日の緯」と「日の縦(たて)・日の横」の弁別が行われていないものを見かけるが、前者は年代歴を基準とする現在の学校地理での用法と同じだが、後者はそれ以前の東西を主軸とする歳暦での用字と見ないと歴史書文の訓詁で混乱する。

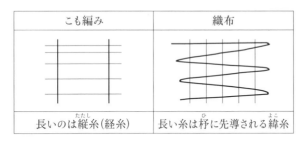

このことを頭に入りやすくするためには、織物の歴史を振り返っておくことが効果的となる。在来からあった筵(むしろ)やすだれを編むための「こも編織」では長いのは「縦糸」だが、「布織機」では長いのは「緯糸(よこ)」で、これが杼(ひ)に先導されて往復運動を繰り返す。

用字が異なってきた歴史段階を探ると以下が見つかる。

【日本書紀・稚足彦天皇五年】因以東西爲日縱、南北爲日橫、山陽日影面、山陰日背面

このことから、垂仁天皇の次の12代の景行天皇（稚足彦天皇）の頃までは「日の縦(たて)・日の横」と用字されていたというのが倭朝廷の認識だったと考えることができる。

このような転換が生じた最大の原因は太古においては南面して観測する日時計が用いられて、「日の縦(たて)・日の横」と用字されたことによると思われる。この段階では南北には山の斜面の「影面・背面」の形象がくっついている。その美称として万52では「天之御蔭・日之御影」が使用されていた。

ところが、十二支の導入を決めた段階においては、一方で国土の方位も南北重視の姿勢を打ち出して、「日周(たて)の経・年周の日縦(たて)」という弁別を行ったのであろう。この時には日時計だけではなく、季節によって変動する南中点の高度と日の出、日の入地点の緯度の変動も重視するようになった。

表42；日の経・日の縦		
万52	日の経・日の緯	太陽の南中、日の出、日の入地点の変動緯度	経度・緯度
景行天皇五年	日の縦・日の横	太陽の南中	東西・山の背影

　と、ここまで考えてきて、ようやく万55の「亦打山」からは両義を引き出すべきだったことに気がつく。北斎さんが俯瞰図的発想で「赤い山」と置いたのも正しいのだが、明日香・飛鳥からみれば吉野山は「日の御蔭」なのだから「黒い山」でもあってよかったのである。そう思って万52を再度読むと、「青香具山；日の経」と「畝火；日の緯」を対句にして、別に「耳成・青菅山：背面」と「吉野山；影面」とこれま

た対句にしている。とすれば耳成の南面に白を、吉野の北面には黒を当てるべきことが分かってくる。「白；皇」となれば「黒；臣下」ということになる。ここから平安時代の絵画では上位者も黒装束で表章される理由が分かってくる。

青垣山の色章				
	黒；山の影		北	
	白；山の背		↑	
			青香具山	
西	畝火山	⇔	⇔	東
	黒；山の影		↓	
	赤；朱雀		南	

8-3 ● 百人一首における「けふ・けさ」の両対歌と太陽数364

　日本史の本を読んでいると平安京について数章76（9.5条 *8坊）を当てている論文にであうが、万76を知っていると奈良京にも、この数章を当てはめてもいいように感じる。そこで気になってくるのが、710年の遷都時には、都は未完成で太極殿なども整備されていなかったという説明を見かけることである。この論からいうと完成された奈良京は万80の歌語「寧楽の家」をとって数章80を当てようとしていると考えることができる。

　この点について百人一首抄にヒントが見つからないかと注意してみると、抄79、80に「けさ」があり、抄54、61に「けふ」がみつかる。両語とも検索してもそれぞれの2首にしか出てこないので、この連を有意とみても差し支えないようである。

　とすれば「今朝けさ袈裟」であるから、万80は仏教に深く帰依して自身出

八章 ● 万葉集を「正統論」としてよむ　237

家したともいわれている聖武天皇の都、現行の通称である奈良京を指していることになる。

【抄79】秋風に　たなびく雲の　たえ間より　漏れ出づる月の　影のさやけさ
左京大夫顕輔

【抄80】ながからむ　心も知らず　黒髪の　乱れてけさは　ものをこそ思へ
待賢門院堀河

　しかし、抄54、61の「今日けふ京」をどのように数章76に関連づければいいのかが全く分からなかった。ところが東京の日本橋にある奈良県の東京事務所で不定期に開催される和歌に関する講座で抄61を取り上げてくれて、中の「九重」は延伸して「九重門」の形象をあてはめる解釈の存在することが紹介された。

【抄61】いにしへの　奈良の都の　八重桜　けふ九重に　匂ひぬるかな
伊勢大輔

　これで、61を延伸して361とし、19＊19の升目の外側から第九門とすれば中心の3＊3が第一門になることが見えた。
　そうであれば、19の倍数である万76（19＊4）へと関連付けて、元明天皇の即位の礼は未完成の奈良京で行われたという説明を採用したことになる。太陽数364のもつ基壇イメージはこの段階では知られていなかった、あるいは無視されたと考えることができる。そして19＊19≒360とおけば六曜の起源をも奈良京にもとめることができる。実際万78は13だけでなく6をも因数にもつ。
　そして、平安時代の大和朝廷では「六曜」というものが権威をもってきて、現在でも公設の焼き場では、「友引」を避けるという名目で六日ごとに休業しているほど六曜は日本文化の深層に根を張っている。だから364ではなく360を基準にして一年365日を考えたかったことになる。

表43；九重門をもつ19*19の宮廷庭園

それでは数54の数義は何であろう。

【抄54】わすれじの　ゆく末までは　かたければ　今日を限りの　命ともがな

儀同三司母

　これは江戸時代より前には仏教の天道27宿が定着していたことを知らないと解釈できない。周回する天道を介することで「永遠・今日」が転注語となり、一瞬に燃え尽きても後悔しないという恋愛賛歌のド迫力の歌であることがわかる。そしてそのよみ手の素性は清少納言のつかえた中宮定子の生母である高階貴子で、先の伊勢大輔が仕えていたのが紫式部と同じ中宮彰子なのだから、この「けさ・けふ」両対歌はなんともきな臭い取り合わせである。
　ところが、実は七曜も平安時代から、いえ高階家のルーツである長屋王と

八章 ● 万葉集を「正統論」としてよむ　239

吉備内親王夫妻にまでつながるとも考えることができる。七曜を歴史の表舞台に出したのは江戸期の渋川春海の貞享暦からだったので、ともすれば六曜を平安時代に関連付ける習慣が広まっているが、両方とも奈良時代から宮廷では用いられてきた。そのことが談山神社の十三重の塔に残されている。ここは多武峰の一部で、実は伊勢神宮（緯度：34度27分）と同緯度にあるのは藤原京ではなくこちら。そしてここは中臣鎌子の長男の帰国僧である定慧和尚を開祖としている。しかも相輪の中の輪の数は通常の9ではなく7しかない。つまり364＝7＊13＊4の章章を体現している。この時代において数13を字面に出しているのは談山神社のみである。

　ここまで考えてきて、ようやく作業仮説であった太陽数364基壇を表章する建造物が法隆寺の五重塔であったことに気がつく。五重塔といいながら初層裳階付きの為に実際には六層にみえる。これは奈良時代になって加えられたものとされている。だからこれは基底12＊12とする太陽数364基壇（6段）と考えることができる。五重塔であれば最上階は16＝4＊4を表章して太陰数360基壇（5段）の形義になるが、六重となればさらに2＊2を加えた太陽数364基壇の形義となる。（参照；4-4節）

表44；太陽数364の因数構成と建造物		
4＊7＊13	364	144＋100＋64＋36＋16＋4
談山神社；十三重塔（相輪7）	太陽数	法隆寺；六層の五重塔

　つまり、太陽数の等式を奈良時代になって蘇我と中臣と、それぞれが由縁をもつ明日香の乾と巽の両建築物に分けて表章させていたことになる。そうすると、通説では天武・持統両天皇の陵墓が八角基壇墳とされているのは8＊8＝64をあて、それを延伸した364を指事するためであったことに気がつく。

南面図		
談山神社（十三重塔）	天武持統天皇の八角基壇陵墓	法隆寺五重塔（六層）
相輪の中の輪の数7	（8＊8＝64）	相輪の中の輪の数9
364＝4＊7＊13	364	364；基壇数6

　奈良時代には、法隆寺と談山神社の中間に藤原京の跡が存在したわけで、

大方の論考が数章8*8=64の条里を想定しているのはこれにより、伊勢神宮と出雲大社を結んだ線分を表章できるからであろう。

　（但し、宮内庁はこの陵も神武、雄略天皇と同じ円丘墳と治定しているし、藤原京自体は江戸時代には水田がひろがって史跡は存在しなかった）

表45；江戸時代における建造物による太陽数364・太陰数360の表章（北面図）			
出雲；東西19社			
	万76；平城京；万80		
法隆寺；6層塔		名張	
	藤原京		
	明日香	談山神社；13重塔	伊勢神宮；20年遷宮

　なお、耳成山の西方の葛城にある、7世紀末創建とされる當麻寺（たいま）の東西の2基の三重塔では相輪の数は8であり、類例がないとされている。数章だけを見るならばこの寺の方が二基の三重塔により六段の太陽数364基壇（144+100+64+36+16+4）を表章し、相輪の数8*8=64によって太陽数364の下2桁を表章していて、分かりやすい。この寺は、もともとは聖徳太子の弟・麻呂古王が創建した弥勒仏をまつるお堂をもとに白鳳時代に河内から現在の地に移り、中将姫伝説で有名になった奈良時代制作といわれる当麻曼荼羅（たいま）を本尊としている。

當麻寺（たいま）
東西の三重塔
相輪数　各8

　そして抄64の歌意は朝ぼらけの宇治川にあらわれる「瀬々の網代木」という数え得るものであるから悠久の時間の流れを水時計によって計測される水量とともに世界標準の暦法によって計数できるようになったことを指事している。

【抄64】朝ぼらけ　宇治の　川霧たえだえに　あらはれわたる　瀬々の網代木

　　　　　　　　　　　　　　　　　　　　　　　　　権中納言定頼

　このような百人一首の歌番と暦法との関係が見えてきたので、あらためて万葉集の歌番についてもチェックしてみた。360、361と364、365は三巻の雑歌に置かれていて、それぞれ、山部宿祢赤人と笠朝臣金村の連番歌に入っている。山部宿祢赤人の6首を連番歌として読み解くのは筆者の能力を超え

八章●万葉集を「正統論」としてよむ　241

ているが360は海辺で玉藻を刈って貯めたものしか家の妹への裹(みやげ)にするものがないといううらぶれた漁村の風景を歌っている。361には「袈裟」の類義語「衣」が読まれていて、たぶん360の男性が立ち去るのに対してそれを見おくった土地の女性の歌と考える。

【万360】塩干なば　玉藻苅り蔵め　家の妹が　濱裹乞わば　何を示めさむ

【万361】秋風の　寒き朝開を　佐農の岡　超ゆらむ公に　衣借さましを

次に364、365をみていく。

【万364】大夫の　弓上振り起こせ　射つる矢を　後に見む人も　語り継ぐがね

【万365】塩津山　打越えゆけば　我が乗れる　馬ぞ爪づく　家戀ふらしも

弓を引くヘラクレス
梓弓月・弓張月・円形と方形

「大夫の　弓上振り起こせ　射つる矢」は上野公園にあるブールデルの彫像「弓を引くヘラクレス」と考えることができ、天道をめぐる日月星辰が周回する時間ではなく飛び出した矢がどこまでも飛んでいくように時間も矢のように一方向に進むものとなったことを言っている。一方、365は家が恋しくて馬がつまずいたという歌意だから、上級将校が年季の義務を終え、家に帰る一年の区切りを指事すると考えることができ、対歌をあわせれば年代歴が星辰の運行から切り離された作為の結果であり、時間も序数ではなく量数になったことをいっている。
　そして万304、万365、以外にもう一つヌマ暦数355も万葉集では重要な歌語をもつ。

【万355】大汝　小彦名の　いましけむ　志都の石室は　幾代へにけむ

つまり万葉集では月齢暦であるヌマ暦数355を大国主の「石室」、九州北部から山口県へと広がるカルスト台地に関連づけ、ロムルス暦数304を「遠の朝廷」に、ユリウス数365を「馬の爪づき」に繋げている。そうすると、月齢暦はどこかに消えた「月読み」であり、残りの二つは太陽年周をベースにした倭朝廷の国事であることをいっていることになる。これはローマ暦の解説に見られるロムルス暦を初発の暦とする時代考証とは異なり、月齢暦であるヌマ暦を神代時代に関連付けていることになる。

8-4 ● 南天の月・北天の槻

　上野公園にあるブールデルの「弓を引くヘラクレス」が大日本帝国でも共感をもって迎えられたのは万61の「大夫が　さつ矢手挿み」や万364の「大夫の　弓上振り起こせ」を髣髴とさせるからであろう。そしてこの歌語の初出を万97、99に出てくる「梓弓引く・弦緒取りはけ引く」にかけることは十分に妥当で、弧と角の合成された「圓方」形象が見えてくる。

　このことがわかってから、『萬葉集に歴史を読む；森浩一』をよむと、702年の持統天皇の参河行幸における連番歌万57 〜 61の5首についてもいろいろに読み取れるようになる。本書ではすでに、万57については独立歌としての解釈を提示した。ここでは、万59、60、61についても僻案を披露しておく。

　まず、数59は、倍暦における晦夜であるから、まったく月影のみえない夕方に「宵の明星」だけが、がきらきらと輝いているのを歌ったもので、何といえない身の凍るようなさびしさが胸にせまってくる。

【万59】流ら経る　つまふく風の　寒き夜に　吾が勢の君は　独りか宿らむ

誉謝女王

　次の万60は、倍暦では新しい月になることをいっているから、昨日までとは違った生活がはじまるイメージが伴う。それで名前さえも新しくなるということで「隠れ；名張」という地名の名張へとかかる転注語を導いている。

八章 ● 万葉集を「正統論」としてよむ　｜　243

【万60】暮にあいて　朝に面なみ　隠にか　けながく妹が　盧せりけむ

長皇子御歌

【万61】大夫が　得物矢手挿み　立ち向い　射る圓方は　見るにさやけし

舎人娘子

　万葉集をはじめて読んだときには、暦のことがよくわからなかったので、万60の歌意が顔をなくして「名張、すなわち名前もかわる」とあったので、還暦で新しくなるのは61からだと感じて奇異に感じた。だが、それは、太陰数360を採用した社会では60の次の61が新しい月になるが、昔の倍暦59日の時代には60日目は次の月と考えられていたからなのである。どのみち月周は29.53日だから、朔日の夜には糸月か三日月が見えてくる。これが「圓方；圓と方」の中心義となる。この図形を西洋では、月影として明確になる上弦月を超えてから下弦月未満の間をgibbous（凸面の）と呼んでいる。見えない部分と見え

圓方	糸月から三日月	
gibbous	上弦月を超えてから下弦月未満	

る分を合わせて月影は完全な朔と完全な満月の時を除いてこの形象で表章してきたのである。

　現在は、倍暦の単位は59日だとしても仮令0を加えることで結果として60日目で新しい月になるという計算方法もあることがだんだんわかってきた。したがって、このように1ずれてしまう数え方のもあるのは当然だと納得できるようになった。というより、古代史を考える時には「干支」の数え方も二通りあることがわからないと混乱する。現在は「還暦60歳」という成句に引きずられて、「癸亥60」の割り当てしか見かけないが、『日本人の天文観』（広瀬秀雄）では「癸亥59」として「甲子0」をあて、序数であることを明示して量数60と弁別している。このようなずれは同じ西暦を使いながらミレニアムの年が2000年なのか2001年なのか日本と西洋で違っていたことにもかかわっている。

万60（隠）	干支（序数）	癸亥59	紀元0〜1999年
万61（梓弓）	干支（量数）	癸亥60	紀元1〜2000年

そしてこのずれが気にならなくなると、「張る梓弓」に「直角に曲がる線」が合

まれるとすれば、北天の胸形の三女神に素直にかけられるようになる。だとすれば、新月でなく「槻弓」という用字も浮かんでくる。

「規」は基準の義をもつから弧よりは直線の形象がふさわしい。これでようやく、古事記では「月讀命」と用字されて「夜之食國」の支配を割り当てられたまま二度と登場しないのは、何故かがみえてきた。なんのことはない、「南天の月・北天の槻」という対比によって「槻読み」へと転写されたと説明されれば分かりやすい。

この対比によって歳暦は南天を観測して得られる月齢を基準とする年周日数360（=30*12）によるもので、もっと長い年月の一貫性（年代暦）は「北天の槻星」の観測によることと考えればいいことになる。現在の暦法との大きな違いは単年度ごとの暦であって、一年の初発については太陽年周365.245日をもとに、少しずつたまっていくずれを調整した上で、王権の公布によっていたことである。そうであれば、対用字「歴・暦」の原義は「四季の年周・北天の槻の日周」ということになり、古事記・万葉集では用字「暦」がなかったことも腑に落ちていく。そして、実は本居宣長も『真暦考』の中で大切なのは一年の四季の来経行だと強調している。

梓弓	
月弓	槻弓
○	□
南天	北天
四季の年周	日周・年代暦

古代の暦に関する類書の説明が民草に分かりづらいのは、この弁別ができていないからで、和暦の代表として出てくる、元嘉暦、儀鳳暦、大衍暦なども日食月食の予見精度とともに語られることが多いが、「日読」の原義について言及しているものは少ない。だが、日読みとは、もともとは日時計を読むことで、旧石器時代には1本柱だったとしても、縄文時代には世界各地で環状列石にまで発展し、やがて南米のアスティカ神殿のようなものまで建造されるようになる。だが、夜の日周ともなれば「北天の槻」を頼るしかない。それで伝統的にメソポタミアで発達してきた年周360を正とする体系へ移行せざるを得なかった。だから東アジアでは、西欧に遅れて十二支導入によって、100刻制から12の倍数の辰刻制への変更が行われた。そしてここからは表向きには人為的な時計の導入が行われ、実態は自然の運行とは切り離されて行った。

八章●万葉集を「正統論」としてよむ　245

そして天智天皇の時代になって導入された水時計は水量の変化から時刻を刻むシステムなので、時間というものが人為の概念となり、宮中では単年度を軸とする歳暦から年度を記述する年代歴へと記法が一変した。

　もう一つ整数論の知見を加えると365=10*10+11*11+12*12であるから、連続した数の平方和としても記述できるので軒端の形象によって基壇形象とは異なることを明確にできる。

軒端形式	奇数基壇形式	偶数基壇形式

　軒端の形象というのは現在最も使われる表形式で上部と左右のどちらかに見出しをいれる。基壇と違って周囲を囲むことで一つおきにしか数字を並べることができないという制約がない。結局和歌の歌番を考える整数は上の式図のどれかを使って考えいくのである。なお、歌語「軒端」は抄100で導入されている。

【抄100】ももしきや　古き軒端の　しのぶにも　なほ余りある　昔なりけり

順徳院

　そうすると、ここまで基壇形象にこだわってきたのだが、軒端形象でよければ数365を因数構成できることになり、さらにその4倍の1460を用いることで基壇形象へ転回できることが視野に入ってくる。

ユリウス数暦	因数構成	形象
1年の周日数 365日	12*12+11*11+10*10	軒端
4年の周日数 365*4+1	24*24+22*22+20*20+1	基壇

以上をまとめると万葉集の歌番と歌語の組み合わせから、万葉集にはユーラシア大陸に共通の暦法の変遷が歌いこまれていることがわかる。

表46；ヌマ数355暦からユリウス数365暦へのざっくりした道筋					
月読	12か月	355日；12回	月齢	朔望の回数	ヌマ暦
日読 (こよみ)	10か月	304日；19＊16	日時計	王権の発布	ロムルス暦
	十二支	360日；塩干・玉藻	潮の干満	一日2往復	歳暦
		361日；秋風・衣	四季	年周	
		364日；大夫・梓弓	明け方	日周	
		辰刻制（24刻制）	北天の槻	星の位	
	十干	100刻制	天道図	王権の統制	
年代歴	10進法	365日；馬の爪つき	紀年法	天文学者の計算	ユリウス暦

　このような変化は暦法にとどまらず、人々の人間観や価値観までが容赦なく改造される事になっていった。それに対して起きた忌避感、そして古き昔への懐旧の情というものが万葉集から伊勢物語までを貫いている。その最高点が伊勢9段の歌となる。

> 「ふじの山を見れば、五月のつごもりに、雪いと白うふれり。
> ・時知らぬ 山は富士の嶺 いつとてか 鹿の子まだらに 雪の降るらむ
> その山は、こゝにたとへば、比叡の山を二十ばかり重ねあげたらむほどして、なりは塩尻のようになむありける。」

　「時しらぬ」は「昔から変わらない」の義で、富士山の威容は変わらないけど、「五月のつごもり」とか「二十あまり(はたち)」とかの数章は基準そのものが昔と違っているから、その名前の由来はすっかりわからなくなっているが、それでも富士の高嶺自体は変わらず今でも美しいといっている。事実、富士山（3776m）と比叡山（848m）の標高の比の平方数は20になる。(3776/848)＊(3776/848)≒19.8　これは土地の面積が大切だったので二乗を基準にしていたのである。
　そして実はこの「二十」という数は標野20にかかるが、2の倍数系列をも重視していた古代では一辺√10と2√10の長方形を想起する方が一般的だっ

八章●万葉集を「正統論」としてよむ　247

表47；2倍数系列基準の世界で暗記すべきだった3ケタの数		
標野20	標野200	標野2
二辺；√10と2√10	二辺；10と20	二辺；1と2
斜辺；√50=7.07	斜辺；√500=22.3	斜辺；√5=2.23
ボーイング707	(伏見)・富士見・不死身	

た。となると斜辺は $\sqrt{(10+40)}＝$ 7.07 を得る。1辺を10と20の長方形（10*20＝200）にとすると斜辺は

$\sqrt{500}=22.3$ を得て、「伏見ふしみ」の濁音化の結果である、「富士見・ふじみ・不死身」の転注語にかけることができるようになる。

	常用対数	自然対数
底	10	2.71828
3の値	1000	20.09

なお、この数20の大切さは西洋数学でも同じで自然対数の底e(=2.7182)を三乗すると20.09が得られる。これは自然対数の底10を三乗すると1000が得られることと揃比される事項であり、立体数の二系統を明確に指示している。事実、『古代インド文明の謎；堀晄』にあるが、紀元前5000年頃にはすでに10進法の分銅系列だけでなく2倍数系列、つまり2、4、8、16の分銅が両方とも用いられていたという事実から二進法がひろく共有されてきているのである。

そしてもう一つ「塩尻しおじり」という用字からは「九の次の十は一へ返る」という仮令かりにれいの義がこもっていて十進法を指事している。だから　九段の八つ橋、五月のつごもり、二十ばかり重ねて、塩尻、武蔵野国と下総の国境、みやこ鳥、には数義や語彙の新旧が掛けられている。さらには渡し守の「これなむみやこ鳥」に対する返歌が「名にし負はば」ではじまるから、万35を知っている人にはわかるようになっている。

【伊勢9段－4】名にし負はゞ　いざことゝはむ　都鳥
　　　　　　わが思ふ人は　ありやなしやと

上のように語彙化してみて初めて、今でも駿河と相模を中心に点在する浅間社せんげんではなく、「すがる蜂の大山だいせん」でもなく、「するが不二」を採用した律令国家の工夫が胸にせまってくる。しかもその後の大和朝廷では、用字「浅間」

を伝承すべく、列島の中間にある分水嶺近くの諏訪湖に対して90度北にある信濃で勢力を保っていた活火山に「浅間山」と命名して（伊勢物語8段）、古事記の葦原中國の平定の場面で科野國の州羽海に引きこもることを誓約した建御名方神をも有名にする工夫を怠っていない。

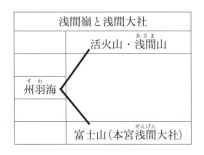

【伊勢8段】しなのなる　あさまのたけに　たつけぶり
　　　　をちこちびとの　見やはとがめぬ

8-5 ● 古墳から五重塔を経て遠の朝庭へ

　前節で検討したように、上野公園にあるブールデルの「弓を引くヘラクレス」の形象の助けを借りで円は南天の月で、方形は北天の槻であることがわかると、前方後円墳の原像の一つが見えてくる。前方が槻で、後円が月ということである。

　最大の前方後円墳は第十六代の仁徳天皇陵であるが、その元型を求めるとしたら、倭王権の人々は第十一代の垂仁天皇陵だと考えたはずである。それが中国の洛陽の西に広がる始皇帝陵に匹敵するべく措定された倭国の始めての天皇となる。もちろん初めての天皇は神武天皇であるが、まだ文字をもっていなかったので正史は残っていない。それで垂仁天皇の前代の崇神天皇に「初国知らしし天皇」の称号をたてている。前方後円墳も九州から関東地方まで古いものを見つけることはできるが、自然の地形を利用していたりしていて、方形と円形を合わせて辺比2の長方形にいれた正規形（normalized form）としては「始めて」という位置づけだと考える。前方後円形の初発の天皇陵は8代の孝元天皇のものである。

　なお、歴代の前方後円墳の対称軸の方向はまちまちであるが、古代中国の郊外祭祀では冬至には都の南郊で天をまつり、夏至には北郊で地を祭るとい

われて、唐代には北の祭壇が方形になっている。だが、太古の祭壇は両方とも円丘であったといわれているから、自然の地形を利用してきたので地理学の概念を意識していなかったと説明できる。そうであれば奈良京に来た唐や新羅の使節はあくまで地形にのっとった配置だったと理解し、そういう古くからの施設を倭王権としてはさりげなく自慢できたはずである。あえて踏み込むならば「陰陽」への関連づけが行われてきたと考える事ができる。

　それで、奈良京の西にある菅原伏見東陵（垂仁天皇陵）の計測値を参照してみる。公表データをみると、縦227m、後円部直径123m、前方部幅118mであるから、外形はほぼ1;2の長方形と考えることができる。高さについては写真では前方部の方が高いように見えるが公表データはほぼ等しい。そのうちの前方部に太陰数360基壇モデルの中央4*4を当てはめると、摸式図を用いて、中央基壇4*4とそれを支える片方の4*4を形象にしたと考えることができる。そして前方部を台形にすることで基壇イメージを付与したと考えることができる。後円部の円形については月・槻の対比から出発したが太陽の真円を指事すると考えることも妥当である。

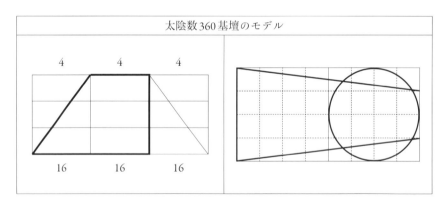

太陰数360基壇のモデル

　最後に、前方後円墳で最大の仁徳天皇陵に対して、対照的に円丘形の第二十一代の雄略天皇陵と天武・持統天皇陵の位置づけが残るが、方形と円形を重ねることで基壇イメージを演出したかったと考えておく。その違いが万葉集における雄略天皇、古今和歌集における仁徳天皇の扱いの違いとなって固

定されて、円丘墳をより新しい雄略天皇に関連づけている。

　ここまでをまとめると、倭国における五重塔の初発である蘇我馬子創建による飛鳥寺の伽藍は、五重塔を中心とし、その北に中金堂、塔の東西に東金堂・西金堂が建つ、1塔3金堂式伽藍であったのだからその五重塔は太陰数360基壇を模したものだったと考えることができる。

　そして創建時の奈良京も三山形式を踏襲していたことが、垂仁天皇陵を「始めの陵」と認識したときには見えてくる。五重塔に対応するのが太極殿でその北方には磐姫ほかの母皇后の陵が並んでいる。もちろん東には元興寺があった。

表48；飛鳥寺・藤原京・創建時の奈良京をむすぶ三山の形象					
蘇我馬子創建による飛鳥寺の伽藍			創建時の奈良京		
	中金堂			母皇后の陵群	
西金堂	五重塔	東金堂	始めの陵	太極殿	元興寺
		▲			

　その途中に中臣鎌足と蘇我王家の記念碑としての十三重塔と六層の五重塔が太陽数364基壇の表章として残されてきたことになる。ロムルス数304の因数構成についてはよくわからないが、ここでは「周礼」をもとに直接に304＝4*76の数義が当てられたと考えておく。

　なお、聖武天皇の時に建立された東大寺や国分寺の七重塔はその後の王権にとって重要とは考えられなかったので建造物としては残っていない。平安時代以降の暦法は六曜中心に移っていったので当然と言えば当然で、建造物に数が出てくるのは、後鳥羽天皇陵の十三重塔、後水尾天皇陵の九重塔である。そして幕末の円丘の孝明天皇陵をへて、明治天皇以降は舒明天皇と同形の上円下方の陵墓に引き継がれている。

　ここで、六章で抽出した、古からの正統な王朝とその王朝が元締めている度量権衡の重要性を指事していた「蟻通」を含む3首をもう一度見ておく。19を因数に持つロムルス数の万304は遠さ（＝長さ）の数章で、万1006の素数503は連続素数の立方和で表せる数なので重力場である虚空を指事すると考えられ、新しく導入された仏教から形象が導かれたのであろう。そして、

八章 ● 万葉集を「正統論」としてよむ　251

万3014は素数97と辺比2の長方形の数章である4*8からなる。辺比2はそのまま数20の標野の相似形であるから量数、すなわち竈神を指事する。

【万304】大王の　遠の朝庭と　蟻通う　嶋門を見れば　神代し念おゆ

;ロムルス数

【万1006】神代より　芳野の宮に　蟻通い　高知らせる　山河をよみ

;1006=2*(2*2*2+3*3*3+5*5*5+7*7*7)

【万3104】相わむとは　千遍念えども　蟻通う　人眼を多み　戀つつぞ居る

;3104=8*4*97

表49;倭国の正統性;古事記・万葉集からよみ取れる数章の変遷と歴史的建造物				
周礼	垂仁天皇陵	蘇我馬子	中臣鎌足・聖徳太子	天平時代
4*76	古墳;円10・方10	五重塔	十三重塔・六層塔	七重塔
ロムルス数304	年周日数(360/364)	太陰数360基壇	太陽数364基壇	ユリウス数365
万304;遠い(長)	万3104;多	万1006;高い		

　そして、ここまで考えてきてようやく「万36・万38」の中の歌語「宮柱・青垣山」の差異が見えてくる。宮柱というのは、当然最低4本は立てるわけで、諏訪の御柱祭でもそうなっているのは、精緻な太陰太陽観測を必要とする東西南北の座標を指事し、当時最先端だった元嘉暦のユリウス数365へとかかる。

　これに対して万38の「青垣山」は自然を利用した天象観察を指事していて、より古い暦法へとかかる。だから19の倍数になっている。そして万36には大宮人が登場し、万38では季節の花や紅葉が山神への御調として取り上げられている。語末も対句「見れどあかぬ・神代かも」になっていて、年代歴の永劫性と神代の月齢数に基礎をおく暦を対比している。

　そして万38中の歌語「上つ瀬・下つ瀬」は、古事記の三貴神誕生の条の最後に出てきたマガツ二柱とナホヒ三柱神の誕生した「中つ瀬」へと返すべきことが分かってくる。『古事記はいかに読まれてきたか;斎藤英喜』によれば、

ここに注目したのが渋川春海で、元嘉暦以前の古暦における「冬至・春分・夏至」への語彙の読み換えを行っているという。つまり、春海も元嘉暦以前の古暦が存在したことを認めているのである。そして古事記のこの条の結論は黄泉の国での汚れを払った時の神が11柱で、最後に三貴神が誕生して14柱となったとあり、「七曜」の重要性を確認していることになる。さらに斎藤英喜氏は本居宣長については最新の太陽暦（1582年に西欧で採用された400年間に（100回ではなく）97回の閏年を置いてその年を366日とするグレゴリオ暦）の優れていることを指摘しているという。

そしてこれから暦法の変遷を日本史への読み換えを行うならば、ヌマ数355は大汝の神代、ロムルス数304は遠の朝廷であり有史時代に当てはめることができる。ユリウス数は古墳時代に360/365の幅をもって運用されてきたと考える。

その計算の基礎には紀元前後には知られていた年周日数、1年≒365.245日が一貫して存在する。その中で「重要な数章は外周76=19*4、面積400=20*20であること」を告知したいために徳川王権によって建造されたのが出

表50；ローマ暦と対応する万葉集の歌番と歌語					
暦の変遷		歌語	因数	基壇数 （最上部）	日本史
ヌマ数　355 (29.53*12=354.36)	月齢歳暦	大汝・少彦名	71*5	—	神話時代
ロムルス数　304 (30日*10月+4)	十か月体制	遠の朝廷	4*4*19	—	有史時代
太陰数360 (倍暦59*6+6)	十二か月体制	潮干・玉藻	90*4	5段(16)	古墳時代
太陽太陰数361 (360+1)		秋風・衣	19*19	6段(1)	
太陽数364 (360+4)		大夫・梓弓	91*4 4*7*13	6段(4)	
ユリウス数　365 (計算値365.24)	元嘉暦体制	馬ぞ爪づく	73*5	7段(1)	護国仏教
4年の年周日数 (4年で一周365*4+1)	太陽年暦	—	365*4+1	4段(1)	明治維新

八章●万葉集を「正統論」としてよむ　253

雲にある「東西の十九社」であり、これにより、北闕の天象の360= 19*19-1 を導くと同時に、十干；20=10+10 も隠しつつ顕わした。具体的にいうと東西社は南北にすこしずれて配置されているので式図におとすと南北20で、東西は5ないし20の式図を仮構できるのである。

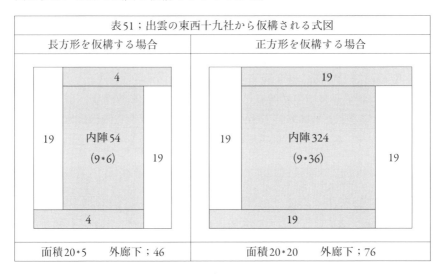

表51；出雲の東西十九社から仮構される式図

長方形を仮構する場合：内陣54 (9*6)、19、4、面積20*5、外廊下；46

正方形を仮構する場合：内陣324 (9*36)、19、19、面積20*20、外廊下；76

次にここまで来ると、万355の「志都」が数喩であったことに気が付く。すなわち「4つ」である。これにより、現在の天文学のいう1年≒365.245日をもとに4年単位で1日ずつのずれが起きると考えて1日をくわえるユリウス暦の考え方は古代からのものであったことが意識にのぼる。

さらに「石室」も数喩で、「いしむろ」を経て「1460」を引き出すことができる。結果、1460=365*4という、4年単位の日数が得られ、倍暦年周日数59*6+1=355というのは基底に4年周期での日数1460+1で管理をしていたシステムであったのではないかと考える事ができるようになる。少し前であればこのような考え方は突飛にしか映らなかっただろうが、最近の新石器時代の研究をみればかなり高度な観測システムを発達させていたことは間違いないのだから春分なり冬至なりの日が4年でほぼ1日ずれていくことを理解できていたと考えることができる。この数字をもとに年周日数365を確定しつつ、元旦朔日を中核にもつ暦法が太陰太陽暦で、元嘉暦もユリウス暦も原

理は同じである。ここで、民衆への説明には「1日」を用いたとしても、神官たちはこれが「1にわずかに足りない」ということはわかっていたはずである。したがって古代史における暦法の細かい数字の違いは、暦法の専門家集団内でどう計算処理するかという、技術というよりは技法の問題であったと考える。

【万355】大汝　小彦名の　いましけむ　志都の石室は　幾代へにけむ

　以上をもとに考えるならば、4章でまとめた古事記の大年神一族について、以下の数章を仮構することが許されるであろう。まず、大國御魂神には大汝・小彦名をあてて、万355から交易のためのヌマ暦、すなわちどこ消えた月読みを。
　奥津日子神は4年暦の周日数1460を。
　韓神は朝鮮半島由来の元嘉暦365を。
　そして10ケ月だけを暦で管理し、その約2ケ月後の朔をもって新年とする農事暦304日のロムルス暦を御年神にあてることができる。これが太陽暦の原初と考えられる。
　竈神は収穫物を管理する度量衡重のための十進法、すなわち十干となるが万葉集を読んでいれば基数に20をあてるべきことがわかる。この20は大年神一族20名にかけられている。

表52；神大市比賣の長子・大年神の3妃の御子たち

長子	大國御魂神	大香山戸臣神	奥津日子神
	ヌマ暦355	四季の巡り	4年暦の周日数1460
次子	韓神	御年神	奥津比賣命（竈神）
	元嘉暦365	ロムルス暦304	十干20

八章 ● 万葉集を「正統論」としてよむ　255

エピローグ
――――万葉集は王権の土台である国語、国土、国史に関する歌物語

　本書は、日本の勅撰文書は8世紀初頭の「古事記・風土記」を「本(もと)」とするという事実から万葉集の理解を進めてきました。その結果、「万葉集巻一」は「古事記」に倣(なら)った舒明王朝史であり、残りの19巻が風土記のまとめであることがわかりました。そして最後の巻二十の冒頭に元正天皇と舎人親王との対歌がおかれていることを見れば日本書紀の撰進をもって蘇我王権に支えられた舒明王朝はその役割を果たし終えたことを寿いでいるのが万葉集の編纂意図の第一にきます。そして最後を因幡国庁での雅歌で締めくくることで地祇を祭る出雲の重要性と暦法の変遷の大事を示しています。

　冒頭歌の雄略天皇以来の歴代天皇はその東夷の独立国として不可欠である律令体制の確立という大課題を中継ぎして生涯を終えました。そのことを王朝として公認するために古今和歌集は勅撰集として編纂されたのです。その訓詁に当たっては万葉集4516首を1111首にまで圧縮するという作業をささえた筋道をまずきちんと把握するのが日本の「識字人」の使命だと考えます。それが不可能ではないのは万葉集から新古今和歌集までの歌の抄録である「百人一首」が徳川王権によって擁護され、さらに江戸の狂歌絵師・北斎の画解き27枚が21世紀の今日まで残されているからです。

　もしも日本文化と日本語が1000年以上の古い歴史を持っているとするならば、その中核には、この一貫性があります。その一貫性の内実を抽出し、21世紀の日本と世界の人々にわかるように取り出さなければ、「長い伝統に裏打ちされた日本文化」という自信は根拠のないものとなります。本書で行ってきた曲がりくねった論議議論はこのことを追求するためでした。

　古事記は、今日からみれば天の安河での東面する天照大御神と西面する速須佐之男命の誓約の場面から具体的になります。万葉集ではそれを東西南北の軸に沿った国土の物語として註釈していきます。それは蘇我王権の革新

257

は、実用的な東西を軸とする<u>地形図</u>から、南北の軸を加えた<u>地理図</u>をもとに合意を形成するということにあったからです。その訓読方法は中国の六書や千字文のような高度に圧縮された<u>抄録</u>とその解読法にあります。

　万葉集では唐から新しくもたれされた七夕を指示する数字の7が目立ちますが、それをもとに数6を表に出し、さらに三乗数の大事を主張したのが古今和歌集でした。と同時に万葉集の最後の歌の「初春」を冒頭歌の「年内立春」にかけることで暦法の変遷も大和朝廷の重大な関心事であることを明確にしています。

　鎌倉時代になって成立した新古今和歌集では、その編纂意図がわからなくなっていたので、仮名序に新しく「星の位は政をたすけし」の句を挿入することで、北天の天象こそが政治を統制する要であることを明記しました。そして巻十の羈旅歌冒頭に古事記・風土記の撰録を勅許した元明天皇御製の歌語「いなば」をふくむ万78を置くことで文字でかかれた日本語の初発に古事記のあること明確にしています。

　一方、万葉集は本格的に大唐にならった律令制を確立するにあたって人々にも識字教育を行う必要をふまえて、民政の土台である<u>「道義、度量衡、暦法」</u>の基礎用語・用字を普及していくための歴代王権の工夫の痕跡を丁寧に拾っています。それこそが王権の実効性の証だからです。

　なかでも重要なのは歌語「蟻通」を含む3首で、これは度量権衡を「遠・多・高」のセットにしています。その歌番304、1006、3104を整数論と一般公開されている歴史資料をもとに解析すると暦法と量重の概念の変遷を指事していることがわかります。とくにロムルス暦の年周日数304と一致する万304の歌語「遠の朝廷」は重要で、巻6におかれた聖武天皇と元正太政天皇の唱和雑歌万973、974に出てきて、新羅からの侵攻に備えるために任命した節度使（732年は設置された軍団を強化するため令外官）の長に対して当時の朝廷が強調した倭国の正統性のイメージであることがよく伝わります。

　また、構文からは万1の「吾こそ居、吾こそ座、我こそは」を「吾は将遊、我は、天皇朕」と3句で踏襲しています。歌意は、聖武天皇は部下に無事帰ってきたら、この「豊御酒」を一緒に飲もうとやさしい言葉をかけるものです。

　これに対し、太政天皇は「厳しい責任観をもって行くように」と叱咤激励

しています。用字「大夫之伴」からは元明天皇の万76の「大夫之鞆」へと返したくなるのが自然だと思います。そうすると用字「伴・鞆」が音「とも」を介してつながってきます。当時ならば実際には「繰り返し読み」によってリズミカルに詠われたのではないでしょうか。

（聖武）天皇賜酒節度使卿等御歌一首　并短歌

【万973】食國の　遠の御朝庭に　汝等の　かく退りなば　平けく　吾れは遊ばむ　手抱て　我は御在む　天皇朕　うずの御手もち　掻き撫でぞ　祢宜賜う　打ち撫でぞ　祢宜賜う　還り来む日　相い飲まむ酒ぞ　此の豊御酒は

【万974】大夫の　去という道ぞ　凡可に　念て行な　大夫の伴（元正太上天皇）

【万76】大夫の　鞆の音すなり　物部の　大臣　楯立らしも　　　（元明天皇）

（了）

● 索引

番号	表題	章節	頁
表1	漢字の訓よみによる転注	1-6	23
表2	六歌仙と和歌技法	1-6	31
表3	連関・関連の階梯	1-6	31
表4	読解の階梯	1-6	32
表5	北斎27枚を合わせ絵に作る	3-1	47
表6	二等辺三角形の見本	3-6	61
表7	5つの正多面体	3-6	66
図表	これやこの列島の暮らしを寿ぐ合わせ絵図；万27と万35を鉤にした謎の配置	3-9	84
表8	誦文イロハに含まれる文型	コラム1	92
表9	万葉集の4つの歌類名の読み換え	4-1-3	97
表10	現代日本語と英語の概念体系用語の語彙化	4-1-3	101
表11	六書を延伸して造字法のコツを考える	4-2	104
表12	胸形三女神と北闕とたらちねW	4-2	108
表13	元号と紀元	4-2	108
表14	ラッセルの固有名詞の三つの階梯	4-2	111
表15	指事・指撝の六書での延伸運用事例	4-2	114
表16	万葉集96〜100番の歌語を数章・数義に読み換える	4-3-1	116
表17	幾何図形を使った面積2倍化法	4-3-1	118
表18	ユリウス数365と太陽数364・太陰数360の関係	4-4	123
表19	五行歳歴の配置(仮説)	4-5	124
表20	大山津見神の娘の神大市比賣の長子・大年神の一族総勢20	4-5	126
表21	大社造と神明造の推定模式図(北面図)	4-5	127
表22	直示語と指示詞の差異	5-1	136
表23	巻1における倍数7の歌番連の特徴	5-3	144
表24	数術における仮令法；最大数に1を加える	5-3	151

表25	天武天皇ご夫妻と嫁の数章と形象	5-3	152
表26	万葉集 全4516首の構成；縮約の入れ子構造	5-4	154
表27	万葉集・巻一の縮約としての4首	5-4	155
表28	「蟻通」3首をふくむ歌群	6-1	164
表29	良好と好悪の弁別	6-2	167
表30	真間の手兒名と菟名負處女に関連する歌番一覧	6-3	172
表31	用字「日並」の漢字語彙	6-4	181
表32	万葉集・古今和歌集・新古今和歌集の歌数の一貫性	6-6	185
表33	俗語「これやこの」の顕し方・隠し方	6-6	186
表34	巻1における「八隅・安見」	7-1	191
表35	19の連の歌語	7-1	192
表36	歌語「ももしき」の結びと歌番からの形象・数義の弁別	7-5	206
表37	光儀の転回	コラム2	214
表38	訓詁・訓読のための書文の要素語彙の読み換え	コラム2	216
表39	百人一首における蟬丸の連と猿丸大夫の連とを合わせて見えるもの	コラム2	220
表40	和歌に関する類聚概念の転回	コラム2	222
表41	巻1における歌番13の連の歌語	8-1	227
図解1	元明朝の地理図（地軸による確定と告知の為の分かりやすい地名）	8-2	229
図解2	大倭西域の地形図（四山による確定）	8-2	230
図解3	顔への擬えを通した「三山」の読み換え	8-2	231
表42	日の経・日の縦	8-2	237
表43	九重門をもつ19・19の宮廷庭園	8-3	239
表44	太陽数364の因数構成と建造物	8-3	240
表45	江戸時代における建造物による太陽数364・太陰数360の表章（北面図）	8-3	241
表46	ヌマ数355暦からユリウス数365暦へのざっくりした道筋	8-4	247
表47	2倍数系列基準の世界で暗記すべきだった3ケタの数	8-4	248
表48	飛鳥寺・藤原京・創建時の奈良京をむすぶ三山の形象	8-5	251
表49	倭国の正統性；古事記・万葉集からよみ取れる数章の変遷と歴史的建造物	8-5	252
表50	ローマ暦と対応する万葉集の歌番と歌語	8-5	253
表51	出雲の東西十九社から仮構される式図	8-5	254
表52	神大市比賣の長子・大年神の3妃の御子たち	8-5	255

● 参考文献

＊『葛飾北斎百人一首姥がゑとき』(町田市立国際版画美術館、二玄社)

＊『田辺聖子の小倉百人一首』(角川文庫)

＊『万葉集全訳』(中西進、講談社文庫)『古今和歌集』(佐伯梅友、岩波文庫)
『伊勢物語』(大津有一校注、岩波文庫)『大庭みな子全集』(19巻、伊勢物語)
『新訂 新古今和歌集』(佐々木信綱、岩波文庫)
『土左日記』(鈴木知太郎校注、岩波文庫)
『いろはうた』(小松英雄)『漢字学』(阿辻哲次)
『日本語練習帳』(大野晋)『日本史の誕生』(岡田英弘)
『五十音図の話』(馬淵和夫)

＊『古事記』(倉野憲司校訂、岩波文庫)『古事記伝 (一)』(倉野憲司校訂、岩波文庫)

＊『真暦考』(本居宣長、筑摩書房)『古今集遠眼鏡 (例言)』(本居宣長、筑摩書房)

＊『日本文藝史』(小西甚一)

＊他の注釈書・参考書の主なものは本文中に注記した。

＊WEBでよく訪問したのは万葉集、古事記、日本書紀、続日本紀などの全文検索の
ポータルサイトはもちろんのこと、「千人万首」など多くのウェッブページに大変
お世話になった。したがって本書は情報化時代の幕開けなしには書きすすめるこ
とができなかったと考えている。

● 付表；古典典籍

1●小倉百人一首・全100首（太字は北斎27枚の中の歌）

1、秋の田の　かりほの庵の　苦をあらみ　わが衣手は　露にぬれつつ	天智天皇
2、春すぎて　夏来にけらし　白妙の　衣干すてふ　天の香具山	持統天皇
3、あしびきの　山鳥の尾の　しだり尾の　ながながし夜を　ひとりかも寝む	柿本人麻呂
4、田子の浦に　うち出でて見れば　白妙の　富士の高嶺に　雪は降りつつ	山部赤人
5、奥山に　紅葉ふみわけ　鳴く鹿の　声きく時ぞ　秋はかなしき	猿丸大夫
6、かささぎの　わたせる橋に　おく霜の　しろきを見れば　夜ぞふけにける	中納言家持
7、天の原　ふりさけ見れば　春日なる　三笠の山に　出でし月かも	安倍仲麿
8、わが庵は　都のたつみ　しかぞ住む　世をうち山と　人はいふなり	喜撰法師
9、花の色は　うつりにけりな　いたづらに　わが身世にふる　ながめせしまに	小野小町
10、これやこの　行くも帰るも　わかれては　しるもしらぬも　逢坂の関	蝉丸
11、わたの原　八十島かけて　漕ぎ出でぬと　人には告げよ　海人のつり船	参議篁
12、天つ風　雲のかよひ路　吹きとぢよ　をとめの姿　しばしとどめむ	僧正遍昭
13、筑波嶺の　みねより落つる　みなの川　恋ぞつもりて　淵となりぬる	陽成院
14、みちのくの　しのぶもぢずり　たれ故に　乱れそめにし　われならなくに	河原左大臣
15、君がため　春の野に出でて　若菜つむ　わが衣手に　雪は降りつつ	光孝天皇
16、たち別れ　いなばの山の　峰に生ふる　まつとし聞かば　いま帰り来む	中納言行平
17、ちはやぶる　神代も聞かず　竜田川　からくれなゐに　水くくるとは	在原業平朝臣
18、住の江の　岸に寄る波　よるさへや　夢の通ひ路　人目よくらむ	藤原敏行朝臣
19、難波潟　短き芦の　ふしの間も　逢はでこの世を　すぐしてよとや	伊勢
20、わびぬれば　今はたおなじ　難波なる　みをつくしても　逢はむとぞ思ふ	元良親王
21、いま来むと　言ひしばかりに　長月の　有明の月を　待ちいでつるかな	素性法師
22、吹くからに　秋の草木の　しをるれば　むべ山風を　嵐といふらむ	文屋康秀
23、月見れば　ちぢにものこそ　悲しけれ　わが身一つの　秋にはあらねど	大江千里
24、このたびは　幣も取りあへず　手向山　紅葉の錦　神のまにまに	菅家
25、名にし負はば　逢う坂山の　さねかづら　人に知られで　来るよしもがな	三条右大臣

263

26、**小倉山　峰のもみぢ葉　こころあらば　今ひとたびの　みゆき待たなむ**		貞信公
27、みかの原　わきて流るる　いづみ川　いつ見きとてか　恋しかるらむ		中納言兼輔
28、**山里は　冬ぞさびしさ　まさりける　人目も草も　かれぬと思へば**		源宗于朝臣
29、心あてに　折らばや折らむ　はつ霜の　置きまどはせる　白菊の花		凡河内躬恒
30、有明の　つれなく見えし　別れより　暁ばかり　憂きものはなし		壬生忠岑
31、朝ぼらけ　有明の月と　みるまでに　吉野の里に　降れる白雪		坂上是則
32、**山川に　風のかけたる　しがらみは　流れもあへぬ　紅葉なりけり**		春道列樹
33、久方の　光のどけき　春の日に　しづこころなく　花の散るらむ		紀友則
34、たれをかも　知る人にせむ　高砂の　松も昔の　友ならなくに		藤原興風
35、人はいさ　心も知らず　ふるさとは　花ぞ昔の　香に匂ひける		紀貫之
36、**夏の夜は　まだ宵ながら　明けぬるを　雲のいづこに　月宿るらむ**		清原深養父
37、**しらつゆに　風の吹きしく　秋の野は　つらぬきとめぬ　玉ぞ散りける**		文屋朝康
38、わすらるる　身をば思はず　誓ひてし　人のいのちの　惜しくもあるかな		右近
39、**浅茅生の　小野の篠原　しのぶれど　あまりてなどか　人の恋しき**		参議等
40、忍ぶれど　色に出でにけり　わが恋は　ものや思ふと　人の問ふまで		平兼盛
41、恋すてふ　わが名はまだき　立ちにけり　人知れずこそ　思ひそめしか		壬生忠見
42、契りきな　かたみに袖を　しぼりつつ　末の松山　浪越さじとは		清原元輔
43、あひ見ての　のちの心に　くらぶれば　昔はものを　思はざりけり		権中納言敦忠
44、逢ふことの　絶えてしなくは　なかなかに　人をも身をも　恨みざらまし		中納言朝忠
45、あはれとも　いふべき人は　思ほえで　身のいたずらに　なりぬべきかな		謙徳公
46、由良の門を　渡る舟人　かぢを絶え　ゆくへも知らぬ　恋のみちかな		曾禰好忠
47、八重むぐら　しげれる宿の　さびしきに　人こそ見えね　秋は来にけり		恵慶法師
48、風をいたみ　岩打つ波の　おのれのみ　くだけてものを　思ふころかな		源重之
49、**みかきもり　衛士のたく火の　夜はもえ　昼は消えつつ　ものをこそ思へ**		大中臣能宣朝臣
50、**君がため　惜しからざりし　命さへ　長くもがなと　思ひけるかな**		藤原義孝
51、かくとだに　えやはいぶきの　さし燃草　さしも知らじな　燃ゆる思ひを		藤原実方朝臣
52、**明けぬれば　暮るるものとは　知りながら　なほ恨めしき　朝ぼらけかな**		藤原道信朝臣
53、なげきつつ　ひとりぬる夜の　明くるまは　いかに久しき　ものとかは知る		右大将道綱母
54、わすれじの　ゆく末までは　かたければ　今日を限りの　命ともがな		儀同三司母
55、滝の音は　絶えて久しく　なりぬれど　名こそ流れて　なほ聞こえけれ		大納言公任
56、あらざらむ　この世のほかの　思ひ出に　いまひとたびの　逢ふこともがな		和泉式部
57、めぐりあひて　見しやそれとも　分かぬ間に　雲かくれにし　夜半の月影		紫式部
58、有馬山　猪名の笹原　風吹けば　いでそよ人を　忘れやはする		大弐三位

59、やすらはで　寝なましものを　小夜更けて　かたぶくまでの　月を見しかな　　　　赤染衛門

60、大江山　いく野の道の　遠ければ　まだふみも見ず　天の橋立　　　　小式部内侍

61、いにしへの　奈良の都の　八重桜　けふ九重に　にほひぬるかな　　　　伊勢大輔

62、夜をこめて　鳥の空音は　はかるとも　よに逢坂の　関は許さじ　　　　清少納言

63、今はただ　思ひ絶えなむ　とばかりを　人づてならで　いふよしもがな　　　　左京大夫道雅

64、朝ぼらけ　宇治の川霧　たえだえに　あらはれわたる　瀬々の網代木　　　　権中納言定頼

65、恨みわび　干さぬ袖だに　あるものを　恋に朽ちなむ　名こそ惜しけれ　　　　相模

66、もろともに　あはれと思へ　山桜　花よりほかに　知る人もなし　　　　前大僧正行尊

67、春の夜の　夢ばかりなる　手枕に　かひなく立たむ　名こそ惜しけれ　　　　周防内侍

68、**心にもあらで　憂き夜に　長らへば　恋しかるべき　夜半の月かな**　　　　三条院

69、嵐吹く　三室の山の　もみぢ葉は　竜田の川の　錦なりけり　　　　能因法師

70、さびしさに　宿を立ち出でて　ながむれば　いづくも同じ　秋の夕暮れ　　　　良暹法師

71、**夕されば　門田の稲葉　おとづれて　蘆のまろ屋に　秋風ぞ吹く**　　　　大納言経信

72、音に聞く　高師の浜の　あだ波は　かけじや袖の　濡れもこそすれ　　　　祐子内親王家紀伊

73、高砂の　尾の上の桜　咲きにけり　外山のかすみ　立たずもあらなむ　　　　前権中納言匡房

74、憂かりける　人をはつせの　山おろしよ　激しかれとは　祈らぬものを　　　　源俊頼朝臣

75、契りおきし　させもが露を　命にて　あはれ今年の　秋もいぬめり　　　　藤原基俊

76、わたの原　漕ぎ出でて見れば　ひさかたの　雲居にまがふ　沖つ白波　　　　法性寺入道前関白太政大臣

77、瀬をはやみ　岩にせかるる　滝川の　われても末に　逢はむとぞ思ふ　　　　崇徳院

78、淡路島　通ふ千鳥の　なく声に　幾夜寝覚めぬ　須磨の関守　　　　源兼昌

79、秋風に　たなびく雲の　絶えまより　もれ出づる月の　影のさやけさ　　　　左京大夫顕輔

80、長からむ　心も知らず　黒髪の　乱れて今朝は　ものをこそ思へ　　　　待賢門院堀河

81、ほととぎす　鳴きつる方を　ながむれば　ただ有明の　月ぞ残れる　　　　後徳大寺左大臣

82、思ひわび　さても命は　あるものを　憂きにたへぬは　涙なりけり　　　　道因法師

83、世の中よ　道こそなけれ　思ひ入る　山の奥にも　鹿ぞ鳴くなる　　　　皇太后宮大夫俊成

84、ながらへば　またこのごろや　しのばれむ　憂しと見し世ぞ　いまは恋しき　　　　藤原清輔朝臣

85、夜もすがら　もの思ふころは　明けやらぬ　閨のひまさへ　つれなかりけり　　　　俊恵法師

86、なげけとて　月やはものを　思はする　かこちがほなる　わが涙かな　　　　西行法師

87、むらさめの　露もまだ干ぬ　まきの葉に　霧たちのぼる　秋の夕暮　　　　寂蓮法師

88、難波江の　芦のかりねの　ひとよゆゑ　みをつくしてや　恋ひわたるべき　　　　皇嘉門院別当

89、玉の緒よ　絶えなば絶えね　ながらへば　忍ぶることの　弱りもぞする　　　　式子内親王

90、見せばやな　雄島のあまの　袖だにも　濡れにぞ濡れし　色は変はらず　　　　殷富門院大輔

91、きりぎりす　鳴くや霜夜の　さむしろに　衣かたしき　独りかも寝む　　　　後京極摂政前太政大臣

付表：古典典籍　265

92、わが袖は　潮干に見えぬ　沖の石の　人こそ知らね　かわく間もなし　　　　二条院讃岐

93、世の中は　常にもがもな　渚こぐ　海人の小舟の　綱手かなしも　　　　　鎌倉右大臣

94、み吉野の　山の秋風　さよ更けて　ふるさと寒く　衣うつなり　　　　　　参議雅経

95、おほけなく　憂き世の民に　おほふかな　わが立つ杣に　すみ染の袖　　前大僧正慈円

96、花さそふ　嵐の庭の　雪ならで　ふりゆくものは　わが身なりけり　入道前太政大臣

97、来ぬ人を　まつほの浦の　夕なぎに　焼くや藻塩の　身もこがれつつ　　権中納言定家

98、風そよぐ　ならの小川の　夕暮は　みそぎぞ夏の　しるしなりける　　　　従二位家隆

99、人もをし　人も恨めし　あぢきなく　世を思ふゆゑに　もの思ふ身は　　　後鳥羽院

100、ももしきや　古き軒端の　しのぶにも　なほ余りある　昔なりけり　　　　順徳院

2●古今和歌集の仮名序・真名序を対比する；六歌仙・六種・六義

六歌仙；仮名序より

僧正遍昭は、歌のさまはえたれどもまこと少なし、たとへば　絵にかける女を見ていたづらに心をうごかすがごとし、

在原業平はその心あまりて言葉たらず、しぼめる花の色なくてにほひ残れるがごとし、

文屋康秀は 言葉はたくみにて、そのさま身におはず、いはば商人のよき　きぬ着たらむがごとし

宇治山の僧喜撰は、言葉 かすかにしてはじめをはりたしかならず、いはば秋の月を見るにあかつきの雲にあへるがごとし、よめる歌おほく聞こえねば、かれこれをかよはしてよくしらず

小野小町は、いにしへのそとほりひめの流なり、あはれなるやうにて強からず、いはばよきをうなの　なやめる所あるににたり、つよからぬは　をうなの歌なればなるべし、

大伴黒主、そのさまいやし、いはば　たきぎおへる山びとの　花のかげにやすめるがごとし、

六歌仙；真名序より

華山僧正、尤得歌躰。然其詞華而少実。如図画好女、徒動人情

在原中将之歌、其情有余、其詞不足。如萎花雖少彩色、而有薫香

文琳巧詠物。然其躰近俗。如賈人之着鮮衣

宇治山僧喜撰、其詞華麗、而首尾停滞。如望秋月遇暁雲

小野小町之歌、古衣通姫之流也。然艶而無気力。如病婦之着花粉

大友黒主之歌、古猿丸大夫之次也。頗有逸興、而躰甚鄙。如田夫之息花前也

六種歌；仮名序より

そもそも歌の様六つなり、唐の歌にもかくぞあるべき、その六種の一つには「そへうた」。おほさざきの帝をそへたてまつれる歌。

一種、難波津に　咲くやこの花　冬ごもり　今は春べと　咲くやこの花　　　　　そへ歌

二種、さく花に　思ひつくみの　あぢきなさ　身にいたづきの　いるも知らずて　かぞへ歌

これはただ事にいひて、物にたとへなどもせぬものなり、この歌いかに云へるにかあらむ、その心えがたし、五種にただこと歌といへるなむこれにはかなふべき

三種、君に今朝　あしたの霜の　おきていなば　恋ひしきごとに　消えやわたらん　なずらへ歌

四種、わが恋は　よむとも尽きじ　荒磯海の　浜の真砂は　よみ尽すとも　　　たとへ歌

五種　いつはりの　なき世なりせば　いかばかり　人の言の葉　うれしからまし　ただこと歌

六種　この殿は　むべも富みけり　さき草の　三葉四葉に　殿づくりせり　　　　いはひ歌

これは世をほめて神につぐる也、この歌、祝い唄とは見えずなむある　おほよそ六種にわかれむ事はえあるまじき事になん

六義；真名序

一曰、風　二曰、賦　三曰、比　四曰、興　五曰、雅　六曰、頌

3●古今和歌集歌　抜粋

古今1、年の内に　春はきにけり　一年を　去年とやいはん　今年とやいはん　　　在原元方

古今8、春の日の　光にあたる　我なれど　かしらの雪と　なるぞわびしき　　　文屋康秀

古今113、花の色はうつりにけりな　いたづらに　わが身世にふる　ながめせしまに　小野小町

古今997　神な月　時雨ふりおける　楢の葉の　名におふ宮の　ふることぞ　これ　文屋ありすゑ

古今1000、山川の　音にのみ聞く　ももしきを　身をはやながら　見るよしもがな　　　伊勢

付表：古典典籍　267

あとがき

　2002年にフリーランスになってから日本語について書き溜めてきた文章をいつか発表してみたいと思いながら、読者を想定した作業に入れないままできました。ところが百人一首の蟬丸の「これやこれ」が万葉集35の阿閇皇女の歌から採られていることを知り、さらに北斎の浮世絵シリーズ「百人一首姥がゑとき」がその事実を隠しつつ顕わしていると気がついた時に、やっと単行本に仕立てられるのではないかと思いました。しかし作業ははかばかしくなく、2015年になってようやくカタチができてきたが、まだ読者に届ける自信はありませんでした。ところが幸運にもプロの編集者の助言を得ることができて、2017年の暮れにはなんとか原稿のかたちに仕上がりました。それでも20年近くに及ぶ日本語論のベースの上に行った古事記・万葉集から古今和歌集・百人一首までの和歌集の一貫性を議論する内容なので読みやすいと自慢できるものにはなっていませんが、読んだ方に一か二つは膝を打ってもらえる発見があるだろうと思っています。

　というのは、本書は私自身が原稿を書き進める中で、日本語史や古代史の勉強の過程でぶつかったわからなさを自分なりに深めた結果となっているので、同じような疑問をもって勉強をしてきた人ならば、いくつか共感してもらえると考えているからです。

　現在一番強く思っているのは「大化の改新・壬申の乱」という歴史用語によって天武天皇一家の業績がひくく評価されてきたことと、孔子が主張していたわけではないにしても江戸時代の官学であった儒教のもとで涵養された女性蔑視の風潮によって古事記・日本書紀の完成を指揮し、奈良京遷都をやりとげた元明天皇に対する不当な評価によって古事記も万葉集もその真価が見えなくなっていることです。寺社や古代の宝物を適宜解体して補修修復をしなければその輝きが失われるように典籍も時代の垢を拭いさって語句や句

文を1つ1つ直に見ていく作業が必要だと思います。それは時代に迎合することではなく、時代を超えた普遍的な価値を発見していくことだと考えます。

　本書は和歌についての本ですが、思いきって横書きにしました。というのは私自身の専門が化学で、横書きに慣れていることもありますが論語や千字文などの中国の古典典籍も横書きのものがインターネットで自由に手に入るようになった21世紀には横書きが世界標準になると考えるからです。日本文化は縦書きでないと守れないという人もいますが、そんなことはないと思います。縦書きの文章も行を変えるときには目を横に移動して読むのであって、どのみち目は縦横に動き回るのです。どちらの方向が先かということに過ぎません。というよりも、縦にだけ目を動かせば文章を読んだことになるというのでは、行間を読まなくていいということになります。読書というのは縦にも横にも目を動かして行うべきだし、もっといえば斜めにも、襷がけにしてでも読んでいかなければもったいないと思います。

　それにしても目を縦横に動かして文章を読むのは疲れます。本書もそんなに簡単には全体をつかむことは難しいと思います。だったら面白そうなところから読み始めてください。それから次へと移って、また前の方に戻っても楽しめると思います。私自身が万葉集、古今和歌集、新古今和歌集、そして百人一首とあっちこっち飛び回って考えてきたことをまとめたのですから話題があっちこっちと飛んでいるように感じられると思いますが、読書の楽しみは時間をおいてまた古い本に出合うことだと思っていますのでお許しください。

　実は、私自身も書きながらも最後までたどりつけるか不安でした。とても一人では最後まで書き進めることはできなかったと考えています。おりおり閲覧したSNSの大勢の方の書き込みにヒントや英気をもらいながら長丁場をのりきりました。それでも針谷順子氏の的確なアドバイスがなければ上梓にはこぎつけられなかったと思っています。感謝しています。

藤沢市在住

岡林みどり

著者略歴

岡林みどり（おかばやし・みどり）

1947年生

1972年 東京大学農学系修士課程（農芸化学専攻）修了
- ポーラ化成工業㈱製品研究所入社
- ㈱ポーラ化粧品本舗文化研究所をへて退社
- ㈳情報処理学会・情報メディア研究会、現代風俗研究会（東京の会）に参画

2002年 会社を早期退職後、東京言語研究所の理論言語学講座を聴講しながら地域の日本語
ボランティアの実践をとおして、母語・地口と日英の書記言語の齟齬について省察
を重ねる。
ホームページ；「岡林みどりの唄」 http://midoka.life.coocan.jp/
- 「化粧から見た美の変遷」；日本化学会・コロイドおよび界面化学部会での講演；1996年
- 「『女男（めを）の理』と『民衆の理論』」など；web報告書多数。

狂歌絵師北斎とよむ古事記・万葉集
—— 北斎はどのようにして百人一首を27枚に要約したのか

2018年3月25日　初版第1刷発行

著　者……岡林みどり

装　幀……臼井新太郎

発行所……批評社
〒113-0033 東京都文京区本郷1-28-36 鳳明ビル
Tel.……03-3813-6344　　　fax.……03-3813-8990
郵便振替……00180-2-84363
e-mail……book@hihyosya.co.jp
ホームページ……http://hihyosya.co.jp

組　版……字打屋
印　刷……モリモト印刷㈱
製　本……鶴亀製本㈱

©Okabayashi Midori　2018　Printed in Japan
ISBN978-4-8265-0676-2 C3092

乱丁本・落丁本は小社宛お送り下さい。送料小社負担にて、至急お取り替えいたします。

JPCA 日本出版著作権協会　本書は日本出版著作権協会（JPCA）が委託管理する著作物です。本書の無断複写など
http://www.jpca.jp.net　は著作権法上での例外を除き禁じられています。複写（コピー）・複製、その他著作物の
利用については事前に日本出版著作権協会（電話03-3812-9424 e-mail:info@jpca.jp.net）の許諾を得てください。